现代名家经典文库。

许地山作品精选

许地山 著

云南出版集团
云南人民出版社

图书在版编目（CIP）数据

许地山作品精选/许地山著. -- 昆明：云南人民出版社，2019.7
ISBN 978-7-222-18453-4

Ⅰ.①许… Ⅱ.①许… Ⅲ.①中国文学—现代文学—作品综合集 Ⅳ.①I216.2

中国版本图书馆CIP数据核字（2019）第136521号

项目策划：杨　森
责任编辑：朱　颖
装帧设计：何洁薇
责任校对：范晓芬
责任印制：李寒东

许地山作品精选

许地山　著

出版	云南出版集团　云南人民出版社
发行	云南人民出版社
社址	昆明市环城西路609号
邮编	650034
网址	www.ynpph.con.cn
E-mail	ynrms@sina.com
开本	710mm×1000mm　1/16
印张	16
字数	230千
版次	2019年7月第1版第1次印刷
印刷	华睿林（天津）印刷有限公司
书号	ISBN 978-7-222-18453-4
定价	49.80元

如需购买图书、反馈意见，请与我社联系
总编室：0871-64109126　发行部：0871-64108507　审校部：0871-64164626　印制部：0871-64191534
版权所有　侵权必究　印装差错　负责调换

云南人民出版社微信公众号

前　言

　　20世纪的中国文坛名家辈出，他们借着"诗界革命""文学革命"的推动，从"五四新文学革命"前后发轫，以白话文学为主导，以思想启蒙为目标，奠定了至今一个多世纪的中国文学的主体形态。

　　在那样一个社会剧烈动荡、思想文化狂飙突进的年代，众多的文学名家展现出无与伦比、令人惊叹的才情。说到"才"，主要指他们创作中的才华。中国白话文学创作在发端后的短短几十年时间里，诗歌、小说、散文、杂文、戏剧，每一个文学领域都有突破，都有传之后世的经典作品出现，而每一个领域又都涌现出众多的代表性人物。说到"情"，文学前辈们对于国家、民族、民众的挚爱，对于乡土、亲人的眷恋，都通过他们笔下的文字传神地表达出来。"才"和"情"的历史际遇性的统一，是20世纪文学历史上一个突出的特点，也是我们得以继承的宝贵的文学遗产和思想财富。

　　我们从这众多的文坛名家里首选尤以才情著称的十七位，精选他们的代表性作品，编辑了"现代名家经典文库"。这十七位才情名家分别是戴望舒、胡也频、林徽因、刘半农、庐隐、鲁彦、柔石、石评梅、苏曼殊、闻一多、萧红、徐志摩、许地山、郁达夫、郑振铎、朱湘、朱自清。

　　选取他们，不仅因为他们的过人才华在文坛上的地位和影响，也因为他们每个人的经历和作品都充满了耐人寻味的"情"的因素，使我们久久品读而不能忘怀。但令人惋惜的是，他们中大多数人的生命之花刚刚绽放便过早地凋零了——石评梅逝世于 1928 年，时年 26 岁；胡也频逝世于 1931 年，时年 28 岁；柔石逝世于 1931 年，时年 29 岁；萧红逝世于 1942 年，时年 31 岁；徐志摩逝世于 1931 年，时年 34 岁……

在阅读他们作品的时候，我们不禁想到，如果他们的生命不是这样短暂，他们又会有多少经典的作品流传下来，又会给我们增添多少精神上的财富。

这套丛书只能说是 20 世纪中国文学史的一个小小的侧面和缩影，因为篇幅的限制，所选取的也只能是每位名家的少量代表性作品，难免挂一漏万，同时，在保留原作品风貌的基础上，我们按照通行标准对原作的部分文字和标点符号进行了修订和统一。

他们的生命虽然短暂，
但他们才华横溢、激情四射，
如历史夜空中一颗颗璀璨的流星；
那一个个令人久久不能忘记的名字，
让我们常常追忆那远去的才情年华……

编　者
2019 年 7 月

目 录

许地山简介 ………………………………………… 1
春　桃 …………………………………………… 1
命命鸟 …………………………………………… 20
商人妇 …………………………………………… 35
换巢鸾凤 ………………………………………… 49
黄昏后 …………………………………………… 72
缀网劳蛛 ………………………………………… 84
铁鱼的鳃 ………………………………………… 102
女儿心 …………………………………………… 114
在费总理的客厅里 ……………………………… 147
三博士 …………………………………………… 156
东野先生 ………………………………………… 164
玉　官 …………………………………………… 199

许地山简介

许地山（1893～1941），名赞堃，字地山，笔名落花生。现代著名学者，作家。祖籍广东揭阳，生于台湾台南。

1917年考入燕京大学，积极参加五四运动。1920年毕业时获文学学士学位，翌年参与发起成立文学研究会。

1922年又毕业于燕京大学宗教学院。

1923～1926年在美国哥伦比亚大学研究院和英国牛津大学研究宗教史、哲学、民俗学等。

1927年起任燕京大学教授、《燕京学报》编委，并在北京大学、清华大学兼课。

1935年因与校长司徒雷登不合，去香港大学任教授。

抗日战争开始后，任中华全国文艺界抗敌协会香港分会常务理事，后因劳累病逝。

许地山是20世纪20年代问题小说的代表人物之一。他的小说，往往站在弱者的角度审视社会乃至身边发生的一切，试图为这腐败的社会寻求一条到达光明的道路。其作品既表现了他对佛教文化的体悟和阐释，同时也集合了他对基督教文化、道教文化乃至现实主义文化的多重思考和体认。

春　桃

　　这年的夏天分外地热。街上的灯虽然亮了，胡同口那卖酸梅汤的还像唱梨花鼓的姑娘耍着他的铜碗。一个背着一大篓字纸的妇人从他面前走过，在破草帽底下虽看不清她的脸，当她与卖酸梅汤的打招呼时，却可以理会她有满口雪白的牙齿。她背上担负得很重，甚至不能把腰挺直，只如骆驼一样，庄严地一步一步踱到自己门口。

　　进门是个小院，妇人住的是塌剩下的两间厢房。院子一大部分是瓦砾。在她的门前种着一棚黄瓜，几行玉米。窗下还有十几棵晚香玉。几根朽坏的梁木横在瓜棚底下，大概是她家最高贵的坐处。她一到门前，屋里出来一个男子，忙帮着她卸下背上的重负。

　　"媳妇，今儿回来晚了。"

　　妇人望着他，像很诧异他的话。"什么意思？你想媳妇想疯啦？别叫我媳妇，我说。"她一面走进屋里，把破草帽脱下，顺手挂在门后，从水缸边取了一个小竹筒向缸里一连舀了好几次，喝得换不过气来，张了一会嘴，到瓜棚底下把篓子拖到一边，便自坐在朽梁上。

　　那男子名叫刘向高。妇人的年纪也和他差不多，在三十左右，娘家也姓刘。除掉向高以外，没人知道她的名字叫做春桃。街坊叫她做捡烂纸的刘大姑，因为她的职业是整天在街头巷尾垃圾堆里讨生活，有时沿途嚷着"烂字纸换取灯儿"。一天到晚在烈日冷风里吃尘土，可是生来爱干净，无论冬夏，每天回家，她总得净身洗脸。替她预备水的照例是向高。

向高是个乡间高小毕业生，四年前，乡里闹兵灾，全家逃散了，在道上遇见同是逃难的春桃，一同走了几百里，彼此又分开了。

她随着人到北京来，因为总布胡同里一个西洋妇人要雇一个没混过事的乡下姑娘当"阿妈"，她便被荐去上工。主妇见她长得清秀，很喜爱她。她见主人老是吃牛肉，在馒头上涂牛油，喝茶还要加牛奶，来去鼓着一阵臊味，闻不惯。有一天，主人叫她带孩子到三贝子花园去，她理会主人家的气味有点像从虎狼栏里发出来的，心里越发难过，不到两个月，便辞了工。到平常人家去，乡下人不惯当差，又挨不得骂，上工不久，又不干了。在穷途上，她自己选了这捡烂纸换取灯儿的职业，一天的生活，勉强可以维持下去。

向高与春桃分别后的历史倒很简单，他到涿州去，找不着亲人，有一两个世交，听他说是逃难来的，都不很愿意留他住下，不得已又流到北京来。由别人的介绍，他认识胡同口那卖酸梅汤的老吴，老吴借他现在住的破院子住，说明有人来赁，他得另找地方。

他没事做，只帮着老吴算算账，卖卖货。他白住房子白做活，只赚两顿吃。春桃的捡纸生活渐次发达了，原住的地方，人家不许她堆货，她便沿着德胜门墙根来找住处。一敲门，正是认识的刘向高。她不用经过许多手续，便向老吴赁下这房子，也留向高住下，帮她的忙。这都是三年前的事了。他认得几个字，在春桃捡来和换来的字纸里，也会抽出些少比较能卖钱的东西，如画片或某将军、某总长写的对联、信札之类。二人合作，事业更有进步。向高有时也教她认几个字，但没有什么功效，因为他自己认得的也不算多，解字就更难了。

他们同居这些年，生活状态，若不配说像鸳鸯，便说像一对小家雀罢。

言归正传。春桃进屋里，向高已提着一桶水在她后面跟着走。他用快活的声调说：

"媳妇，快洗罢，我等饿了。今晚咱们吃点好的，烙葱花饼，赞成不赞成？若赞成，我就买葱酱去。"

"媳妇，媳妇，别这样叫，成不成？"春桃不耐烦地说。

"你答应我一声，明儿到天桥给你买一顶好帽子去。你不说帽子该换了么？"向高再要求。

"我不爱听。"

他知道妇人有点不高兴了，便转口问："到底吃什么？说呀！"

"你爱吃什么，做什么给你吃。买去罢。"

向高买了几根葱和一碗麻酱回来，放在明间的桌上。春桃擦过澡出来，手里拿着一张红帖子。

"这又是那一位王爷的龙凤帖！这次可别再给小市那老李了。托人拿到北京饭店去，可以多卖些钱。"

"那是咱们的。要不然，你就成了我的媳妇啦？教了你一两年的字，连自己的姓名都认不得！"

"谁认得这么些字？别媳妇媳妇的，我不爱听。这是谁写的？"

"我填的。早晨巡警来查户口，说这两天加紧戒严，那家有多少人，都得照实报。老吴教我们把咱们写成两口子，省得麻烦。巡警也说写同居人，一男一女，不妥当。我便把上次没卖掉的那分空帖子填上了。我填的是辛未年咱们办喜事。"

"什么？辛未年？辛未年我那儿认得你？你别捣乱啦。咱们没拜过天地，没喝过交杯酒，不算两口子。"

春桃有点不愿意，可还和平地说出来。她换了一条蓝布裤。上身是白的，脸上虽没脂粉，却呈露着天然的秀丽。若她肯嫁的话，按媒人的行情，说是二十三四的小寡妇，最少还可以值得一百八十的。

她笑着把那礼帖搓成一长条，说："别捣乱！什么龙凤帖？烙饼吃了罢。"

她掀起炉盖把纸条放进火里,随即到桌边和面。

向高说:"烧就烧罢,反正巡警已经记上咱们是两口子;若是官府查起来,我不会说龙凤帖在逃难时候丢掉的么?从今儿起,我可要叫你做媳妇了。老吴承认,巡警也承认,你不愿意,我也要叫。媳妇嗳!媳妇嗳!明天给你买帽子去,戒指我打不起。"

"你再这样叫,我可要恼了。"

"看来,你还想着那李茂。"向高的神气没像方才那么高兴。他自己说着,也不一定要春桃听见,但她已听见了。

"我想他?一夜夫妻,分散了四五年没信,可不是白想?"

春桃这样说。她曾对向高说过她出阁那天的情形。花轿进了门,客人还没坐席,前头两个村子来人说,大队兵已经到了,四处拉人挖战壕,吓得大家都逃了,新夫妇也赶紧收拾东西,随着大众望西逃。同走了一天一宿。第二宿,前面连嚷几声"胡子来了,快躲罢",那时大家只顾躲,谁也顾不了谁。到天亮时,不见了十几个人,连她丈夫李茂也在里头。她继续方才的话说:"我想他一定跟着胡子走了,也许早被人打死了。得啦,别提他啦。"

她把饼烙好了,端到桌上。向高向沙锅里舀了一碗黄瓜汤,大家没言语,吃了一顿。吃完,照例在瓜棚底下坐坐谈谈。一点点的星光在瓜叶当中闪着。凉风把萤火送到棚上,像星掉下来一般。晚香玉也渐次散出香气来,压住四围的臭味。

"好香的晚香玉!"向高摘了一朵,插在春桃的鬓上。

"别糟蹋我的晚香玉。晚上戴花,又不是窑姐儿。"她取下来,闻了一闻,便放在朽梁上头。

"怎么今儿回来晚啦?"向高问。

"吓!今儿做了一批好买卖!我下午正要回家,经过后门,瞧见清道夫推着一大车烂纸,问他从那儿推来的;他说是从神武门甩出来的废纸。我见里面红的、黄的一大堆,便问他卖不卖；他说，你要，少算一点装去罢。你瞧！"她指着窗下那大篓，"我花了一块钱，买那一大篓！赔不赔，可不晓得，明儿检一检得啦。"

"宫里出来的东西没个错。我就怕学堂和洋行出来的东西，分量又重，气味又坏，值钱不值，一点也没准。"

"近年来，街上包东西都作兴用洋报纸。不晓得那里来的那么些看洋报纸的人。捡起来真是分量又重，又卖不出多少钱。念洋书的人越多，谁都想看看洋报，将来好混混洋事。"

"他们混洋事，咱们捡洋字纸。"

"往后恐怕什么都要带上个洋字，拉车要拉洋车，赶驴更赶洋驴，也许还有洋骆驼要来。"向高把春桃逗得笑起来了。

"你先别说别人。若是给你有钱，你也想念洋书，娶个洋媳妇。"

"老天爷知道，我绝不会发财。发财也不会娶洋婆子。若是我有钱，回乡下买几亩田，咱们两个种去。"

春桃自从逃难以来，把丈夫丢了，听见乡下两字，总没有好感想。她说："你还想回去？恐怕田还没买，连钱带人都没有了。没饭吃，我也不回去。"

"我说回我们锦县乡下。"

"这年头，那一个乡下都是一样，不闹兵，便闹贼；不闹贼，便闹日本，谁敢回去？还是在这里捡捡烂纸罢。咱们现在只缺一个帮忙的人。若是多个人在家替你归着东西，你白天便可以出去摆地摊，省得货过别人手里，卖漏了。"

"我还得学三年徒弟才成，卖漏了，不怨别人，只怨自己不够眼光。这几个月来我可学了不少。邮票，那种值钱，那种不值，也差不多会瞧了。大人物的信札手笔，卖得出钱，卖不出钱，也有一点把握了。前几天在那堆字纸里检出一张康有为的字，你说今天我卖了多少？"他很高兴地伸出拇指和食指比仿着，"八毛钱！"

"说是呢！若是每天在烂纸堆里能检出八毛钱就算顶不错，还用回乡下种田去？那不是自找罪受么？"春桃愉悦的声音就像春深的莺啼一样。她接着说："今天这堆准保有好的给你检。听说明天还有好些，那人教我一早到后门等他。这两天宫里的东西都赶着装箱，往南方运，库里许多烂纸都不要。我瞧见东华门外也有许多，一口袋一口袋陆续地扔出来。明儿你也打听去。"

说了许多话，不觉二更打过。她伸伸懒腰站起来说："今天累了，歇吧！"

向高跟着她进屋里。窗户下横着土炕，够两三人睡的。在微细的灯光底下，隐约看见墙上一边贴着八仙打麻雀的谐画，一边是烟公司"还是他好"的广告画。春桃的模样，若脱去破帽子，不用说到瑞蚨祥或别的上海成衣店，只到天桥搜罗一身落伍的旗袍穿上，坐在任何草地，也与"还是他好"里那摩登女差不上下。因此，向高常对春桃说贴的是她的小照。

她上了炕，把衣服脱光了，顺手揪一张被单盖着，躺在一边。向高照例是给她按按背，搔搔腿。她每天的疲劳就是这样含着一点微笑，在小油灯的闪烁中，渐次得着苏息。

在半睡的状态中，她喃喃地说："向哥，你也睡罢，别开夜工了，明天还要早起咧。"

妇人渐次发出一点微细的鼾声，向高便把灯灭了。

一破晓，男女二人又像打食的老鸹，急飞出巢，各自办各的事情去。

刚放过午炮，十刹海的锣鼓已闹得喧天。春桃从后门出来，背着纸篓，向西不压桥这边来。在那临时市场的路口，忽然听见路边有人叫她："春桃，春桃！"

她的小名，就是向高一年之中也罕得这样叫唤她一声。自离开乡下以后，四五年来没人这样叫过她。

"春桃，春桃，你不认得我啦？"

她不由得回头一瞧，只见路边坐着一个叫化子。那乞怜的声音从他满长了胡子的嘴发出来。他站不起来，因为他两条腿已经折了。身上穿的一件灰色的破军衣，白铁钮扣都生了锈，肩膀从肩章的破缝露出，不伦不类的军帽斜戴在头上，帽章早已不见了。

春桃望着他一声也不响。

"春桃，我是李茂呀！"

她进前两步，那人的眼泪已带着灰土透入蓬乱的胡子里。她心跳得慌，半晌说不出话来，至终说："茂哥，你在这里当叫化子啦？你两条腿怎么丢啦？"

"嗳，说来话长。你从多久起在这里呢？你卖的是什么？"

"卖什么！我捡烂纸咧。……咱们回家再说罢。"

她雇了一辆洋车，把李茂扶上去，把篓子也放在车上，自己在后面推着。一直来到德胜门墙根，车夫帮着她把李茂扶下来。进了胡同口，老吴敲着小铜碗，一面问："刘大姑，今儿早回家，买卖好呀？"

"来了乡亲啦。"她应酬了一句。

李茂像只小狗熊，两只手按在地上，帮助两条断腿爬着。她从口袋里拿出钥匙，开了门，引着男子进去。她把向高的衣服取一身出来，像向高每天所做的，到井边打了两桶水倒在小澡盆里教男人洗澡。洗过以后，又倒一盆水给他洗脸。然后扶他上炕坐，自己在明间也洗一回。

"春桃，你这屋里收拾得很干净，一个人住吗？"

"还有一个伙计。"春桃不迟疑地回答他。

"做起买卖来啦？"

"不告诉你就是捡烂纸么？"

"捡烂纸？一天捡得出多少钱？"

"先别盘问我，你先说你的罢。"

春桃把水泼掉，理着头发进屋里来，坐在李茂对面。

李茂开始说他的故事：

"春桃，唉，说不尽哟！我就说个大概罢。

"自从那晚上教胡子绑去以后，因为不见了你，我恨他们，夺了他们一杆枪，打死他们两个人，拼命地逃。逃到沈阳，正巧边防军招兵，我便应了招。在营里三年，老打听家里的消息，人来都说咱们村里都变成砖瓦地了。咱们的地契也不晓得现在落在谁手里。咱们逃出来时，偏忘了带着地契。因此这几年也没告假回乡下瞧瞧。在营里告假，怕连几块钱的饷也告丢了。

"我安分当兵，指望月月关饷，至于运到升官，本不敢盼。也是我命里合该有事：去年年头，那团长忽然下一道命令，说，若团里的兵能瞄枪连中九次靶，每月要关双饷，还升差事。一团人没有一个中过四枪；中，还是不进红心。我可连发连中，不但中了九次红心，连剩下那一颗子弹，我也放了。我要显本领，背着脸，弯着腰，脑袋向地，枪从裤裆放过去，不偏不歪，正中红心。当时我心里多么快活呢。那团长教把我带上去。我心里想着总要听几句褒奖的话。不料那畜生翻了脸，愣说我是胡子，要枪毙我！他说若不是胡子，枪法决不会那么准。我的排长、队长都替我求情，担保我不是坏人，好容易不枪毙我了，可是把我的正兵革掉，连副兵也不许我当。他说，当军官的难免不得罪弟兄们，若是上前线督战，队里有个像我瞄得那么准，从后面来一枪，虽然也算阵亡，可值不得死在仇人手里。大家没话说，只劝我离开军队，找别的营生去。

"我被革了不久，日本人便占了沈阳；听说那狗团长领着他的军队先投降去了。我听见这事，愤不过，想法子要去找那奴才。我加入义勇军，在海城附近打了几个月，一面打，一面退到关里。前个月在平谷东北边打，我去放哨，遇见敌人，伤了我两条腿。那时还能走，躲在一块大石底下，开枪打死他几个。我实在支持不住了，把枪扔掉，向田边的小道爬，等了一天、两天，还不见有红十字会或红十字会的人来。伤口越肿越厉害，走不动又没吃的喝的，只躺在一边等死。后来可巧有一辆大车经过，赶车的把我扶了上去，送我到一个军医的帐幕。他们又不瞧，只把我扛上汽车，往后方医院送。已经伤了三天，大夫解开一瞧，说都烂了，非用锯不可。在院里住了一个多月，好是好了，就丢了两条腿。我想在此地举目无亲，乡下又回不去；就说回去得了，没有腿怎能种田？求医院收容我，给我一点事情做，大夫说医院管治不管留，也不管找事。此地又没有残废兵留养院，迫着我不得不出来讨饭，今天刚是第三天。这两天我常想着，若是这样下去，我可受不了，非上吊不可。"春桃注神听他说，眼眶不晓得什么时候都湿了。她还是静默着。李茂用手抹抹额上的汗，也歇了一会。

"春桃，你这几年呢？这小小地方虽不如咱们乡下那么宽敞，看来你倒不十分苦。"

"谁不受苦？苦也得想法子活。在阎罗殿前，难道就瞧不见笑脸？这几年来，我就是干这捡烂纸换取灯的生活，还有一个姓刘的同我合伙。我们两人，可以说不分彼此，勉强能度过日子。"

"你和那姓刘的同住在这屋里？"

"是，我们同住在这炕上睡。"春桃一点也不迟疑，她好像早已有了成见。

"那么，你已经嫁给他？"

"不，同住就是。"

"那么，你现在还算是我的媳妇？"

"不，谁的媳妇，我都不是。"

李茂的夫权意识被激动了。他可想不出什么话来说。两眼注视着地上，当然他不是为看什么，只为有点不敢望着他的媳妇。至终他沉吟了一句："这样，人家会笑话我是个活王八。"

"王八？"妇人听了他的话，有点翻脸，但她的态度仍是很和平。她接着说:"有钱有势的人才怕当王八。像你,谁认得?活不留名,死不留姓,王八不王八,有什么相干?现在,我是我自己,我做的事,决不会玷着你。"

"咱们到底还是两口子,常言道,一夜夫妻百日恩——"

"百日恩不百日恩我不知道。"春桃截住他的话,"算百日恩,也过了好十几个百日恩。四五年间,彼此不知下落;我想你也想不到会在这里遇见我。我一个人在这里,得活,得人帮忙。我们同住了这些年,要说恩爱,自然是对你薄得多。今天我领你回来,是因为我爹同你爹的交情,我们还是乡亲。你若认我做媳妇,我不认你,打起官司,也未必是你赢。"

李茂掏掏他的裤带,好像要拿什么东西出来,但他的手忽然停住,眼睛望望春桃,至终把手缩回去撑着席子。

李茂没话,春桃哭。日影在这当中也静静地移了三四分。

"好罢,春桃,你做主。你瞧我已经残废了,就使你愿意跟我,我也养不活你。"李茂到底说出这英明的话。

"我不能因为你残废就不要你,不过我也舍不得丢了他。大家住着,谁也别想谁是养活着谁,好不好?"春桃也说了她心里的话。

李茂的肚子发出很微细的咕噜咕噜声音。

"噢,说了大半天,我还没问你要吃什么!你一定很饿了。"

"随便罢,有什么吃什么。我昨天晚上到现在还没吃,只喝水。"

"我买去。"春桃正踏出房门,向高从院外很高兴地走进来,两人在瓜棚底下撞了个满怀。"高兴什么?今天怎样这早就回来?"

"今天做了一批好买卖!昨天你背回的那一篓,早晨我打开一看,里头有一包是明朝高丽王上的表章,一分至少可卖五十块钱。现在我们手里有十分!方才散了几分给行里,看看主儿出得多少,再发这几分。里头还有两张盖上端明殿御宝的纸,行家说是宋家的,一给价就是六十块,我没敢卖,怕卖漏了,先带回来给你开开眼。你瞧……"他说时,一面把手里的旧蓝布包袱打开,拿出表章和旧纸来。"这是端明殿御宝。"他指着纸上的印纹。

"若没有这个印,我真看不出有什么好处,洋宣比它还白咧。怎么官里管事的老爷们也和我一样不懂眼?"春桃虽然看了,却不晓得那纸的值钱处在那里。

"懂眼?若是他们懂眼,咱们还能换一块儿毛么?"向高把纸接过去,仍旧和表章包在包袱里。他笑着对春桃说:"我说,媳妇……"

春桃看了他一眼,说:"告诉你别管我叫媳妇。"

向高没理会她,直说:"可巧你也早回家。买卖想是不错。"

"早晨又买了像昨天那样的一篓。"

"你不说还有许多么?"

"都教他们送到晓市卖到乡下包落花生去了!"

"不要紧,反正咱们今天开了光,头一次做上三十块钱的买卖。我说,咱们难得下午都在家,回头咱们上十刹海逛逛,消消暑去,好不好?"

他进屋里,把包袱放在桌上。春桃也跟进来。她说:"不成,今天来了人了。"说着掀开帘子,点头招向高,"你进去。"

向高进去,她也跟着。"这是我原先的男人。"她对向高说过这话,又把他介绍给李茂说,"这是我现在的伙计。"

两个男子,四只眼睛对着,若是他们眼球的距离相等,他们的视线就会平行地接连着。彼此都没话,连窗台上歇的两只苍蝇也不做声。这样又教日影静静地移一二分。

"贵姓?"向高明知道,还得照例地问。

彼此谈开了。

"我去买一点吃的。"春桃又向着向高说,"我想你也还没吃罢?烧饼成不成?"

"我吃过了。你在家,我买去罢。"

妇人把向高拖到炕上坐下,说:"你在家陪客人谈话。"给了他一副笑脸,便自出去。

屋里现在剩下两个男人,在这样情况底下,若不能一见如故,便得打个你死我活。好在他们是前者的情形。但我们别想李茂是短了两条腿,不能打。我们得记住向高是拿过三五年笔杆的,用李茂的分量满可以把他压死。若是他有枪,更省事,一动指头,向高便得过奈何桥。

李茂告诉向高,春桃的父亲是个乡下财主,有一顷田。他自己的父亲就在他家做活和赶叫驴。因为他能瞄很准的枪,她父亲怕他当兵去,便把女儿许给他,为的是要他保护庄里的人们。这些话,是春桃没向他说过的。他又把方才春桃说的话再述一遍,渐次迫到他们二人切身的问题上头。

"你们夫妇团圆,我当然得走开。"向高在不愿意的情态底下说出这话。

"不,我已经离开她很久,现在并且残废了,养不活她,也是白搭。你们同住这些年,何必拆?我可以到残废院去。听说这里有,有人情便可进去。"

这给向高很大的诧异。他想,李茂虽然是个大兵,却料不到他有这样的侠气。他心里虽然愿意,嘴上还不得不让。这是礼仪的狡猾,念过书的人们都懂得。

"那可没有这样的道理。"向高说,"教我冒一个霸占人家妻子的罪名,我可不愿意。为你想,你也不愿意你妻子跟别人住。"

"我写一张休书给她,或写一张契给你,两样都成。"李茂微笑诚意地说。

"休?她没什么错,休不得。我不愿意丢她的脸。卖?我那儿有钱买?我的钱都是她的。"

"我不要钱。"

"那么，你要什么？"

"我什么都不要。"

"那又何必写卖契呢？"

"因为口讲无凭，日后反悔，倒不好了。咱们先小人，后君子。"

说到这里，春桃买了烧饼回来。她见二人谈得很投机，心下十分快乐。

"近来我常想着得多找一个人来帮忙，可巧茂哥来了。他不能走动，正好在家管管事，捡捡纸。你当跑外卖货。我还是当捡货的。咱们三人开公司。"春桃另有主意。

李茂让也不让，拿着烧饼望嘴送，像从饿鬼世界出来的一样，他没工夫说话了。

"两个男人，一个女人，开公司？本钱是你的？"向高发出不需要的疑问。

"你不愿意吗？"妇人问。

"不，不，不，我没有什么意思。"向高心里有话，可说不出来。

"我能做什么？整天坐在家里，干得了什么事？"李茂也有点不敢赞成。他理会向高的意思。

"你们都不用着急，我有主意。"

向高听了，伸出舌头舐舐嘴唇，还吞了一口唾沫。李茂依然吃着，他的眼睛可在望春桃，等着听她的主意。

捡烂纸大概是女性中心的一种事业。她心中已经派定李茂在家把旧邮票和纸烟盒里的画片检出来。那事情，只要有手有眼，便可以做。她合一合，若是天天有一百几十张卷烟画片可以从烂纸堆里检出来，李茂每月的伙食便有了门。邮票好的和罕见的，每天能检得两三个，也就不劣。外国烟卷在这城里，一天总销售一万包左右，纸包的百分之一给她捡回来，并不算难。至于向高还是让他检名人书札，或比较可以多卖钱的东西。他不用说已经是个行家,不必再受指导。她自己干那吃力的工作,除去下大雨以外,在狂风烈日底下,是一样地出去捡货。尤其是在天气不好的时候,她更要工作,因为同业们有些就不出去。

她从窗户望望太阳,知道还没到两点,便出到明间,把破草帽仍旧戴上,探头进房里对向高说:"我还得去打听宫里还有东西出来没有。你在家招呼他。晚上回来,我们再商量。"

向高留她不住,便由她走了。

好几天的光阴都在静默中度过。但二男一女同睡一铺炕上定然不很顺心。多夫制的社会到底不能够流行得很广。其中的一个缘故是一般人还不能摆脱原始的夫权和父权思想。由这个,造成了风俗习惯和道德观念。老实说,在社会里,依赖人和掠夺人的,才会遵守所谓风俗习惯;至于依自己的能力而生活的人们,心目中并不很看重这些。像春桃,她既不是夫人,也不是小姐;她不会到外交大楼去赴跳舞会,也没有机会在隆重的典礼上当主角。她的行为,没人批评,也没人过问;纵然有,也没有切肤之痛。监督她的只有巡警,但巡警是很容易对付的。两个男人呢,向高诚然念过一点书,含糊地了解些圣人的道理,除掉些少名分的观念以外,他也和春桃一样。但他的生活,从同居以后,完全靠着春桃。春桃的话,是从他耳朵进去的维他命,他得听,因为于他有利。春桃教他不要嫉妒,他连嫉妒的种子也都毁掉。李茂呢,春桃和向高能容他住一天便住一天,他们若肯认他做亲戚,他便满足了。当兵的人照例要丢一两个妻子。但他的困难也是名分上的。

向高的嫉妒虽然没有,可是在此以外的种种不安,常往来于这两个男子当中。

暑气仍没减少,春桃和向高不是到汤山或北戴河去的人物。他们日间仍然得出去谋生活。李茂在家,对于这行事业可算刚上了道,他已能分别那一种是要送到万柳堂或天宁寺去做糙纸的，那一样要留起来的，还得等向高回来鉴定。

春桃回家，照例还是向高侍候她。那时已经很晚了，她在明间里闻见蚊烟的气味，便向着坐在瓜棚底下的向高说："咱们多会点过蚊烟，不留神，不把房子点着了才怪咧。"

向高还没回答，李茂便说："那不是熏蚊子，是熏秽气，我央刘大哥点的。我打算在外面地下睡。屋里太热，三人睡，实在不舒服。"

"我说，桌上这张红帖子又是谁的？"春桃拿起来看。

"我们今天说好了，你归刘大哥。那是我立给他的契。"声从屋里的炕上发出来。

"哦，你们商量着怎样处置我来！可是我不能由你们派。"她把红帖子拿进屋里，问李茂，"这是你的主意，还是他的？"

"是我们俩的主意。要不然，我难过，他也难过。"

"说来说去，还是那话。你们都别想着咱们是丈夫和媳妇，成不成？"

她把红帖子撕得粉碎，气有点粗。"你把我卖多少钱？"

"写几十块钱做个彩头。白送媳妇给人，没出息。"

"卖媳妇，就有出息？"她出来对向高说，"你现在有钱，可以买媳妇了。若是给你阔一点……"

"别这样说，别这样说。"向高拦住她的话，"春桃，你不明白。这两天，同行的人们直笑话我。"

"笑你什么？"

"笑我……"向高又说不出来。其实他没有很大的成见，春桃要怎办，十回有九回是遵从的。他自己也不明白这是什么力量。在她背后，他想着这样该做，那样得照他的意思办；可是一见了她，就像见了西太后似地，样样都要听她的懿旨。

"噢，你到底是念过两天书，怕人骂，怕人笑话。"

自古以来，真正统治民众的并不是圣人的教训，好像只是打人的鞭子和骂人的舌头。风俗习惯是靠着打骂维持的。但在春桃心里，像已持着"人打还打，人骂还骂"的态度。她不是个弱者，不打骂人，也不受人打骂。我们听她教训向高的话，便可以知道。

"若是人笑话你，你不会揍他？你露什么怯？咱们的事，谁也管不了。"

向高没话。

"以后不要再提这事罢。咱们三人就这样活下去，不好吗？"

一屋里都静了。吃过晚饭，向高和春桃仍是坐在瓜棚底下，只不像往日那么爱说话。连买卖经也不念了。

李茂叫春桃到屋里，劝她归给向高。他说男人的心，她不知道，谁也不愿意当王八；占人妻子，也不是好名誉。他从腰间拿出一张已经变成暗褐色的红纸帖，交给春桃，说："这是咱们的龙凤帖。那晚上逃出来的时候，我从神龛上取下来，揣在怀里。现在你可以拿去，就算咱们不是两口子。"

春桃接过那红帖子，一言不发，只注视着炕上破席。她不由自主地坐下，挨近那残废的人，说："茂哥，我不能要这个，你收回去罢。我还是你的媳妇。一夜夫妻百日恩，我不做缺德的事。今天看你走不动，不能干大活，我就不要你，我还能算人吗？"

她把红帖也放在炕上。

李茂听了她的话，心里很受感动。他低声对春桃说："我瞧你怪喜欢他的，你还是跟他过日子好。等有点钱，可以打发我回乡下，或送我到残废院去。"

"不瞒你说，"春桃的声音低下去，"这几年我和他就同两口子一样活着，样样顺心，事事如意；要他走，也怪舍不得。不如叫他进来商量，瞧他有什么主意。"她向着窗户叫，"向哥，向哥！"可是一点回音也没有。出来一瞧，向哥已不在了。

这是他第一次晚间出门。她愣一会，便向屋里说："我找他去。"

她料想向高不会到别的地方去。到胡同口，问问老吴。老吴说望大街那边去了。她到他常交易的地方去，都没找着。人很容易丢失，眼睛若见不到，就是渺渺茫茫无寻觅处。快到一点钟，她才懊丧地回家。

屋里的油灯已经灭了。

"你睡着啦？向哥回来没有？"她进屋里，掏出洋火，把灯点着，向炕上一望，只见李茂把自己挂在窗棂上，用的是他自己的裤带。她心里虽免不了存着女性的恐慌，但是还有胆量紧爬上去，把他解下来。幸而时间不久，用不着惊动别人，轻轻地抚揉着他，他渐次苏醒回来。

杀自己的身来成就别人是侠士的精神。若是李茂的两条腿还存在，他也不必出这样的手段。两三天以来，他总觉得自己没多少希望，倒不如毁灭自己，教春桃好好地活着。春桃于他虽没有爱，却很有义。她用许多话安慰他，一直到天亮。他睡着了，春桃下炕，见地上一些纸灰，还剩下没烧完的红纸。她认得是李茂曾给他的那张龙凤帖，直望着出神。

那天她没出门。晚上还陪李茂坐在炕上。

"你哭什么？"春桃见李茂热泪滚滚地滴下来，便这样问他。

"我对不起你。我来干什么？"

"没人怨你来。"

"现在他走了，我又短了两条腿……"

"你别这样想。我想他会回来。"

"我盼望他会回来。"

又是一天过去了，春桃起来，到瓜棚摘了两条黄瓜做菜，草草地烙了一张大饼，端到屋里，两个人同吃。她仍旧把破帽戴着，背上篓子。

"你今天不大高兴，别出去啦！"李茂隔着窗户对她说。

"坐在家里更闷得慌。"

她慢慢地踱出门。作活是她的天性，虽在沉闷的心境中，她也要干。中国女人好像只理会生活，而不理会爱情，生活的发展是她所注意的，爱情的发展只在盲闷的心境中沸动而已。自然，爱只是感觉，而生活是实质的，整天躺在锦帐里或坐在幽林中讲爱经，也是从皇后船或总统船运来的知识。春桃既不是弄潮儿的姊妹，也不是碧眼胡的学生，她不懂得，只会莫名其妙地纳闷。

一条胡同过了又是一条胡同。无量的尘土，无尽的道路，涌着这沉闷的妇人。她有时嚷"烂纸换洋取灯儿"，有时连路边一堆不用换的旧报纸，她都不捡。有时该给人两盒取灯，她却给了五盒。胡乱地过了一天，她便随着天上那班只会嚷嚷和抢吃的黑衣党慢慢地踱回家。仰头看见新贴上的户口照，写的户主是刘向高妻刘氏，使她心里更闷得厉害。

刚踏进院子，向高从屋里赶出来。

她瞪着眼，只说："你回来……"其余的话用眼泪连续下去。

"我不能离开你，我的事情都是你成全的。我知道你要我帮忙。我不能无情无义。"其实他这两天在道上漫散地走，不晓得要往那里去。走路的时候，直像脚上扣着一条很重的铁镣，那一面是扣在春桃手上一样。加以到处都遇见"还是他好"的广告，心情更受着不断的搅动，甚至饿了他也不知道。

"我已经同向哥说好了。他是户主，我是同居。"

向高照旧帮她卸下篓子。一面替她抹掉脸上的眼泪。他说："若是回到乡下，他是户主，我是同居。你是咱们的媳妇。"

她没有做声，直进屋里，脱下衣帽，行她每日的洗礼。

买卖经又开始在瓜棚底下念开了。他们商量把宫里那批字纸卖掉以后，向高便可以在市场里摆一个小摊，或者可以搬到一间大一点点的房子去住。

屋里，豆大的灯火，教从瓜棚飞进去的一只油葫芦扑灭了。李茂早已睡熟，因为银河已经低了。

"咱们也睡罢。"妇人说。

"你先躺去，一会我给你捶腿。"

"不用啦，今天我没走多少路。明儿早起，记得做那批买卖去，咱们有好几天不开张了。"

"方才我忘了拿给你。今天回家，见你还没回来，我特意到天桥去给你带一顶八成新的帽子回来。你瞧瞧！"他在暗里摸着那帽子，要递给她。

"现在那里瞧得见！明天我戴上就是。"

院子都静了，只剩下晚香玉的香还在空气中游荡。屋里微微地可以听见"媳妇"和"我不爱听，我不是你的媳妇"等对答。

命命鸟

敏明坐在席上,手里拿着一本《八大人觉经》,流水似地念着。她的席在东边的窗下,早晨的日光射在她脸上,照得她的身体全然变成黄金的颜色。她不理会日光晒着她,却不歇地抬头去瞧壁上的时计,好像等什么人来似的。

那所屋子是佛教青年会的法轮学校。地上满铺了日本花席,八九张矮小的几子横在两边的窗下。壁上挂的都是释迦应化的事迹,当中悬着一个卍字徽章和一个时计。一进门就知那是佛教的经堂。

敏明那天来得早一点,所以屋里还没有人。她把各样功课念过几遍,瞧壁上的时计正指着六点一刻。她用手挡住眉头,望着窗外低声地说:"这时候还不来上学,莫不是还没有起床?"

敏明所等的是一位男同学加陵。他们是七八年的老同学,年纪也是一般大。他们的感情非常的好,就是新来的同学也可以瞧得出来。

"铿铛……铿铛……"一辆电车循着铁轨从北而来,驶到学校门口停了一会。一个十五六岁的美男子从车上跳下来。他的头上包着一条苹果绿的丝巾;上身穿着一件雪白的短褂;下身围着一条紫色的丝裙;脚下踏着一双芒鞋,俨然是一位缅甸的世家子弟。这男子走进院里,脚下的芒鞋拖得拍答拍答地响。那声音传到屋里,好像告诉敏明说:"加陵来了!"

敏明早已瞧见他,等他走近窗下,就含笑对他说:"哼哼,加陵!请你的早安。你来得算早,现在才六点一刻咧。"加陵回答说："你不要讥诮我，我还以为我是第一早的。"他一面说一面把芒鞋脱掉，放在门边，赤着脚走到敏明跟前坐下。

　　加陵说："昨晚上父亲给我说了好些故事，到十二点才让我去睡，所以早晨起得晚一点。你约我早来，到底有什么事？"敏明说："我要向你辞行。"加陵一听这话，眼睛立刻瞪起来，显出很惊讶的模样，说："什么？你要往哪里去？"敏明红着眼眶回答说："我的父亲说我年纪大了，书也念够了，过几天可以跟着他专心当戏子去，不必再像从前念几天唱几天那么劳碌。我现在就要退学，后天将要跟他上普朗去。"加陵说："你愿意跟他去吗？"敏明回答说："我为什么不愿意？我家以演剧为职业是你所知道的。我父亲虽是一个很有名、很能赚钱的俳优，但这几年间他的身体渐渐软弱起来，手足有点不灵活，所以他愿意我和他一块儿排演。我在这事上很有长处，也乐得顺从他的命令。"加陵说："那么，我对于你的意思就没有换回的余地了。"敏明说："请你不必为这事纳闷。我们的离别必不能长久的。仰光是一所大城，我父亲和我必要常在这里演戏。有时到乡村去，也不过三两个星期就回来。这次到普朗去，也是要在那里耽搁八九天。请你放心……"

　　加陵听得出神，不提防外边早有五六个孩子进来，有一个顽皮的孩子跑到他们的跟前说："请'玫瑰'和'蜜蜂'的早安。"他又笑着对敏明说："'玫瑰'花里的甘露流出来咧。"——他瞧见敏明脸上有一点泪痕，所以这样说。西边一个孩子接着说："对呀！怪不得'蜜蜂'舍不得离开她。"加陵起身要追那孩子，被敏明拦住。她说："别和他们胡闹。我们还是说我们的罢。"加陵坐下，敏明就接着说："我想你不久也得转入高等学校，盼望你在念书的时候要忘了我，在休息的时候要记念我。"加陵说："我决不会把你忘了。你若是过十天不回来，或者我会到普朗去找你。"敏明说："不必如此。我过几天准能回来。"

说的时候，一位三十多岁的教师由南边的门进来。孩子们都起立向他行礼。教师蹲在席上，回头向加陵说："加陵，昙摩蜱和尚叫你早晨和他出去乞食。现在六点半了，你快去罢。"加陵听了这话，立刻走到门边，把芒鞋放在屋角的架上，随手拿了一把油伞就要出门。教师对他说："九点钟就得回来。"加陵答应一声就去了。

加陵回来，敏明已经不在她的席上。加陵心里很是难过，脸上却不露出什么不安的颜色。他坐在席上，仍然念他的书。晌午的时候，那位教师说："加陵，早晨你走得累了，下午给你半天假。"加陵一面谢过教师，一面检点他的文具，慢慢地走回家去。

加陵回到家里，他父亲婆多瓦底正在屋里嚼槟榔。一见加陵进来，忙把沫红唾出，问道："下午放假么？"加陵说："不是，是先生给我的假。因为早晨我跟昙摩蜱和尚出去乞食，先生说我太累，所以给我半天假。"他父亲说："哦，昙摩蜱在道上曾告诉你什么事情没有？"加陵答道："他告诉我说，我的毕业期间快到了，他愿意我跟他当和尚去，他又说：这意思已经向父亲提过了。父亲啊，他实在向你提过这话么？"婆多瓦底说："不错，他曾向我提过。我也很愿意你跟他去。不知道你怎样打算？"加陵说："我现在有点不愿意。再过十五六年，或者能够从他。我想再入高等学校念书，盼望在其中可以得着一点西洋的学问。"他父亲诧异说："西洋的学问，啊！我的儿，你想差了。西洋的学问不是好东西，是毒药哟。你若是有了那种学问，你就要藐视佛法了。你试瞧瞧在这里的西洋人，多半是干些杀人的勾当，做些损人利己的买卖，和开些诽谤佛法的学校。什么圣保罗因斯提丢啦、圣约翰海斯苦尔啦，没有一间不是诽谤佛法的。我说你要求西洋的学问会发生危险就在这里。"加陵说："诽谤与否，在乎自己，并不在乎外人的煽惑。若是父亲许我入圣约翰海斯苦尔，我准保能持守得住，不会受他们的诱惑。"婆多瓦底说："我是很爱你的，你要做的事情，若是没有什么妨害，我一定允许你。要记得昨晚上我和你说的话。我一想起当日你叔叔和你的白象主（缅甸王尊号）提婆底事，就不由得我不恨西洋人。我最沉痛的是他们在蛮得勒将白象主掳去；又在瑞大光塔设驻防营。瑞大光塔是我们的圣地，他们竟然叫些行凶的人在那里住，岂不是把我们的戒律打破了吗？我盼望你不要入他们的学校，还是清清净净去当沙门。一则可以为白象主忏悔；二则可以为你的父母积福；三则为你将来往生极乐的预备。出家能得这几种好处，总比西洋的学问强得多。"加陵说："出家修行，我也很愿意。但无论如何，现在决不能办。不如一面入学，一面跟着昙摩埤学些经典。"婆多瓦底知道劝不过来，就说："你既是决意要入别的学校，我也无可奈何，我很喜欢你跟昙摩蜱学习经典。你毕业后就转入仰光高等学校罢。那学校对于缅甸的风俗比较保存一点。"加陵说："那么，我明天就去告诉昙摩蜱和法轮学校的教师。"婆多瓦底说："也好。今天的天气很清爽，下午你又没有功课，不如在午饭后一块儿到湖里逛逛。你就叫他们开饭罢。"婆多瓦底说完，就进卧房换衣服去了。

原来加陵住的地方离绿绮湖不远。绿绮湖是仰光第一大、第一好的公园，缅甸人叫他做干多支。"绿绮"的名字是英国人替它起的。湖边满是热带植物。那些树木的颜色、形态，都是很美丽，很奇异。湖西远远望见瑞大光，那塔的金色光衬着湖边的椰树、蒲葵，真像王后站在水边，后面有几个宫女持着羽葆随着她一样。此外好的景致，随处都是。不论什么人，一到那里，心中的忧郁立刻消灭。加陵那天和父亲到那里去，能得许多愉快是不消说的。

过了三个月，加陵已经入了仰光高等学校。他在学校里常常思念他最爱的朋友敏明。但敏明自从那天早晨一别，老是没有消息。有一天，加陵回家，一进门仆人就递封信给他。拆开看时，却是敏明的信。加陵才知道敏明早已回来，他等不得见父亲的面，翻身出门，直向敏明家里奔来。

敏明的家还是住在高加因路，那地方是加陵所常到的。女仆玛弥见他推门进来，忙上前迎他说："加陵君，许久不见啊！我们姑娘前天才回来的。你来得正好，待我进去告诉她。"她说完这话就速速进里边去，大声嚷道："敏明姑娘，加陵君来找你呢。快下来罢。"加陵在后面慢慢地走，待要踏入厅门，敏明已迎出来。

敏明含笑对加陵说："谁教你来的呢？这三个月不见你的信，大概因为功课忙的缘故罢？"加陵说："不错，我已经入了高等学校，每天下午还要到昙摩蜱那里……唉，好朋友，我就是有工夫，也不能写信给你。因为我抓起笔来就没了主意，不晓得要写什么才能叫你觉得我的心常常有你在里头。我想你这几个月没有信给我，也许是和我一样地犯了这种毛病。"敏明说："你猜的不错。你许久不到我屋里了，现在请你和我上去坐一会。"敏明把手搭在加陵的肩胛上，一面吩咐玛弥预备槟榔、淡巴菰和些少细点，一面携着加陵上楼。

敏明的卧室在楼西。加陵进去，瞧见里面的陈设还是和从前差不多。楼板上铺的是土耳其绒毯。窗上垂着两幅很细致的帷子。她的衾具就放在窗边。外头悬着几盆风兰。瑞大光的金光远远地从那里射来。靠北是卧榻，离地约一尺高，上面用上等的丝织物盖住。壁上悬着一幅提婆和率斐雅洛观剧的画片。还有好些绣垫散布在地上。加陵拿一个垫子到窗边，刚要坐下，那女仆已经把各样吃的东西捧上来。"你嚼槟榔啵。"敏明说完这话，随手送了一个槟榔到加陵嘴里，然后靠着她的镜台坐下。

加陵嚼过槟榔，就对敏明说："你这次回来，技艺必定很长进，何不把你最得意的艺术演奏起来，我好领教一下。"敏明笑说："哦，你是要瞧我演戏来的。我死也不演给你瞧。"加陵说："有什么妨碍呢？你还怕我笑你不成？快演罢，完了咱们再谈心。"敏明说:"这几天我父亲刚刚教我一套雀翎舞,打算在涅槃节期到比古演奏,现在先演给你瞧罢。我先舞一次,等你瞧熟了,再奏乐和我。这舞蹈的谱可以借用'达撒罗撒',歌调借用'恩斯民'。这两支谱,你都会吗?"加陵忙答应说:"都会,都会。"

加陵擅于奏巴打拉(一种竹制的乐器,详见《大清会典图》),他一听见敏明叫他奏乐,就立刻叫玛弥把那种乐器搬来。等到敏明舞过一次,他就跟着奏起来。

敏明两手拿住两把孔雀翎,舞得非常的娴熟。加陵所奏的巴打拉也还跟得上,舞过一会,加陵就奏起"恩斯民"的曲调,只听敏明唱道:

孔雀!孔雀!你不必赞我生得俊美;
我也不必嫌你长得丑劣。
咱们是同一个身心,
同一副手脚。
我和你永远同在一个身里住着,
我就是你啊,你就是我。
别人把咱们的身体分做两个,
是他们把自己的指头压在眼上,
所以会生出这样的错。
你不要像他们这样的眼光,
要知道我就是你啊,你就是我。

敏明唱完,又舞了一会。加陵说:"我今天才知道你的技艺精到这个地步。你所唱的也是很好。且把这歌曲的故事说给我听。"敏明说:"这曲倒没有什么故事,不过是平常的恋歌,你能把里头的意思听出来就够了。"加陵说:"那么,你这支曲是为我唱的。我也很愿意对你说:我就是你,你就是我。"

他们二人的感情几年来就渐渐浓厚。这次见面的时候,又受了那么好的感触,所以彼此的心里都承认他们求婚的机会已

经成熟。

敏明愿意再帮父亲二三年才嫁，可是她没有向加陵说明。加陵起先以为敏明是一个很信佛法的女子，怕她后来要到尼庵去实行她的独身主义，所以不敢动求婚的念头。现在瞧出她的心志不在那里，他就决意回去要求婆多瓦底的同意，把她娶过来。照缅甸的风俗，子女的婚嫁本没有要求父母同意的必要，加陵很尊重他父亲的意见，所以要履行这种手续。

他们谈了半晌工夫，敏明的父亲宋志从外面进来，抬头瞧见加陵坐在窗边，就说："加陵君，别后平安啊！"加陵忙回答他，转过身来对敏明说："你父亲回来了。"敏明待下去，她父亲已经登楼。他们三人坐过一会，谈了几句客套，加陵就起身告辞。敏明说："你来的时间不短，也该回去了。你且等一等，我把这些舞具收拾清楚，再陪你在街上走几步。"宋志眼瞧着他们出门，正要到自己屋里歇一歇，恰好玛弥上楼来收拾东西。宋志就对她说："你把那盘槟榔送到我屋里去罢。"玛弥说："这是他们剩下的，已经残了。我再给你拿些新鲜的来。"

玛弥把槟榔送到宋志屋里，见他躺在席上，好像想什么事情似的。宋志一见玛弥进来，就起身对她说："我瞧他们两人实在好得太厉害。若是敏明跟了他，我必要吃亏。你有什么好方法叫他们二人的爱情冷淡没有？"玛弥说："我又不是蛊师，哪有好方法离间他们？我想主人你也不必想什么方法，敏明姑娘必不至于嫁他。因为他们一个是属蛇，一个是属鼠的（缅甸的生肖是算日的，礼拜四生的属鼠，礼拜六生的属蛇），就算我们肯将姑娘嫁给他，他的父亲也不愿意。"宋志说："你说的虽然有理，但现在生肖相克的话，好些人都不注重了。倒不如请一位蛊师来，请他在二人身上施一点法术更为得计。"

印度支那间有一种人叫做蛊师，专用符咒替人家制造命运。有时叫没有爱情的男女，忽然发生爱情；有时将如胶似漆的夫妻化为仇敌。操这种职业的人以暹罗的僧侣最多，且最受人信仰。缅甸人操这种职业的也不少。宋志因为玛弥的话提醒他，第二天早晨他就出门找蛊师去了。

晌午的时候，宋志和蛊师沙龙回来。他让沙龙进自己的卧房。玛弥一见沙龙进来，木鸡似的站在一边。她想到昨天在无意之中说出蛊师，引起宋志今天的实行，实在对不起她的姑娘。她想到这里，就一直上楼去告诉敏明。

敏明正在屋里念书，听见这消息，急和玛弥下来，蹑步到屏后，倾耳听他们的谈话。只听沙龙说："这事很容易办。你可以将她常用的贴身东西拿一两件来，我在那上头画些符，念些咒，然后给回她用，过几天就见功效。"宋志说："恰好这里有她一条常用的领巾，是她昨天回来的时候忘记带上去的。这东西可用吗？"沙龙说："可以的，但是能够得着"敏明听到这里已忍不住，一直走进去向父亲说："阿爸，你何必摆弄我呢？我不是你的女儿吗？我和加陵没有什么意，请你放心。"宋志蓦地里瞧见他女儿进来，简直不知道要用什么话对付她。沙龙也停了半晌才说："姑娘，我们不是谈你的事。请你放心。"敏明斥他说："狡猾的人，你的计我已知道了。你快去办你的事罢。"宋志说，"我的儿，你今天疯了吗？你且坐下，我慢慢给你说。"

敏明哪里肯依父亲的话，她一味和沙龙吵闹，弄得她父亲和沙龙很没趣。不久，沙龙垂着头走出来；宋志满面怒容蹲在床上吸烟；敏明也忿忿地上楼去了。

敏明那一晚上没有下来和父亲用饭。她想父亲终究会用蛊术离间他们，不由得心里难过。她躺在床上翻来覆去。绣枕早已被她的眼泪湿透了。

第二天早晨，她到镜台梳洗，从镜里瞧见她满面都是鲜红色——因为绣枕褪色，印在她的脸上——不觉笑起来。她把脸上那些印迹洗掉的时候，玛弥已捧一束鲜花、一杯咖啡上来。敏明把花放在一边，一手倚着窗棂，一手拿住茶杯向窗外出神。她定神瞧着围绕瑞大光的彩云，不理会那塔的金光向她的眼睑射来，她精神因此就十分疲乏。她心里的感想和目前的光融洽，精神上现出催眠的状态。她自己觉得在瑞大光塔顶站着，听见底下的护塔铃叮叮当当地响。她又瞧见上面那些王侯所献的宝石，个个都发出很美丽的光明。她心里喜欢得很，不歇用手去摩弄，无意中把一颗大红宝石摩掉了。她忙要俯身去捡时，那宝石已经掉在地上，她定神瞧着那空儿，要求那宝石掉下的缘故，不觉有一种更美丽的宝光从那里射出来。她心里觉得很奇怪，用手扶着金壁，低下头来要瞧瞧那空儿里头的光景。不提防那壁被她一推，渐渐向后，原来是一扇宝石的门。

那门被敏明推开之后，里面的光直射到她身上。她站在外边，望里一瞧，觉得里头的山水、树木，都是她平生所不曾见过的。她在不知不觉中，已经向前走了几十步。耳边恍惚听见有人对她说："好啊！你回来啦。"敏明回头一看，觉得那人很熟悉，只是一时不能记出他的名字。她听见"回来"这两字，心里很是纳闷，就向那人说："我不住在这里，为何说我回来？你是谁？我好像在哪里与你会过似的。这是什么地方？"那人笑说："哈哈！去了这些日子，连自己家乡和平日间往来的朋友也忘了。肉体的障碍真是大哟。"敏明听了这话，简直莫名其妙。又问他说："我是谁？有那么好福气住在这里。我真是在这里住过吗？"那人回答说："你是谁？你自己知道。若是说你不曾住过这里，我就领你到处逛一逛，瞧你认得不认得。"敏明听见那人要领她到处去逛逛，就忙忙答应，但所见的东西，敏明一点也记不清楚，总觉得样样都是新鲜的。那人瞧见敏明那么迷糊，就对她说："你既然记不清，待我一件一件告诉你。"

敏明和那人走过一座碧玉牌楼。两边的树罗列成行，开着很好看的花。红的、白的、紫的、黄的，各色齐备。树上有些鸟声，唱得很好听。走路时，有些微风慢慢吹来，吹得各色的花瓣纷纷掉下：有些落在人的身上；有些落在地上；有些还在空中飞来飞去。敏明的头上和肩膀上也被花瓣贴满，遍体熏得很香。那人说："这些花木都是你的老朋友，你常和它们往来。它们的花是长年开放的。"敏明说："这真是好地方，只是我总记不起来。"

走不多远，忽然听见很好的乐音。敏明说："谁在那边奏乐？"那人回答说："那里有人奏乐，这里的声音都是发于自然的。你所听的是前面流水的声音。我们再走几步就可以瞧见。"进前几步果然有些泉水穿林而流。水面浮着奇异的花草，还有好些水鸟在那里游泳。敏明只认得些荷花、溪鹨，其余都不认得。那人很不耐烦，把各样的东西都告诉她。

他们二人走过一道桥，迎面立着一片琉璃墙。敏明说："这墙真好看，是谁在里面住？"那人说："这里头是乔答摩宣讲法要的道场。现时正在演说，好些人物都在那里聆听法音。转过这个墙角就是正门。到的时候，我领你进去听一听。"敏明贪恋外面的风景，不愿意进去。她说："咱们逛会儿再进去罢。"那人说："你只会听粗陋的声音，看简略的颜色和闻污劣的香味。那更好的、更微妙的，你就不理会了。好，我再和你走走，瞧你了悟不了悟。"

二人走到墙的尽头，还是穿入树林。他们踏着落花一直进前，树上的鸟声，叫得更好听。敏明抬起头来，忽然瞧见南边的树枝上有一对很美丽的鸟呆立在那里，丝毫的声音也不从他们的嘴里发出。敏明指着向那人说："只只鸟儿都出声吟唱，为什么那对鸟儿不出声音呢？那是什么鸟？"那人说："那是命命鸟。为什么不唱，我可不知道。"

敏明听见"命命鸟"三字，心里似乎有点觉悟。她注神瞧着那鸟，猛然对那人说："那可不是我和我的好朋友加陵么，为何我们都站在那里？"那人说："是不是，你自己觉得。"敏明抢前几步，看来还是一对呆鸟。她说："还是一对鸟儿在那里，也许是我的眼花了。"

他们绕了几个弯，当前现出一节小溪把两边的树林隔开。对岸的花草，似乎比这边更新奇。树上的花瓣也是常常掉下来。树下有许多男女：有些躺着的，有些站着的，有些坐着的。各人在那里说说笑笑，都现出很亲密的样子。敏明说："那边的花瓣落得更妙，人也多一点，我们一同过去逛逛罢。"那人说："对岸可不能去。那落的叫做情尘，若是望人身上落得多了就不好。"敏明说："我不怕。你领我过去逛逛罢。"那人见敏明一定要，过去就对她说："你必要过那边去，我可不能陪你了。你可以自己找一道桥过去。"他说完这话就不见了。敏明回头瞧见那人不在，自己循着水边，打算找一道桥过去。但找来找去总找不着，只得站在这边瞧过去。

她瞧见那些花瓣越落越多，那班男女几乎被葬在底下。有一个男子坐在对岸的水边，身上也是满了落花。一个紫衣的女子走到他跟前说："我很爱你，你是我的命。我们是命命鸟。除你以外，我没有爱过别人。"那男子回答说："我对于你的爱情也是如此。我除了你以外不曾爱过别的女人。"紫衣女子听了，向他微笑，就离开他。走不多远，又遇着一位男子站在树下，她又向那男子说："我很爱你，你是我的命。我们是命命鸟，除你以外，我没有爱过别人。"那男子也回答说："我对于你的爱情也是如此。我除了你以外不曾爱过别的女人。"

敏明瞧见这个光景，心里因此发生了许多问题，就是：那紫衣女子为什么当面撒谎，和那两位男子的回答为什么不约而同？她回头瞧那坐在水边的男子还在那里，又有一个穿红衣的女子走到他面前，还是对他说紫衣女子所说的话。那男子的回答和从前一样，一个字也不改。敏明再瞧那紫衣女子，还是挨着次序向各个男子说话。她走远了，话语的内容虽然听不见，但她的形容老没有改变。各个男子对她也是显出同样的表情。

敏明瞧见各个女子对于各个男子所说的话都是一样；各个男子的回答也是一字不改，心里正在疑惑，忽然来了一阵狂风把对岸的花瓣刮得干干净净，那班男女立刻变成很凶恶的容貌，互相啮食起来。敏明瞧见这个光景，吓得冷汗直流。她忍不住就大声喝道："嗳呀！你们的感情真是反复无常。"

敏明手里那杯咖啡被这一喝，全都泻在她的裙上。楼下的玛弥听见楼上的喝声，也赶上来。玛弥瞧见敏明周身冷汗，扑在镜台上头，忙上前把她扶起，问道："姑娘你怎样啦？烫着了没有？"敏明醒来，不便对玛弥细说，胡乱答应几句就打发她下去。

敏明细想刚才的异象，抬头再瞧窗外的瑞大光，觉得那塔还是被彩云绕住，越显得十分美丽。她立起来，换过一条绛色的裙子，就坐在她的卧榻上头。她想起在树林里忽然瞧见命命鸟变做她和加陵那回事情，心中好像觉悟他们两个是这边的命命鸟，和对岸自称为命命鸟的不同。她自己笑着说："好在你不在那边。幸亏我不能过去。"

她自经过这一场恐慌，精神上遂起了莫大的变化。对于婚姻另有一番见解，对于加陵的态度更是不像从前。加陵一点也觉不出来，只猜她是不舒服。

自从敏明回来，加陵没有一天不来找她。近日觉得敏明的精神异常，以为自己没有向她求婚，所以不高兴。加陵觉得他自己有好些难解决的问题，不能不对敏明说。第一，是他父亲愿意他去当和尚；第二，纵使准他娶妻，敏明的生肖和他不对，顽固的父亲未必承认。现在瞧见敏明这样，不由得不把衷情吐露出来。

加陵一天早晨来到敏明家里，瞧见她的态度越发冷静，就安慰她说："好朋友，你不必忧心，日子还长呢。我在咱们的事情上头已经有了打算。父亲若是不肯，咱们最终的办法就是'照例逃走'。你这两天是不是为这事生气呢？"敏明说："这倒不值得生气。不过这几晚睡得迟，精神有一点疲倦罢了。"加陵以为敏明的话是真，就把前日向父亲要求的情形说给她听。他说："好朋友，你瞧我的父亲多么固执。他一意要我去当和尚，我前天向他说些咱们的事，他还要请人来给我说法，你说好笑不好笑？"敏明说："什么法？"加陵说："那天晚上，父亲把昙摩蜱请来。我以为有别的事要和他商量，谁知他叫我到跟前教训一顿。你猜他对我讲什么经呢？好些话我都忘记了。内中有一段是很有趣、很容易记的。我且念给你听：

佛问摩邓曰："女爱阿难何似？"女言："我爱阿难眼；爱阿难鼻；爱阿难口；爱阿难耳；爱阿难声音；爱阿难行步。"佛言："眼中但有泪；鼻中但有洟；口中但有唾；耳中但有垢；身中但有屎尿，臭气不净。"

"昙摩蜱说得天花乱坠，我只是偷笑。因为身体上的污秽，人人都有，那能因着这些小事，就把爱情割断呢？况且这经本来不合对我说；若是对你念，还可以解释得去。"

敏明听了加陵末了那句话，忙问道："我是摩邓吗？怎样说对我念就可以解释得去？"加陵知道失言，忙回答说："请你原谅，我说错了。我的意思不是说你是摩邓，是说这本经合于对女人说。"加陵本是要向敏明解嘲，不意反触犯了她。敏明听了那几句经，心里更是明白。他们两人各有各的心事，总没有尽情吐露出来。加陵坐不多会，就告辞回家去了。

涅槃节近啦。敏明的父亲直催她上比古去，加陵知道敏明明日要动身，在那晚上到她家里，为的是要给她送行。但一进门，连人影也没有，转过角门，只见玛弥在她屋里缝衣服。那时候约在八点钟的光景。

加陵问玛弥说："姑娘呢？"玛弥抬头见是加陵，就陪笑说："姑娘说要去找你，你反来找她。她不曾到你家去吗？她出门已有一点钟工夫了。"加陵说："真的么？"玛弥回了一声："我还骗你不成。"低头还是做她底活计。加陵说："那么，我就回去等她。你请。"

加陵知道敏明没有别处可去，她一定不会趁瑞大光的热闹。他回到家里，见敏明没来，就想着她一定和女伴到绿绮湖上乘凉。因为那夜的月亮亮得很，敏明和月亮很有缘；每到月圆的时候，她必招几个朋友到那里谈心。

加陵打定主意，就向绿绮湖去。到的时候，觉得湖里静寂得很。这几天是涅槃节期，各庙里都很热闹，绿绮湖的冷月没人来赏玩，是意中的事。加陵从爱德华第七的造像后面上了山坡，瞧见没人在那里，心里就有几分诧异。因为敏明每次必在那里坐，这回不见她，谅是没有来。

他走得很累，就在凳上坐一会。他在月影朦胧中瞧见地下有一件东西，捡起来看时，却是一条蝉翼纱的领巾。那巾的两端都绣一个吉祥海云的徽识，所以他认得是敏明的。

加陵知道敏明还在湖边，把领巾藏在袋里，就抽身去找她。他踏二弯虹桥，转到水边的乐亭，瞧没有人，又折回来。他在山丘上注神一望，瞧见西南边隐隐有个人影，忙上前去，见有几分像敏明。加陵蹑步到野蔷薇垣后面，意思是要吓她。他瞧见敏明好像是找什么东西似的，所以静静伏在那里看她要做什么。

敏明找了半天，随在乐亭旁边摘了一枝优钵昙花，走到湖边，向着瑞大光合掌礼拜。加陵见了，暗想她为什么不到瑞大光膜拜去？于是再蹑足走近湖边的蔷薇垣，那里离敏明礼拜的地方很近。

加陵恐怕再触犯她，所以不敢做声。只听她的祈祷：

女弟子敏明，稽首三世诸佛：我自万劫以来，迷失本来智性，因此堕入轮回，成女人身。现在得蒙大慈，示我三生因果。我今悔悟，誓不再恋天人，致受无量苦楚。愿我今夜得除一切障碍，转生极乐国土。愿勇猛无畏阿弥陀，俯听恳求接引我。南无阿弥陀佛。

加陵听了她这番祈祷，心里很受感动。他没有一点悲痛，竟然从蔷薇垣里跳出来，对着敏明说："好朋友，我听你刚才的祈祷，知道你厌弃这世间，要离开它。我现在也愿意和你同行。"

敏明笑道："你什么时候来的？你要和我同行，莫不你也厌世吗？"加陵说："我不厌世。因为你的原故，我愿意和你同行。我和你分不开。你到那里，我也到那里。"敏明说："不厌世，就不必跟我去。你要记得你父亲愿你做一个转法轮的能手。你现在不必跟我去，以后还有相见的日子。"加陵说："你说不厌世就不必死，这话有些不对。譬如我要到蛮得勒去，不是嫌恶仰光，不过我未到过那城，所以愿意去瞧一瞧。但有些人很厌恶仰光，他巴不得立刻离开才好。现在，你是第二类的人，我是第一类的人，为什么不让我和你同行？"敏明不料加陵会来，更不料他一下就决心要跟从她。现在听他这一番话语，知道他与自己的觉悟虽然不同，但她常感得他们二人是那世界的命命鸟，所以不甚阻止他。到这里，她才把前几天的事告诉加陵。加陵听了，心里非常的喜欢，说："有那么好的地方，为何不早告诉我？我一定离不开你了，我们一块儿去罢。"那时月光更是明亮。树林里萤火无千无万地闪来闪去，好像那世界的人物来赴他们的喜筵一样。

加陵一手搭在敏明的肩上，一手牵着她。快到水边的时候，加陵回过脸来向敏明的唇边啜了一下。他说："好朋友，你不亲我一下么？"敏明好像不曾听见，还是直地走。

他们走入水里，好像新婚的男女携手入洞房那般自在，毫无一点畏缩。在月光水影之中，还听见加陵说："咱们是生命的旅客，现在要到那个新世界，实在叫我快乐得很。"现在他们去了！月光还是照着他们所走的路；瑞大光远远送一点鼓乐的声音来；动物园的野兽也都为他们唱很雄壮的欢送歌；惟有那不懂人情的水，不愿意替他们守这旅行的秘密，要找机会把他们的躯壳送回来。

商人妇

"先生，请用早茶。"这是二等舱的侍者催我起床的声音。我因为昨天上船的时候太过忙碌，身体和精神都十分疲倦，从九点一直睡到早晨七点还没有起床。我一听侍者的招呼，就立刻起来，把早晨应办的事情弄清楚，然后到餐厅去。

那时节餐厅里满坐了旅客。个个在那里喝茶，说闲话：有些预言欧战谁胜谁负的；有些议论袁世凯该不该做皇帝的；有些猜度新加坡印度兵变乱是不是受了印度革命党运动的。那种唧唧咕咕的声音，弄得一个餐厅几乎变成菜市。我不惯听这个，一喝完茶就回到自己的舱里，拿了一本《西青散记》跑到右舷找一个地方坐下，预备和书里的双卿谈心。

我把书打开，正要看时，一位印度妇人携着一个七八岁的孩子来到跟前，和我面对面地坐下。这妇人，我前天在极乐寺放生池边曾见过一次，我也瞧着她上船，在船上也是常常遇见她在左右舷乘凉。我一瞧见她，就动了我的好奇心，因为她的装束虽是印度的，然而行动却不像印度妇人。

我把书搁下，偷眼瞧她，等她回眼过来瞧我的时候，我又装做念书。我好几次是这样办，恐怕她疑我有别的意思，此后就低着头，再也不敢把眼光射在她身上。她在那里信口唱些印度歌给小孩听，那孩子也指东指西问她说话。我听她的回答，无意中又把眼睛射在她脸上。她见我抬起头来，就顾不得和孩子周旋，急急地用闽南土话问我说："这位老叔，你也是要到新加坡去么？"她的口腔很像海澄的乡人，所问的也带着乡人的口气。在说话之间，一字一字慢慢地拼出来，好像初学说话的一样。我被她这一问,心里的疑团结得更大,就回答说:"我要回厦门去。你曾到过我们那里么?为什么能说我们的话?"

"呀!我想你瞧我的装束像印度妇女,所以猜疑我不是唐山(华侨叫祖国做唐山)人。我实在告诉你,我家就在鸿渐。"

那孩子瞧见我们用土话对谈,心里奇怪得很,他摇着妇人的膝头,用印度话问道:"妈妈,你说的是什么话?他是谁?"也许那孩子从来不曾听过她说这样的话,所以觉得稀奇。我巴不得快点知道她的底蕴,就接着问她:"这孩子是你养的么?"她先回答了孩子,然后向我叹一口气说:"为什么不是呢!这是我在麻德拉斯养的。"

我们越谈越熟,就把从前的畏缩都除掉。自从她知道我的里居、职业以后,她再也不称我做"老叔",更转口称我做"先生"。她又把麻德拉斯大概的情形说给我听。我因为她的境遇很稀奇,就请她详详细细地告诉我。她谈得高兴,也就应许了。那时,我才把书收入口袋里,注神听她诉说自己的历史。

我十六岁就嫁给青礁林荫乔为妻。我的丈夫在角尾开糖铺。他回家的时候虽然少,但我们的感情决不因为这样就生疏。我和他过了三四年的日子,从不曾拌过嘴,或闹过什么意见。有一天,他从角尾回来,脸上现出忧闷的容貌。一进门就握着我的手说:"惜官(闽俗:长辈称下辈或同辈的男女彼此相称,常加"官"字在名字之后),我的生意已经倒闭,以后我就不到角尾去啦。"我听了这话,不由得问他:"为什么呢?是买卖不好吗?"他说:"不是,不是,是我自己弄坏的。这几天那里赌局,有些朋友招我同玩,我起先赢了许多,但是后来都输得精光,甚至连店里的生财家伙,也输给人了。我实在后悔,实在对你不住。"我怔了一会,也想不出什么合适的话来安慰他,更不能想出什么话来责备他。

他见我的泪流下来,忙替我擦掉,接着说:"哎!你从来不曾在我面前哭过,现在你向我掉泪,简直像熔融的铁珠一滴一滴地滴在我心坎儿上一样。我的难受，实在比你更大。你且不必担忧，我找些资本再做生意就是了。"

当下我们二人面面相觑，在那里静静地坐着。我心里虽有些规劝的话要对他说，但我每将眼光射在他脸上的时候，就觉得他有一种妖魔的能力；不容我说，早就理会了我的意思。我只说："以后可不要再耍钱，要知道赌钱……"

他在家里闲着，差不多有三个月。我所积的钱财倒还够用，所以家计用不着他十分挂虑。我镇日出外借钱做资本，可惜没有人信得过他，以致一文也借不到。他急得无可奈何，就动了过番（闽人说到南洋为过番）的念头。

他要到新加坡去的时候，我为他摒挡一切应用的东西，又拿了一对玉手镯教他到厦门兑来做盘费。他要趁早潮出厦门，所以我们别离的前一夕足足说了一夜的话。第二天早晨，我送他上小船，独自一人走回来，心里非常烦闷，就伏在案上，想着到南洋去的男子多半不想家，不知道他会这样不会。正这样想，蓦然一片急步声达到门前，我认得是他，忙起身开了门，问："是漏了什么东西忘记带去么？"他说："不是，我有一句话忘记告诉你：我到那边的时候，无论做什么事，总得给你来信。若是五六年后我不能回来，你就到那边找我去。"我说："好罢。这也值得你回来叮咛，到时候我必知道应当怎样办的。天不早了，你快上船去罢。"他紧握着我的手，长叹了一声，翻身就出去了。我注目直送到榕荫尽处，瞧他下了长堤，才把小门关上。

我与林荫乔别离那一年，正是二十岁。自他离家以后，只来了两封信，一封说他在新加坡丹让巴葛开杂货店，生意很好。一封说他的事情忙，不能回来。我连年望他回来完聚，只是一年一年的盼望都成虚空了。

邻舍的妇人常劝我到南洋找他去。我一想，我们夫妇离别已经十年，过番找他虽是不便，却强过独自一人在家里挨苦我把所积的钱财检妥，把房子交给乡里的荣家长管理，就到厦门搭船。

我第一次出洋，自然受不惯风浪的颠簸，好容易到了新加坡。那时节，我心里的喜欢，简直在这辈子里头不曾再遇见。我请人带我到丹让巴葛义和诚去。那时我心里的喜欢更不能用言语来形容。我瞧店里的买卖很热闹，我丈夫这十年间的发达，不用我估量，也就罗列在眼前了。

但是店里的伙计都不认识我，故得对他们说明我是谁和来意。有一位年轻的伙计对我说："头家（闽人称店主为头家）今天没有出来，我领你到住家去罢。"我才知道我丈夫不在店里住，同时我又猜他一定是再娶了，不然，断没有所谓住家的。我在路上就向伙计打听一下，果然不出所料！

人力车转了几个弯，到一所半唐半洋的楼房停住。伙计说："我先进去通知一声。"他撇我在外头，许久才出来对我说："头家早晨出去，到现在还没有回来哪。头家娘请你进去里头等他一会儿，也许他快要回来。"他把我两个包袱——那就是我的行李——拿在手里，我随着他进去。

我瞧见屋里的陈设十分华丽。那所谓头家娘的，是一个马来妇人，她出来，只向我略略点了一个头。她的模样，据我看来很不恭敬，但是南洋的规矩我不懂得，只得陪她一礼。她头上戴的金刚钻和珠子，身上缀的宝石、金、银，衬着那副黑脸孔，越显出丑陋不堪。

她对我说了几句套话，又叫人递一杯咖啡给我，自己在一边吸烟、嚼槟榔，不大和我攀谈。我想是初会生疏的缘故，所以也不敢多问她的话。不一会，得得的马蹄声从大门直到廊前，我早猜着是我丈夫回来了。我瞧他比十年前胖了许多，肚子也大起来了。他口里含着一技雪茄，手里扶着一根象牙杖，下了车，踏进门来，把帽子挂在架上。见我坐在一边，正要发问，那马来妇人上前向他唧唧咕咕地说了几句。她的话我虽不懂得，但瞧她的神气像有点不对。

　　我丈夫回头问我说："惜官，你要来的时候，为什么不预先通知一声？是谁叫你来的？"我以为他见我以后，必定要对我说些温存的话，哪里想到反把我诘问起来！当时我把不平的情绪压下，陪笑回答他，说："唉，荫哥，你岂不知道我不会写字么？咱们乡下那位写信的旺师常常给人家写别字，甚至把意思弄错了，因为这样，所以不敢央求他替我写。我又是决意要来找你的，不论迟早总得动身，又何必多费这番工夫呢？你不曾说过五六年后若不回去，我就可以来吗？"我丈夫说："吓！你自己倒会出主意。"他说完，就横横地走进屋里。

　　我听他所说的话，简直和十年前是两个人。我也不明白其中的缘故：是嫌我年长色衰呢，我觉得比那马来妇人还俊得多；是嫌我德行不好呢，我嫁他那么多年，事事承顺他，从不曾做过越出范围的事。荫哥给我这个闷葫芦，到现在我还猜不透。

　　他把我安顿在楼下，七八天的工夫不到我屋里，也不和我说话。那马来妇人倒是很殷勤，走来对我说："荫哥这几天因为你的事情很不喜欢。你且宽怀，过几天他就不生气了。晚上有人请咱们去赴席，你且把衣服穿好，我和你一块儿去。"

　　她这种甘美的语言，叫我把从前猜疑她的心思完全打消。我穿的是湖色布衣，和一条大红绉裙，她一见了，不由得笑起来。我觉得自己满身村气，心里也有一点惭愧。她说："不要紧，请咱们的不是唐山人，定然不注意你穿的是不是时新的样式。咱们就出门罢。"

　　马车走了许久，穿过一丛椰林，才到那主人的门口。进门是一个很大的花园，我一面张望，一面随着她到客厅去。那里果然有很奇怪的筵席摆设着。一班女客都是马来人和印度人。她们在那里叽哩咕噜地说说笑笑，我丈夫的马来妇人也撇下我去和她们谈话。不一会，她和一位妇人出去，我以为她们逛花园去了，所以不大理会。但过了许久的工夫，她们只是不回来，

我心急起来，就向在座的女人说："和我来的那位妇人往哪里去？"她们虽能会意，然而所回答的话，我一句也懂不得。

我坐在一个软垫上，心头跳动得很厉害。一个仆人拿了一壶水来，向我指着上面的筵席作势。我瞧见别人洗手，知道这是食前的规矩，也就把手洗了。她们让我入席，我也不知道那里是我应当坐的地方，就顺着她们指定给我的座位坐下。她们祷告以后，才用手向盘里取自己所要的食品。我头一次掬东西吃，一定是很不自然，她们又教我用指头的方法。我在那里，很怀疑我丈夫的马来妇人不在座，所以无心在筵席上张罗。

筵席撤掉以后，一班客人都笑着向我亲了一下吻就散了。当时我也要跟她们出门，但那主妇叫我等一等。我和那主妇在屋里指手画脚做哑谈，正笑得不可开交，一位五十来岁的印度男子从外头进来。那主妇忙起身向他说了几句话，就和他一同坐下。我在一个生地方遇见生面的男子，自然羞缩到了不得。那男子走到我跟前说："喂，你已是我的人啦。我用钱买你。你住这里好。"他说的虽是唐话，但语格和腔调全是不对的。我听他说把我买过来，不由得恸哭起来。那主妇倒是在身边殷勤地安慰我。那时已是入亥时分，他们教我进里边睡，我只是和衣在厅边坐了一宿，哪里肯依他们的命令！

先生，你听到这里必定要疑我为什么不死。唉！我当时也有这样的思想，但是他们守着我好像囚犯一样，无论什么时候都有人在我身旁。久而久之，我的激烈的情绪过了，不但不愿死，而且要留着这条命往前瞧瞧我的命运到底是怎样的。

买我的人是印度麻德拉斯的回教徒阿户耶。他是一个琶琶商，因为在新加坡发了财，要多娶一个姬妾回乡享福。偏是我的命运不好，趁着这机会就变成他的外国古董。我在新加坡住不上一个月，他就把我带到麻德拉斯去。

阿户耶给我起名叫利亚。他叫我把脚放了，又在我鼻上穿了一个窟窿，带上一只钻石鼻环。他说照他们的风俗，凡是已嫁的女子都得带鼻环，因为那是妇人的记号。他又把很好的"克尔塔"（回妇上衣）、"马拉姆"（胸衣）和"埃撒"（裤）教我穿上。从此以后，我就变成一个回回婆子了。

阿户耶有五个妻子，连我就是六个。那五人之中，我和第三妻的感情最好。其余的我很憎恶她们，因为她们欺负我不会说话，又常常戏弄我。我的小脚在她们当中自然是稀罕的，她们虽是不歇地摩挲，我也不怪。最可恨的是她们在阿户耶面前拨弄是非，叫我受委屈。

阿噶利马是阿户耶第三妻的名字，就是我被卖时张罗筵席的那个主妇。她很爱我，常劝我用"撒马"来涂眼眶，用指甲花来涂指甲和手心。回教的妇人每日用这两种东西和我们唐人用脂粉一样。她又教我念孟加里文和亚剌伯文。我想起自己因为不能写信的缘故，致使荫哥有所借口，现在才到这样的地步，所以愿意在这举目无亲的时候用功学习些少文字。她虽然没有什么学问，但当我的教师是绰绰有余的。

我从阿噶利马念了一年，居然会写字了！她告诉我他们教里有一本天书，本不轻易给女人看的，但她以后必要拿那本书来教我。她常对我说："你的命运会那么塞涩，都是阿拉给你注定的。你不必想家太甚，日后或者有大快乐临到你身上，叫你享受不尽。"这种定命的安慰，在那时节很可以教我的精神活泼一点。

我和阿户耶虽无夫妻的情，却免不了有夫妻的事。哎！我这孩子（她说时把手抚着那孩子的顶上）就是到麻德拉斯的第二年养的。我活了三十多岁才怀孕，那种痛苦为我一生所未经过。幸亏阿噶利马能够体贴我，她常用话安慰我，教我把目前的苦痛忘掉。有一次她瞧我过于难受，就对我说："呀！利亚，你且忍耐着罢。咱们没有无花果树的福分（《可兰经》载阿丹浩挖被天魔阿扎贼来引诱，吃了阿拉所禁的果子，当时他们二人的天衣都化没了。他们觉得赤身的羞耻，就向乐园里的树借叶子围身。各种树木因为他们犯了阿拉的戒命，都不敢借，惟有无花果树瞧他们二人怪可怜的，就慷慨借些叶子给他们。阿拉嘉许无花果树的行为，就赐它不必经过开花和受蜂蝶搅扰的苦而能结果），所以不能免掉怀孕的苦。你若是感得痛苦的时候，可以默默向阿拉求恩，他可怜你，就赐给你平安。"我在临产的前后期，得着她许多的帮助，到现在还是忘不了她的情意。

自我产后，不上四个月，就有一件失意的事教我心里不舒服：那就是和我的好朋友离别。她虽不是死掉，然而她所去的地方，我至终不能知道。阿噶利马为什么离开我呢？说来话长，多半是我害她的。

我们隔壁有一位十八岁的小寡妇名叫哈那，她四岁就守寡了。她母亲苦待她倒罢了，还要说她前生的罪孽深重，非得叫她辛苦，来生就不能超脱。她所吃所穿的都跟不上别人，常常在后园里偷哭。她家的园子和我们的园子只隔一度竹篱，我一听见她哭，或是听见她在那里，就上前和她谈话，有时安慰她，有时给东西她吃，有时送她些少金钱。

阿噶利马起先瞧见我周济那寡妇，很不以为然。我屡次对她说明，在唐山不论什么人都可以受人家的周济，从不分什么教门。她受我的感化，后来对于那寡妇也就发出哀怜的同情。有一天，阿噶利马拿些银子正从篱间递给哈那，可巧被阿户耶瞥见。他不声不张，蹑步到阿噶利马后头，给她一掌，顺口骂说："小母畜，贱生的母猪，你在这里干什么？"他回到屋里，气得满身哆嗦，指着阿噶利马说："谁教你把钱给那婆罗门妇人？岂不把你自己玷污了吗？你不但玷污了自己，更是玷污我和清真圣典。'马赛拉'（是阿拉禁止的意思）！快把你的'布卡'（面幕）放下来罢。"

我在里头听得清楚，以为骂过就没事。谁知不一会的工夫，阿噶利马珠泪承睫地走进来，对我说："利亚，我们要分离了！"我听这话吓了一跳，忙问道："你说的是什么意思，我听不明白。"她说："你不听见他叫我把'布卡'放下来罢？那就是休我的意思。此刻我就要回娘家去。你不必悲哀，过两天他气平了，总得叫我回来。"那时我一阵心酸，不晓得要用什么话来安慰她，我们抱头哭了一场就分散了。唉！"杀人放火金腰带；修桥整路长大癞"，这两句话实在是人间生活的常例呀！

自从阿噶利马去后，我的凄凉的历书又从"贺春王正月"翻起。那四个女人是与我素无交情的。阿户耶呢，他那副黝黑的脸，猬毛似的胡子，我一见了就憎厌，巴不得他快离开我。我每天的生活就是乳育孩子，此外没有别的事情。我因为阿噶利马的事，吓得连花园也不敢去逛。

过几个月，我的苦生涯快挨尽了！因为阿户耶借着病回他的乐园去了。我从前听见阿噶利马说过：妇人于丈夫死后一百三十日后就得自由，可以随便改嫁。我本欲等到那规定的日子才出去，无奈她们四个人因为我有孩子，在财产上恐怕给我占便宜，所以多方窘迫我。她们的手段，我也不忍说了。

哈那劝我先逃到她姊姊那里。她教我送一点钱财给她的姊夫，就可以得到他们的容留。她姊姊我曾见过，性情也很不错。我一想，逃走也是好的，她们四个人的心肠鬼蜮到极，若是中了她们的暗算，可就不好。哈那的姊夫在亚可特住。我和她约定了，教她找机会通知我。

一星期后，哈那对我说她的母亲到别处去，要夜深才可以回来，教我由篱笆逾越过去。这事本不容易，因事后须得使哈那不致于吃亏。而且篱上界着一行钒线，实在教我难办。我抬头瞧见篱下那棵波罗蜜树有一桠横过她那边，那树又是斜着长上去的。我就告诉她，叫她等待人静的时候在树下接应。

原来我的住房有一个小门通到园里。那一晚上，天际只有一点星光，我把自己细软的东西藏在一个口袋里，又多穿了两件衣裳，正要出门，瞧见我的孩子睡在那里。我本不愿意带他同行，只怕他醒时瞧不见我要哭起来，所以暂住一下，把他抱在怀里，让他吸乳。他吸的时节，才实在感得我是他的母亲，他父亲虽与我没有精神上的关系，他却是我养的。况且我去后，他不免要受别人的折磨。我想到这里，不由得双泪直流。因为多带一个孩子，会教我的事情越发难办。我想来想去，还是把他驮起来，低声对他说："你是好孩子，就不要哭，还得乖乖地睡。"幸亏他那时好像理会我的意思，不大作声。我留一封信在床上，说明愿意抛弃我应得的产业和逃走的理由，然后从小门出去。

我一手往后托住孩子，一手拿着口袋，蹑步到波罗蜜树下。我用一条绳子拴住口袋，慢慢地爬上树，到分桠的地方少停一会。那时孩子哼了一两声，我用手轻轻地拍着，又摇他几下，再把口袋扯上来，抛过去给哈那接住。我再爬过去，摸着哈那为我预备的绳子，我就紧握着，让身体慢慢坠下来。我的手耐不得摩擦，早已被绳子锉伤了。

我下来之后，谢过哈那，忙忙出门，离哈那的门口不远就是爱德耶河，哈那和我出去雇船，她把话交代清楚就回去了。那舵工是一个老头子，也许听不明白哈那所说的话。他划到塞德必特车站，又替我去买票。我初次搭车，所以不大明白行车的规矩，他叫我上车，我就上去。车开以后，查票人看我的票才知道我搭错了。

车到一个小站，我赶紧下来，意思是要等别辆车搭回去。那时已经夜半，站里的人说上麻德拉斯的车要到早晨才开。不得已就在候车处坐下。我把"马支拉"（回妇外衣）披好，用手支住袋假寐，约有三四点钟的工夫。偶一抬头，瞧见很远一点灯光由栅栏之间射来，我赶快到月台去，指着那灯问站里的人。他们当中有一个人笑说："这妇人连方向也分不清楚了。她认启明星做车头的探灯哪。"我瞧真了，也不觉得笑起来，说："可不是！我的眼真是花了。"

我对着启明星，又想起阿噶利马的话。她曾告诉我那星是一个擅于迷惑男子的女人变的。我因此想起荫哥和我的感情本来很好，若不是受了番婆底迷惑，决不忍把他最爱的结发妻卖掉。我又想着自己被卖的不是不能全然归在荫哥身上。若是我情愿在唐山过苦日子，无心到新加坡去依赖他，也不会发生这事。我想来想去，反笑自己逃得太过唐突。我自问既然逃得出来，又何必去依赖哈那的姊姊呢？想到这里，仍把孩子抱回候车处，定神解决这问题。我带出来的东西和现银共值三千多卢比，若是在村庄里住，很可以够一辈子的开销，所以我就把独立生活的主意拿定了。

天上的诸星陆续收了它们的光，惟有启明仍在东方闪烁着。当我瞧着它的时候，好像有一种声音从它的光传出来，说："惜官，此后你别再以我为迷惑男子的女人。要知道凡光明的事物都不能迷惑人。在诸星之中，我最先出来，告诉你们黑暗快到了；我最后回去，为的是领你们紧接受着太阳的光亮；我是夜界最光明的星。你可以当我做你心里的殷勤的警醒者。"我朝着它，心花怒开，也形容不出我心里的感谢。此后我一见着它，就有一番特别的感触。

我向人打听客栈所在的地方，都说要到贞葛布德才有。于是我又搭车到那城去。我在客栈住不多的日子，就搬到自己的房子住去。

那房子是我把钻石鼻环兑出去所得的金钱买来的。地方不大，只有二间房和一个小园，四面种些露兜树当做围墙。印度式的房子虽然不好，但我爱它靠近村庄，也就顾不得它的外观和内容了。我雇了一个老婆子帮助料理家务，除养育孩子以外，还可以念些印度书籍。我在寂寞中和这孩子玩弄，才觉得孩子的可爱，比一切的更甚。

每到晚间，就有一种很庄重的歌声送到我耳里。我到园里一望，原来是从对门一个小家庭发出来。起先我也不知道他们唱来干什么，后来我才晓得他们是基督徒。那女主人以利沙伯不久也和我认识，我也常去赴他们的晚祷会。我在贞葛布德最先认识的朋友就算他们那一家。

以利沙伯是一个很可亲的女人，她劝我入学校念书，且应许给我照顾孩子。我想偷闲度日也是没有什么出息，所以在第二年她就介绍我到麻德拉斯一个妇女学校念书。每月回家一次瞧瞧我的孩子，她为我照顾得很好，不必我担忧。

我在校里没有分心的事，所以成绩甚佳。这六七年的工夫，不但学问长进，连从前所有的见地都改变了。我毕业后直到如今就在贞葛布德附近一个村里当教习。这就是我一生经历的大概。若要详细说来，虽用一年的工夫也说不尽。

现在我要到新加坡找我丈夫去，因为我要知道卖我的到底是谁。我很相信荫哥必不忍做这事，纵然是他出的主意，终有一天会悔悟过来。

惜官和我谈了足有两点多钟，她说得很慢，加之孩子时时搅扰她，所以没有把她在学校的生活对我详细地说。我因为她说得工夫太长，恐怕精神过于受累，也就不往下再问，我只对她说："你在那漂流的时节，能够自己找出这条活路，实在可敬。明天到新加坡的时候，若是要我帮助你去找荫哥，我很乐意为你去干。"她说："我哪里有什么聪明，这条路不过是冥冥中指导者替我开的。我在学校里所念的书，最感动我的是《天路历程》和《鲁滨逊漂流记》，这两部书给我许多安慰和模范。我现时简直是一个女鲁滨逊哪。你要帮我去找荫哥，我实在感激。因为新加坡我不大熟悉，明天总得求你和我……"说到这里，那孩子催着她进舱里去拿玩具给他。她就起来，一面续下去说："明天总得求你帮忙。"我起立对她行了一个敬礼，就坐下把方才的会话录在怀中日记里头。

过了二十四点钟，东南方微微露出几个山峰。满船的人都十分忙碌，惜官也顾着检点她的东西，没有出来。船入港的时候，她才携着孩子出来与我坐在一条长凳上头。她对我说："先生，想不到我会再和这个地方相见。岸上的椰树还是舞着它们的叶子；海面的白鸥还是飞来飞去向客人表示欢迎；我的愉快也和九年前初会它们那时一样。如箭的时光，转眼就过了那么多年，但我至终瞧不出从前所见的和现在所见的当中有什么分别。呀！'光阴如箭'的话，不是指着箭飞得快说，乃是指着箭的本体说。光阴无论飞得多么快，在里头的事物还是没有什么改变，好像附在箭上的东西，箭虽是飞行着，它们却是一点不更改。……我今天所见的和从前所见的虽是一样，但愿荫哥的心肠不要像自然界的现象变更得那么慢；但愿他回心转意地接纳我。"我说："我向你表同情。听说这船要泊在丹让巴葛的码头，我想到时你先在船上候着，我上去打听一下再回来和你同去，这办法好不好呢？"她说："那么，就教你多多受累了。"

我上岸问了好几家都说不认得林荫乔这个人，那义和诚的招牌更是找不着。我非常着急，走了大半天觉得有一点累，就上一家广东茶居歇足，可巧在那里给我查出一点端倪。我问那茶居的掌柜。据他说：林荫乔因为把妻子卖给一个印度人，惹起本埠多数唐人的反对。那时有人说是他出主意卖的，有人说是番婆卖的，究竟不知道是谁做的事。但他的生意因此受莫大的影响，他瞧着在新加坡站不住，就把店门关起来，全家搬到别处去了。

我回来将所查出的情形告诉惜官，且劝她回唐山去。她说："我是永远不能去的，因为我带着这个棕色孩子，一到家，人必要耻笑我，况且我对于唐文一点也不会，回去岂不要饿死吗？我想在新加坡住几天，细细地访查他的下落。若是访不着时，仍旧回印度去。……唉，现在我已成为印度人了！"

我瞧她的情形，实在想不出什么话可以劝她回乡，只叹一声说："呀！你的命运实在苦！"她听了反笑着对我说："先生啊，人间一切的事情本来没有什么苦乐的分别：你造作时是苦，希望时是乐；临事时是苦，回想时是乐。我换一句话说：眼前所遇的都是困苦；过去、未来的回想和希望都是快乐。昨天我对你诉说自己境遇的时候，你听了觉得很苦，因为我把从前的情形陈说出来，罗列在你眼前，教你感得那是现在的事；若是我自己想起来，久别、被卖、逃亡等等事情都有快乐在内。所以你不必为我叹息，要把眼前的事情看开才好。我只求你一样，你到唐山时，若是有便，就请到我村里通知我母亲一声。我母亲算来已有七十多岁，她住在鸿渐，我的唐山亲人只剩着她咧。她的门外有一棵很高的橄榄树。你打听良姆，人家就会告诉你。"

　　船离码头的时候，她还站在岸上挥着手中送我。那种诚挚的表情，教我永远不能忘掉。我到家不上一月就上鸿渐去。那橄榄树下的破屋满被古藤封住，从门缝儿一望，隐约瞧见几座朽腐的木主搁在桌上，那里还有一位良姆！

换巢鸾凤

一　歌声

那时刚过了端阳节期，满园里的花草倚仗膏雨的恩泽，都争着向太阳献它们的媚态。——鸟儿、虫儿也在这灿烂的庭园歌舞起来，和鸾独自一人站在啭鹂亭下，她所穿的衣服和槛下紫蝴蝶花的颜色相仿。乍一看来，简直疑是被阳光的威力拥出来的花魂。她一手用蒲葵扇挡住当午的太阳，一手提着长裾，望发出蝉声的梧桐前进。——走路时，珠鞋一步一步印在软泥嫩苔之上，印得一路都是方胜了。

她走到一株瘦削的梧桐底下，瞧见那蝉踞在高枝嘶嘶地叫个不住，想不出什么方法把那小虫带下来，便将手扶着树干尽力一摇，叶上的残雨趁着机会飞滴下来，那小虫也带着残声飞过墙东去了。那时，她才后悔不该把树摇动，教那饿鬼似的雨点争先恐后地扑在自己身上，那虫歇在墙东的树梢，还振着肚皮向她解嘲说："值也！值也！……值！"她愤不过，要跑过那边去和小虫见个输赢。刚过了月门，就听见一缕清逸的歌声从南窗里送出来。她爱音乐的心本是受了父亲的影响，一听那抑扬的腔调，早把她所要做的事搁在脑后了。她悄悄地走到窗下，只听得：

你在江湖流落尚有雌雄侣；亏我影只形单异地栖。风急衣单无路寄，寒衣做起误落空闺。

日日望到夕阳，我就愁倍起，只见一围衰柳锁住长堤。又见人影一鞭残照里，几回错认是我郎归……

正听得津津有味，一种娇娆的声音从月门出来："大小姐你在那里干什么？太太请你去瞧金鱼哪。那是客人从东沙带来送给咱们的。好看得很，快进去罢。"她回头见是自己的丫头嬛而，就示意不教她作声，且招手叫她来到跟前，低声对她说："你听这歌声多好？"她的声音想是被窗里的人听见，话一说完，那歌声也就止住了。

嬛而说："小姐，你瞧你的长裤子都已湿透，鞋子也给泥玷污了。咱们回去罢。别再听啦。"她说："刚才所听的实在是好，可惜你来迟一点，领教不着。"嬛而问："唱的是什么？"她说："是用本地话唱的。我到的时候，只听得什么……尚有雌雄侣……影只形单异地栖……"嬛而不由她说完，就插嘴说："噢，噢，小姐，我知道了。我也会唱这种歌儿。你所听的叫做《多情雁》，我也会唱。"她听见嬛而也会唱，心里十分喜欢，一面走一面问："这是哪一类的歌呢？你说会唱，为什么你来了这两三年从不曾唱过一次？"嬛而说："这就叫做粤讴，大半是男人唱的。我恐怕老爷骂，所以不敢唱。"她说："我想唱也无妨。你改天教给我几支罢。我很喜欢这个。"她们在谈话间，已经走到饮光斋的门前，二人把脚下的泥刮掉，才踏进去。

饮光斋是阳江州衙内的静室。由这屋里往北穿过三思堂就是和鸾的卧房。和鸾和嬛而进来的时候，父亲崇阿、母亲赫舍里氏、妹妹鸣鹭，和表兄启祯正围坐在那里谈话。鸣鹭把她的座让出一半，对和鸾说："姊姊快来这里坐着罢。爸爸给咱们讲养鱼经哪。"和鸾走到妹妹身边坐下，瞧见当中悬着一个琉璃壶，壶内的水映着五色玻璃窗的彩光，把金鱼的颜色衬得越发好看。崇阿只管在那里说，和鸾却不大介意。因为她惦念着跟嬛而学粤讴，巴不得立刻回到自己的卧房去。她坐了一会，仍扶着嬛而出来。

崇阿瞧见和鸾出去，就说："这孩子进来不一会儿，又跑出去，到底是忙些什么？"赫氏笑着回答说："也许是瞧见启祯哥儿在这里，不好意思坐着罢。"崇阿说："他们天天在一起儿也不害羞，偏是今天就回避起来。真是奇怪！"原来启祯是赫氏的堂侄子，他的祖上，不晓得在哪一代有了战功，给他荫袭一名轻车都尉。只是他父母早已去世，从小就跟着姑姑过日子。他姑丈崇阿是正白旗人，由笔贴式出身，出知阳江州事；他的学问虽不甚好，却很喜欢谈论新政。当时所有的新式报像《时务报》《清议报》《新民丛报》，和康、梁们有著述，他除了办公以外，不是弹唱，就是和这些新书报周旋。他又深信非整顿新军，不能教国家复兴起来。因为这样，他在启祯身上的盼望就非常奢大。有时下乡剿匪，也带着同行，为的是叫他见习些战务。年来瞧见启祯长得一副好身材，心里更是喜欢，有意思要将和鸾配给他。老夫妇曾经商量过好几次，却没有正式提起。赫氏以为和鸾知道这事，所以每到启祯在跟前的时候，她要避开，也就让她回避。

再说和鸾跟嬗而学了几支粤讴，总觉得那腔调不及那天在园里所听的好。但是她很聪明，曲谱一上口，就会照着弹出来。她自己费了很大的工夫去学粤讴，方才摸着一点门径，居然也会撰词了。她在三思堂听着父亲弹琵琶，不觉肢痒起来。等父亲弹完，就把那乐器抱过来，对父亲说："爸爸，我这两天学了些新调儿，自己觉得很不错；现在把它弹出来，您瞧好听不好听？"她说着，一面用手去和弦子，然后把琵琶立起来，唱道：

萧疏雨，问你要落几天？
你有天宫晤住，偏要在地上流连，
你为饶益众生，舍得将自己作贱；
我地得到你来，就唔使劳烦个位散花仙。
人地话雨打风吹会将世界变，
果然你一来到就把锦绣装饰满园。

你睇娇红嫩绿委实增人恋，

可怪嘅好世界，重有个只啼不住嘅杜鹃！

鹃呀！愿我嘅血洒来好似雨嘅周遍，

一点一滴润透三千大千。

劝君休自塞，要把愁眉展；

但愿人间一切血泪和汗点，

一洒出来就同雨点一样化做甘泉。

"这是前天天下雨的时候做的，不晓得您听了以为怎样？"崇阿笑说："我儿，你多会学会这个？这本是旷夫怨女之词，你把它换做写景，也还可听。你倒有一点聪明，是谁教给你的？"和鸾瞧见父亲喜欢，就把那天怎样在园里听见，怎样央婢而教，自己怎样学，都说出来。崇阿说："你是在龙王庙后身听的吗？我想那是祖凤唱的。他唱得很好，我下乡时，也曾叫他唱给我听。"和鸾便信口问："祖凤是谁？"崇阿说："他本是一个囚犯。去年黄总爷抬举他，请我把他开释，留在营里当差。我瞧他的身材、气力都很好，而且他的刑期也快到了，若是有正经事业给他做，也许有用，所以把他交给黄总爷调遣去，他现在当着第三棚的什长哪。"和鸾说："噢，原来是这里头的兵丁。他的声音实在是好。我总觉得婢而唱的不及他万一。有工夫还得叫他来唱一唱。"崇阿说："这倒是容易的事情。明天把他调进内班房当差，就不怕没有机会听他的。"崇阿因为祖凤的气力大，手足敏捷，很合自己的军人理想，所以很看重他。这次调他进来，虽说因着爱女儿的缘故，还是免不了寓着提拔他的意思。

二 射复

自从祖凤进来以后，和鸾不时唤他到啭鹂亭弹唱，久而久之，那人人有的"大欲"就把他们缠住了。他们此后相会的罗针不是指着弹唱那方面，乃是指着"情话"那方面。爱本来没有等第、没有贵贱、没有贫富的分别。和鸾和祖凤虽有主仆的名分，然而在他们的心识里，这种阶级的成见早已消灭无余。崇阿耳边也稍微听见二人的事，因此后悔得很。但他很信他的女儿未必就这样不顾体面，去做那无耻的事，所以他对于二人的事，常在疑信之间。

八月十二，交酉时分，满园的树被残霞照得红一块，紫一块。树上的归鸟在那里唧唧喳喳地乱嚷。和鸾坐在苹婆树下一条石凳上头，手里弹着她的乐器，口里低声地唱。那时，歌声、琵琶声、鸟声、虫声、落叶声和大堂上定更的鼓声混合起来，变成一种特别的音乐。祖凤从如楼船屋那边走来，说："小姐，天黑啦，还不进去么？"和鸾对着他笑，口里仍然唱着，也不回答他。他进前正要挨着和鸾坐下，猛听得一声，"鸾儿，天黑了，你还在那里干什么？快跟我进来。"祖凤听出是老爷的声音，一缕烟似的就望阁提花丛里钻进去了。和鸾随着父亲进去，挨了一顿大申斥。次日，崇阿就借着别的事情把祖凤打四十大板，仍旧赶回第三棚，不许他再到上房来。

和鸾受过父亲的责备，心里十分委屈。因为衙内上上下下都知道大小姐和祖凤长在园里被老爷撞见的事，弄得她很没意思。崇阿也觉得那晚上把女儿申斥得太过，心里也有点怜惜。又因为她年纪大了，要赶紧将她说给启祯，省得再出什么错。他就吩咐下人在团圆节预备一桌很好的瓜果在园里，全家的人要在那里赏月行乐。崇阿的意思：一来是要叫女儿喜欢；二是来要借着机会向启祯提亲。

一轮明月给流云拥住，朦胧的雾气充满园中，只有印在地面的花影稍微可以分出黑白来，崇阿上了如楼船屋的楼上，瞧见启祯在案头点烛，就说："今晚上天气不大好啊！你快去催她们上来，待一会，恐怕要下雨。"启祯听见姑丈的话，把香案瓜果整理好，才下楼去。月亮越上越明，云影也渐渐散了。崇阿高兴起来，等她们到齐的时候，就拿起琵琶弹了几支曲。他要和鸾也弹一支。但她的心里，烦闷已极，自然是不愿意弹的。崇阿要大家在这晚上都得着乐趣，就出了一个赌果子的玩意儿。在那楼上赏月的有赫氏、和鸾、鸣鹫、启祯，连崇阿是五个人。他把果子分做五份，然后对众人说："我想了个新样的射复，就是用你们常念的《千家诗》和《唐诗》里的诗句，把一句诗当中换一个字，所换的字还要射在别句诗上。我先说了，不许用偏僻的句。因为这不是叫你们赌才情，乃是教你们斗快乐。我们就挨着次序一人唱一句，拈阄定射复的人。射中的就得唱句人的赠品；射不中就得挨罚。"大家听了都请他举一个例。他就说："比如我唱一句：长安云边多丽人。要问你：明明是水，为什么说云？你就得在《千家诗》或《唐诗》里头找一句来答复。若说：美人如花隔云端，就算复对了。"和鸾和鸣鹫都高兴得很，她们低着头在那里默想。惟有启祯跑到书房把书翻了大半天才上来。姊妹们说他是先翻书再来赌的，不让他加入。崇阿说："不要紧，若诗不熟，看也无妨。我们只是取乐，毋须认真。"于是都挨着次序坐下，个个侧耳听着那唱句人的声音。

第一次是鸣鹫，唱了一句："楼上花枝笑不眠。"问："明明是独，怎么说不？"把阄一拈，该崇阿复。他想了一会，就答道："春色恼人眠不得。"鸣鹫说："中了。"于是把两个石榴送到父亲面前。第二次是赫氏唱："主人有茶欢今夕。"问："明明是酒，为什么变成茶？"鸣鹫就答："寒夜客来茶当酒。"崇阿说："这句复得好。我就把这两个石榴加赠给你。"第三次是启祯，唱："纤云四卷天来河。"问："明明是无，怎样说来？"崇阿想了半天，想不出一句合适的来。启祯说："姑丈这次可要挨罚了。"崇阿说："好，你自己复出来罢，我实在想不起来。"启祯显出很得意的样子，大声念道："君不见黄河之水天上来？"弄得满座的人都瞧着笑。崇阿说："你这句射得不大好。姑且算你赢了罢。"他把果子送给启祯，正要唱时，当差的说："省城来了一件要紧的公文。师爷要请老爷去商量。"崇阿立刻下楼，到签押房去。和鸾站起来唱道："千树万树梨花飞。"问："明明是开，为什么又飞起来？"赫氏答道："春城无处不飞花。"她接了和鸾的赠品，就对鸣鸷说："该你唱了。"于是鸣鸷唱一句："桃花尽日夹流水。"问："明明是随，为何说夹？"和鸾答道："两岸桃花夹古津。"这次应当是赫氏唱，但她一时想不起好句来，就让给启祯。他唱道："行人弓箭各在肩。"问："明明是腰，怎会在肩？那腰空着有什么用处？"和鸾说："你这问太长了。叫人怎样复？"启祯说："还不知道是你射不是，你何必多嘴呢？"他把阄筒摇了一下才教各人抽取。那黑阄可巧落在鸣鸷手里。她想一想，就笑说："莫不是腰横秋水雁翎刀吗？"启祯忙说："对，对，你很聪明。"和鸾只掩着口笑。启祯说："你不要笑人，这次该你了，瞧瞧你的又好到什么地步。"和鸾："祯哥这唱实在差一点，因为没有复到肩字上头。"她说完就唱："青草池塘独听蝉。"问："明明是蛙，怎么说蝉？"可巧该启祯射。他本来要找机会讽嘲和鸾，借此报复她方才的批评。可巧他想不起来，就说一句俏皮话："癞蛤蟆自然不配在青草池塘那里叫唤。"他说这句话是诚心要和和鸾起哄。个人心事自家知，和鸾听了，自然猜他是说自己和祖凤的事，不由得站起来说："哼，莫笑蛇无角，成龙也未知。祯哥，你以为我听不懂你的话么？咳，何苦来！"她说完就悻悻地下楼去。赫氏以为他们是闹玩，还在上头嚷着："这孩子真会负气，回头非叫她父亲打她不可。"

和鸾跑下来，踏着花荫要向自己房里去。绕了一个弯，刚到转鹏亭，忽然一团黑影从树下拱起来，把她吓得魂不附体。正要举步疾走，那影儿已走近了。和鸾一瞧，原来是祖凤。她说："祖凤，你昏夜里在园里吓人干什么？"祖凤说："小姐，我正候着你，要给你说一宗要紧的事。老爷要把你我二人重办，你知道不知道？"和鸾说："笑话，哪里有这事？你从哪里听来的？他刚和我们一块儿在如楼船屋楼上赏月哪。"祖凤说："现在老爷可不是在签押房吗？"和鸾说："人来说师爷有要事要和他商量，并没有什么。"祖凤说："现在正和师爷相议这事呢。我想你是不要紧的，不过最好还是暂避几天，等他气过了再回来，若是我，一定得逃走，不然，连性命也要没了。"和鸾惊说："真的么？"祖凤说："谁还哄你？你若要跟我去时，我就领你闪避几天再回来。无论如何，我总走的。我为你挨了打，一定不能撇你在这里；你若不和我同行，我宁愿死在你跟前。"他说完掏出一枝手枪来，把枪口向着自己的心坎，装做要自杀的样子。和鸾瞧见这个光景，她心里已经软化了。她把枪夺过来，抚着祖凤的肩膀说："也罢，我不忍瞧见你对着我做伤心的事，你且在这里等候，我回房里换一双平底鞋再来。"祖凤说："小姐裌也得换一换才好。"和鸾回答一声："知道。"就忙忙地走进去。

三　一失足

她回到房中，知道嬗而还在前院和女仆斗牌。瞧瞧时计才十一点零，于是把鞋换好，胡乱拿了几件衣服出来。祖凤见了她，忙上前牵着她的手说："咱们由这边走。"他们走得快到衙后的角门，祖凤叫和鸾在一株榕树下站着。他到角门边的更房见没有人在那里，忙把墙上的钥匙取下。出了房门，就招手叫和鸾前来。他说："我且把角门开了让你先出去。我随后爬墙过去带着你走。"和鸾出去以后，他仍把角门关锁妥当，再爬过墙去，原来衙后就是鼋山，虽不甚高，树木却是不少。衙内的花园就是山顶的南部。两人下了鼋山，沿着山脚走。和鸾猛然对祖凤说："呀！我们要到哪里去？"祖凤说："先到我朋友的村庄去，好不好？"和鸾问说："什么村庄，离城多远呢？"祖凤说："逃难的人，一定是越远越好的。咱们只管走罢。"和鸾说："我可不能远去。天亮了，我这身装束，谁还认不得？""对呀，我想你可以扮男装。"和鸾说："不成，不成，我的头发和男子不一样。"祖凤停步想了一会，就说："我为你设法。你在这里等着，我一会就回来。"他去后，不久就拿了一顶遮羞帽（阳江妇人用的竹帽），一套青布衣服来。他说："这就可以过关啦。"和鸾改装后，将所拿的东西交给祖凤。二人出了五马坊，望东门迈步。

那一晚上，各城门都关得很晚，他们竟然安安稳稳地出城去了。他们一直走，已经过了一所医院。路上一个人也没有，只有天空悬着一个半明不亮的月。和鸾走路时，心里老是七上八下地打算。现在她可想出不好来了。她和祖凤刚要上一个山坡，就止住说："我错了。我不应当跟你出来。我须得回去。"她转身要走，只是脚已无力，不听使唤，就坐在一块大石上头。那地两面是山，树林里不时发出一种可怕的怪声。路上只有他们二人走着。和鸾到这时候，已经哭将起来。她对祖凤说："我宁愿回去受死，不愿往前走了。我实在害怕得很，你快送我回去罢。"祖凤说："现在可不能回去，因为城门已经关了。你走不动，我可以驮你前行。"她说："明天一定会给人知道的。若是有人追来，那怎样办呢？"祖凤说："我们已经改装，由小路走一定无妨。快走罢，多走一步是一步。"他不由和鸾做主，就把她驮在背上，一步一步登了山坡。和鸾伏在后面，把眼睛闭着，把双耳掩着。她全身的筋肉也颤动得很厉害。那种恐慌的光景，简直不能用笔墨形容出来。

蜿蜒的道上，从远看只像一个人走着，挨近却是两个。前头一种强烈之喘声和背后那微弱的气息相应和。上头的乌云把月笼住，送了几粒雨点下来。他们让雨淋着，还是一直地往前。刚渡过那龙河，天就快亮了。祖凤把和鸾放下，对她说："我去叫一顶轿子给你坐罢。天快要亮了，前边有一个大村子，咱们再不能这样走了。"和鸾哭着说："你要带我到哪里去呢？若是给人知道了，你说怎好？"祖凤说："不碍事的。咱们一

同走着，看有轿子，再雇一顶给你，我自有主意。"那时东方已有一点红光，雨也止了。他去雇了一顶轿子，让和鸾坐下，自己在后面紧紧跟着，足行了一天，快到那笃墟了，他恐怕到的时候没有住处，所以在半路上就打发轿夫回去。和鸾扶着他慢慢地走，到了一间破庙的门口。祖凤教和鸾在牴桅旁边候着，自己先进里头去探一探，一会儿他就携着和鸾进去。那晚上就在哪里歇息。

和鸾在梦中惊醒。从月光中瞧见那些陈破的神像：脸上的胡子，和身上的破袍被风刮得舞动起来。那光景实在狰狞可怕。她要伏在祖凤怀里，又想着这是不应当的。她懊悔极了，就推祖凤起来，叫他送自己回去。祖凤这晚上倒是好睡，任她怎样摇也摇不醒来。她要自己出来，那些神像直瞧着她，叫她动也不敢动。次日早晨，祖凤牵着她仍从小路走。祖凤所要找的朋友，就在这附近住，但他记不清那条路的方位。他们朝着早晨的太阳前行，由光线中，瞧见一个人从对面走来。祖凤瞧那人的容貌，像在哪里见过似的，只是一时记不起他的名字。他要用他们的暗号来试一试那人，就故意上前撞那人一下，大声喝道："吓！你盲了吗？"和鸾瞧这光景，力劝他不要闯祸，但她的力量哪里禁得住祖凤。那人受祖凤这一喝，却不生气，只回答说："我却不盲，因为我的眼睛比你大。"说完还是走他的。祖凤听了，就低声对和鸾说："不怕了，咱们有了宿处了。我且问他这附近有房子没有；再问他认识金成不认识。"说着就叫那人回来，殷勤地问他说："你既然是豪杰，请问这附近有甲子借人没有？"那人指着南边一条小路说："从这条线打听去罢，"祖凤趁机问他："你认得金成么？"那人一听祖凤问金成，就把眼睛往他身上估量了一回，说："你问他做什么？他已不在这里。你莫不是由城来的么，是黄得胜叫你来的不是？"祖凤连声答了几个是。那人往四围一瞧，就说："这里不是说话的地方。你可以到我那里去，我再把他的事情告诉你。"

原来那人也姓金，名叫权。他住在那笃附近一个村子，曾经一度到衙门去找黄总爷。祖凤就在那时见他一次。他们一说起来就记得了。走的时节，金权问祖凤说："随你走的可是尊嫂？"祖凤支离地回答他。和鸾听了十分懊恼，但她的脸帽子遮住，所以没人理会她的当时的神气。三人顺着小路走了约有三里之遥，当前横着一条小溪涧，架着两岸的桥是用一块旧棺木做的。他们走过去，进入一丛竹林。金权说："到我的甲子了。"祖凤和鸾跟着金权进入一间矮小的茅屋。让座之后，和鸾还是不肯把帽子摘下来。祖凤说："她初出门，还害羞咧。"金权说："莫如请嫂子到房里歇息，我们就在外头谈谈罢。"祖凤叫和鸾进房里，回头就问金权说："现在就请你把成哥的下落告诉我。"金权叹了一口气，说："哎！他现时在开平县的监里哪，他在几个月前出去'打单'，兵来了还不逃走，所以给人挡住了。"这时祖凤的脸上显出一副很惊惶的模样，说："噢，原来是他。"金权反问什么意思。他就说："前晚上可不是中秋吗？省城来了一件要紧的文书，师爷看了，忙请老爷去商量。我正和黄总爷在龙王庙里谈天，忽然在签押房当差的朱爷跑来，低声地对黄总爷说：开平县监里一个劫犯供了他和土匪勾通，要他立刻到堂对质。黄总爷听了立刻把几件细软的东西藏在怀里，就望头门逃走，他临去时，教我也得逃走。说：这案若发作起来，连我也有份。所以我也逃出来。现在给你一说，我才明白是他。"金权说："逃得过手，就算好运气。我想你们也饿了，我且去煮些沙来给你们耕罢。"他说着就到檐下煮饭去了。

和鸾在里面听得很清楚，一见金权出去，就站在门边怒容向着祖凤说："你们方才所说的话，我已听明白了。你现在就应当老老实实地对我说。不然，我……"她说到这里，咽喉已经噎住。祖凤进前几步，和声对她说："我的小姐，我实在是把你欺骗了。老爷在签押房所商量的与你并没有什么相干，乃是我和黄总爷的事。我要逃走,又舍不得你,所以想些话来骗你,为的是要叫你和我一块住着。我本来要扮做更夫到你那里,刚要到更房去取家具。可巧就遇着你,因此就把你哄住了。"和鸾说:"事情不应当这样办,这样叫我怎样见人?你为什么对人说我是你的妻子?原来你的……"祖凤瞧她越说越气,不容她说完就插着说:"我的小姐,你不曾说你是最爱我的吗?你舍得教我离开你吗?"金权听见里面小姐长小姐短的话,忙进来打听到底是哪一回事。祖凤知瞒不过,就把事情的原委说给他知道。他们二人用了许多话语才把和鸾的气减少了。

金权也是和黄总爷一党的人,所以很出力替祖凤遮藏这事。他为二人找一个藏身之所,不久就搬到离金权的茅屋不远一所小房子住去。

四　他的宗教

和鸾所住的屋子靠近山边。屋后一脉流水,四围都是竹林。屋内只有两铺床,一张桌子和几张竹椅。壁上的白灰掉得七零八落了,日光从瓦缝间射下来。祖凤坐在她的脚下,侧耳听着她说:"祖凤啊,我这次跟你到这个地方,要想回家,也办不到的。现在与你立约,若能依我,我就跟着你;若是不能,你就把我杀掉。"祖凤说:"只要你常在我身边,我就没有不依从你的事。"和鸾说:"我从前盼望你往上长进,得着一官半职,替国家争气,就是老爷,在你身上也有这样的盼望。我告诉你,须要等你出头以后,才许入我房里;不然,就别妄想。"祖凤的良心现在受责罚了。和鸾的话,他一点也不敢反抗。只问她说:"要到什么地步才算呢?"和鸾说:"不须多大,只要能带兵就够了。"祖凤连连点头说:"这容易,这容易。我只须换个名字再投军去就有盼望。"

祖凤在那里等机会入伍,但等来等去总等不着。只得先把从前所学的手艺编做些竹器到墟里发卖。他每日所得的钱差可以够二人度用。有一天，他在墟里瞧见庙前贴着一张很大的告示。他进前一瞧，别的字都不认得，只认得"黄得胜祖凤逃捉拿花红四百元"他看了，知道是通缉的告示，吓得紧跑回去。一踏进门，和鸾手里拿着一块四寸见方的红布，上面印着一个不像八卦、不像两仪的符号，在那瞧着。一见祖凤回来，就问他说："这是什么东西？"祖凤说："你既然搜了出来，我就不能不告诉你。这就是我的腰平。小姐，你要知道我和黄总爷都是洪门的豪杰，我们二人都有这个。这就是入门的凭据。我坐监的时候，黄总爷也是因为同会的缘故才把我保释出来的。"和鸾说："那么金权也是你们的同党了。""是的。呀！小姐，事情不好了。老爷的告示已经贴在墟里，要捉拿我和黄总爷哪。这里还是阳江该管的地方，咱们必不能再住在此，不如往东走，到那扶去避一下。那里是新宁（台山）地界，也许稍微安稳一点。"他一面说，一面催和鸾速速地把东西检点好，在那晚上就搬到那扶墟去了。

他们搬到那附近一个荒村。围在四面的，不是山，就是树林。二人在那里藏身倒还安静。祖凤改名叫做李猛，每日仍是做些竹器卖钱。他很奉承和鸾，知她嗜好音乐，就做了一管短箫，常在她面前吹着。和鸾承受他的崇敬，也就心满意足，不十分想家啦。

时光易过，他们在那里住着，已经过了两个冬节。那天晚上，祖凤从墟里回来，隔膀下夹着一架琵琶，喜喜欢欢地跳跃进来，对和鸾说："小姐，我将今天所赚的钱为你买了这个。快弹一弹，瞧它的声音如何。"和鸾说："呀！我现在哪里有心玩弄这个？许久不弹，手法也生了。你先搁着罢，改天我喜欢弹的时候，再弹给你听。"他把琵琶搁下，说："也罢。我且告诉你一桩可喜的事情：金权今天到墟里找我，说他要到省城吃粮去。他说现在有一位什么司令要招民军去打北京。有好些兄弟们劝他同行。他也邀我一块儿去。我想我的机会到了。我这次出门,都是为你的缘故,不然,我宁愿在这里做小营生,光景虽苦,倒能时常亲近你。他们明后天就要动身。"和鸾听说打北京,就惊异说:"也许是你听差了罢?北京是皇都,谁敢去打?况且官制里头也没有什么叫做司令的。或者你把东京听做北京罢。"祖凤说:"不差,不差,我听的一定不错。他明明说是革命党起事,要招兵打满洲的。"和鸾说:"呀,原来是革命党造反!前几年,老爷才杀了好几个哪。我劝你别去罢,去了定会把自己的命革掉。"他迫着要履和鸾的约,以为这次是好机会,决不可轻易失掉。不论和鸾应许与否,他心里早有成见。他说:"小姐,你说的虽然有理,但是革命党一起事,或者国家也要招兵来对付,不如让我先上省去瞧瞧,再行定规一下。你以为怎样呢?我想若是不走这一条路,就永无出头之日啦。"和鸾说:"那么,你就去瞧瞧罢。事情如何,总得先回来告诉我。"当下和鸾为他预备些路上应用的东西,第二天就和金权一同上省城去了。

  祖凤一去,已有三个月的工夫。和鸾在小屋里独自一人颇觉寂寞。她很信祖凤那副好身手,将来必有出人头地的日子。现时在穷困之中,他能尽力去工作。同在一个屋子住着,对于自己也不敢无礼。反想启祯镇日里只会蹴毽、弄鸟、赌牌、喝酒以及等等虚华的事,实在叫她越发看重祖凤。一想起他的服从、崇敬和求功名的愿望,就减少了好些思家的苦痛。她每日望着祖凤回来报信,望来望去,只是没有消息。闷极的时候,就弹着琵琶来破她的忧愁和寂寞。因为她爱粤讴,所以把从前所学的词曲忘了一大半。她所弹的差不多都是粤调。

  无边的黑暗把一切东西埋在里面。和鸾所住房子只有一点豆粒大的灯光。她从屋里蹀出来,瞧瞧四围山林和天空的分别,只在黑色的浓淡。那是摇光从东北渐移到正东,把全座星斗正横在天顶。她信口唱几句歌词,回头把门关好,端坐在一张竹椅上头,好像有所思想的样子。不一会,她走到桌边,把

一枝秃笔拿起来,写着:

　　　　诸天尽黝暗,曷有众星朗?林中劳意人,独坐听山响。
　　　　山响复何为?欲惊狮子梦。磨牙嗜虎狼,永袯腹心痛。

　　她写完这两首正要往下再写,门外急声叫着:"小姐,我回来了。快来替我开门。"她认得是祖凤的声音,喜欢到了不得,把笔搁下,速速地跑去替他开门。一见祖凤,就问:"为什么那么晚才回来?哎呀,你的辫子哪里去了?"祖凤说:"现在都是时兴这个样子。我是从北街来的,所以到得晚一点。我一去,就被编入伍,因此不能立刻回来。我所投的是民军。起先他们说要北伐,后来也没有打仗就赢了。听说北京的皇帝也投降了,现在的皇帝就是大总统,省城的制台和将军也没了,只有一个都督是最大的,他底下属全是武官。这时候要发达是很容易的。小姐,你别再愁我不长进啦。"和鸾说:"这岂不是换了朝代吗?""可不是。""那么,你老爷的下落你知道不?"祖凤说:"我没有打听这个,我想还是做他的官罢。"和鸾哭着说:"不一定的。若是换了朝代,我就永无见我父母之日了。纵使他们不遇害,也没有留在这里的道理。"祖凤瞧她哭了。忙安慰说:"请不要过于伤心。明天我回到省城再替你打听打听。现在还不知道是什么情形呢,何必哭。"他好容易把和鸾劝过来。又谈些别后的话,就各自将息去了。

　　早晨的日光照着一对久别的人。被朝雾压住的树林里断断续续发出几只蜩螗底声音。和鸾一听这种声音,就要引起她无穷的感慨。她只对祖凤说:"又是一年了。"她的心事早被祖凤看出,就说:"小姐,你又想家了。我见这样,就舍不得让你自己住着,没人服侍。我实在苦了你。"和鸾说:"我并不是为没人服侍而愁,瞧你去那么久,我还是自自然然地过日子就可以知道。只要你能得着一个小差事,我就不愁了。"祖凤说:"我实在不敢辜负小姐的好意。这次回来无非是要瞧瞧你。我只告一礼拜的假,今天又得回去。论理我是不该走得那么快，无奈。"和鸾说："这倒是不妨。你瞧什么时候应当回去就回去，又何必发愁呢？"祖凤说："那么，我待一会，就要走啦。"他抬头瞧见那只琵琶挂在墙上，说笑着对和鸾说："小姐，我许久不听你弹琵琶了。现在请你随便弹一支给我听，好不好？"和鸾也很喜欢地说："好。我就弹一枝粤讴当做给你送行的歌儿罢。"她抱着乐器，定神想了一定，就唱道：

　　暂时慨离别，犯不着短叹长嘘，君若嗟叹就唔配称做须眉。劝君莫因穷困就添愁绪，因为好多古人都系出自寒微。你睇樊哙当年曾与屠夫为伴侣；和尚为君重有个位老朱。自古话事啥怕难为，只怕人有志，重任在身，切莫辜负你个堂堂七尺躯。今日送君说不尽千万语，只愿你时常寄我好音书。唉！我记住远地烟树，就系君去处。劝君就动身罢，唔使再踌躇。

五　山大王

在那似烟非烟、似树非树的地平线上，仿佛有一个人影在那里走动。和鸾正在竹林里望着，因为祖凤好几个月没有消息了，她瞧着那人越来越近，心里以为是给她送信来的。她迎上去，却是祖凤。她问："怎么又回来呢？"祖凤说："民军解散了。"他说的时候，脸上显出很不快的样子，接着说："小姐，我实在辜负了你的盼望。但这次销差的不止我一人，连金权一班的朋友都回来了。"和鸾见他发愁，就安慰他说："不要着急，大器本来是晚成的。你且休息一下，过些日再设法罢。"她伸手要替祖凤除下背上的包袱，却被祖凤止住。二人携手到小屋里，和鸾还对他说了好些安慰的话。

时光一天一天地过去，祖凤在家里很觉厌腻，可巧他的机会又到了。金权到他那里，把他叫出来，同在竹林底下坐着。金权问："你还记得金成么？"祖凤说："为什么记不得，他现在怎样啦？"金权说："革命的时候，他从监里逃出来。一向就在四邑一带打劫。现时他在百峰山附近的山寨住着,要多招几个人入伙,所以我特地来召你同行。"祖凤沉思了一会,就说:"我不能去。因为这事一说起来,我的小姐必定不乐意。这杀头的事谁还敢去干呢?"金权说:"咦,你这人真笨!若是会死,连我也不敢去,还敢来招你吗?现在的官兵未必能比咱们强,他们一打不过,就会设法招安,那时我们可又不是好人、军官么?你不曾说过你的小姐要等你做到军官的时候才许你成婚吗?现在有那么好机会不投,还等什么时候呢?从前要做武官是考武秀、武举,现在只要先上梁山做大王,一招安至小也有排长、连长。你瞧金成有好几个朋友从前都是山寨里的八拜兄弟,现在都做了什么司令、什么镇守使了。听说还有想做督军的哪。"祖凤插嘴说:"督军是什么?"金权答道:"哎,你还不知道吗?督军就是总督和将军合成一个的意思,是全国最大的官。我想做官的道路,再没有比这条简捷的了。当兵和做强盗本来没有什么分别,不过他们的招牌正一点,敢青天白日地抢人,我们只在暗里胡挝就是了。你就同我去罢,一定没有伤害。"祖凤说:"你说的虽然有理,但这些话决不能对小姐说起的。我还是等着别的机会罢。"金权说:"呀,你真呆!对付女人是一桩极容易的事情,你何必用真实的话对她说呢?往时你有聪明骗她出来,现在就不能再哄她一次吗?我想你可以对她说现在各处的人民都起了勤王的兵,你也要投军去。她听了一定很喜欢,那就没有不放你去的道理。"祖凤给他劝得活动起来,就说:"对呀!这法子稍微可以用得。我就相机行事罢。"金权说:"那么,我先回去候你的信。"他说完,走几步,又回头说:"你可不要对她提起金成的名字。"

祖凤进去和和鸾商量妥当,第二天和金权一同搬到金成那里。他们走了两三天才到山麓。祖凤扶着和鸾一步一步地上去,歇了好几次才到山顶。那山上有几间破寨,金成就让他们二人同在一间小寨住着。他们常常下山,有时几十天也不回来一次。和鸾在那里越觉寂寞，因为从前还有几个邻村的妇人来谈谈，现在山上只有她和几个守寨的老贼。她每日有这几个人服侍，外面虽觉好些，但精神的苦痛是比从前厉害得多。她正在那里闷着，老贼金照跑进来说："小姐，他们回来了，现在都在金权寨里哪。金凤叫我来问小姐要穿的还是要戴的，请告诉他，他可以给小姐拿来。"他的口音不大清楚，所以和鸾听不出什么意思来。和鸾说："你去叫他来罢。我不明白你所说的是什么意思。"金照只得就去叫祖凤来。和鸾说："金照来说了大半天，我总听不出什么意思。到底问我要什么？"祖凤从口袋里掏出几只戒指和几串珠子，笑着说："我问你是要这个，或是要衣服。"和鸾诧异到了不得，注目在祖凤脸上说："呀呀！这是从哪里得来的？你莫不是去打劫么？"祖凤从容地说："哪里是打劫，不过咱们的兵现在没有正饷，暂时向民间借用。可幸乡下的绅士们都很仗义，他们捐的钱不够，连家里的金珠宝贝都拿出来。这是发饷时剩下的。还有好些绸缎哪。你若要时，我叫人拿来给你挑选几件。"和鸾说："这些东西，现时在我身上都没有什么用处。你下次出差去的时候，记得给我带些书籍来，我可以借此解解心闷。"祖凤笑说："哈哈，谁愿意带那些笨重的东西上山呢？现在的上等女人都不兴念书了。我在省城，瞧见许多太太、夫人们都是这样。她们只要粉擦得白，头梳得光，衣服穿得漂亮就够了。不就女人，连男子也是如此。前几年，我们的营扎在省城一间什么南强公学，里头的书籍很多，听说都是康圣人的。我们兄弟们嫌那些东西多占地位，一担只卖一块钱，不到三天，都让那班小贩买去包东西了。况且我们走路要越轻省越好，若是带书籍，不上三五本就很麻烦啦。好罢，你若是一定要时，我下次就给你带几本来。"说话时，金权又来把他叫去。

祖凤跑到金成寨里，瞧见三四个娄罗坐在那里，早猜着好事又来了。金成起来对祖凤说道："方才钦哥和琥哥来报了两宗肥事：第一，是梁老太爷过几天要出门，我们可以把他拿回来。他儿子现时在京做大官，必定要拿好些钱财来赎回去；第二件是宁阳铁路这几个月常有金山丁（美洲及澳洲华侨）往来。我想找一个好日子，把他们全网打来。我且问你办哪一样最好？劫火车虽说富足一点，但是要用许多手脚。若是劫梁老太爷，只须五六个人就够了。"祖凤沉吟半晌说："我想劫火车好一点。若要多用人，我们可以招聚些。"金成说："那么，你就先到各山寨去招人罢。约好了我们再出发。"

六　他的生活

那日下午，火车从北街开行。搭客约有二百余人，金成、祖凤和好些娄罗都扮做搭客，分据在二三等车里。祖凤拿出时计来一看，低声对坐在身边的同伴说："三点半了，快预备着。"他说完把窗门托下来，往外直望。那时火车快到汾水江地界，正在蒲葵园或芭蕉园中穿行，从窗一望都是绿色的叶子，连人影也不见。走的时候，车忽然停住。祖凤、金成和其余的都拿出手枪来，指着搭客说："是伶俐人就不要下车。个个人都得坐定，不许站起来。"他们说的时候，好些贼从蒲葵园里钻出来，各人都有凶器在手里。那班贼上了车，就对金成说："先把头、二等车封锁起来，我们再来验这班孤寒鬼。"他们分头挡住头、二等的车门，把那班三等客逐个验过。教每人都伸手出来给他们瞧。若是手长得幼嫩一点的就把他留住。其余粗手、赤脚、肩上有瘤和皮肤粗黑的人，都让他们下车。他们对那班人说："饶了你们这些穷鬼罢。把东西留下，快走。不然，要你们的命。"祖凤把客人所看的书报、小说胡乱抢了几本藏在自己怀中，然后押着那班被掳的下来。

他们把留住的客人，一个夹一个下来。其中有男的，有女的，有金山丁、官僚、学生、工人和管车的，一共有九十六人。那里离河不远，娄罗们早已预备了小汽船在河边等候。他们将这九十六人赶入船里,一个挨一个坐着。且用枪指着,不许客人声张。船走了约有二点钟的光景,才停了轮,那时天已黑了。他们上岸,穿过几丛树林,到了一所荒寨。金成吩咐众娄罗说:"你们先去弄东西吃。今晚就让这些货在这里。挑两三个女人送到我那里去,再问凤哥、权哥们要不要。若是有剩就随你们的便。"娄罗们都遵着命令,各人办各人的事去了。

第二天早晨,众贼都围在金成身边,听候调遣。金成对金权说:"女人都让你去办罢。有钱的叫她家里来赎;其余的,或是放回或是送到澳门去,都随你的便。"他又把那些男子的姓名、住址问明白,派娄罗各处去打听,预备向他们家里拿相当的金钱来赎回去。娄罗们带了几个外省人来到他跟前。他一问了,知道是做官、当委员的,就大骂说:"你们这些该死的,只会铲地皮,和与我们作对头,今天到我手里,别再想活着。人来,把他们捆在树上,枪毙。"众娄罗七手八脚,不一会都把他们打死了。

三五天后,被派出去的娄罗都回来报各人家里的景况。金成叫各人写信回家取钱,叫祖凤检阅他们的书信。祖凤在信里瞧见一句"被绿林之豪掳去七月三十日以前"和"六年七月十九",就叫那写信的人来说:"你这信,到底包藏些什么暗号?你要请官兵来拿我们吗?"他指着"绿林""掳""六年七月"等字,问说:"这些是什么字?若说不出来,就要你的狗命。现在明明是六月,为何写六年七月?"祖凤不认得那些字,思疑里面有别的意思。所以对着那人说:"凡我不认得的字都不许写,你就改作'被山大王捉去',和'丁巳六月'罢。以后再这样,可就不饶你了。晓得么?"检阅时,金权带了两个人来,说:"这两个人实在是穷,放了他们罢。"祖凤说:"金成说放就放,我不管。"他就跑到金成那里说:"放了他们罢。"金成说:"不。咱们决不能白放人。他们虽然穷,命还是有用的。咱们就要他们的命来警戒那些有钱而不肯拿出来的人。你且把他们捆在那边，再叫那班人出来瞧。"

金成瞧那些俘虏出来，就对他们说："你们都瞧那两个人就是有钱不肯花的。你们若不赶快叫家里拿钱来，我必要一天把你们当中的人枪毙两个，像他们现在一样。"众人见他们二人死了，都吓得抖擞起来。祖凤说："你们若是精乖，就得速速拿钱来，省得死在这里。"

他们在那寨里正摆布得有条有理，一个娄罗来回报说："官军已到北街了。"金成说："那么，我们就把这些人分开罢。我和金凤、金权同在一处，将二十人给我们带去。剩下的叫金球和金胜分头带走。"祖凤把四个司机人带来，说："这四个是工人，家里也没有什么钱，不如放了他们罢。"金成说："凤哥，你的打算差了。咱们时常要在铁路上往来，若是放他们回去，将来的祸根不小。我想还是请他们去见阎王好一点。"

他们把那几个司机人杀掉以后，各头目带着自己的俘虏分头逃走。金成、祖凤和金权带着二十人，因为天气尚早，先叫他们伏在蒲葵园的叶下，到晚上才把他们带出来。他走了一夜才到山寨。上山后，祖凤拿几本书赶紧跑到自己的寨里，对和鸾说："我给你带书来了。我们掳了好些违抗王师的人回来，现在满山寨都是人哪。"和鸾接过书来瞧一瞧，说："这有什么用？"他悻悻地说："你瞧！正经给你带来，你又说没用处。我早说了，倒不如多掳几个人回来更好哪。"和鸾问："怎么说？""我们掳人回来可以得着他们家里的取赎钱。"和鸾又问："怎样叫他们来赎，若是不肯来，又怎办？"祖凤说："若是要赎回去的话，他们家里的人可以到澳门我们的店里，拿二三斤鸦片或是几箱好烟叶做开门礼，我们才和他讲价。若不然，就把他们治死。"和鸾说："这可不是近于强盗的行为么？"他心里暗笑，口里只答应说："这是不得已的。"他恐怕被和鸾问住，就托故到金成寨里去了。

过不多的日子，那班俘虏已经被人赎回一大半。那晚该祖凤的班送人下山。他用手中把那几个俘虏的眼睛缚住,才叫娄罗们扶他们下山,自己在后头跟着。他去后不到三点钟的工夫,忽然山后一阵枪声越响越近。金成和剩下的娄罗各人携着枪械下山迎敌。枪声一呼一应,没有片刻停止。和鸾吓得不敢睡,眼瞧着天亮了,那枪声还是不息。她瞧见山下一支人马向山顶奔来,一支旗飘荡着,却认不得是那一国的旗帜。她害怕得很,要跑到山洞里躲藏。一出门,已有两个兵追着她。她被迫到一个断崖上头,听见一个兵说:"吓,这里还有那么好的货,咱们上前把她搂过来受用。"那兵方要进前,和鸾大声喝道:"你们这些作乱的人,休得无礼!"二人不理会她,还是要进步。一个兵说:"呀,你会飞!"他们捉不着和鸾,正在互相埋怨。一个军官来到,喝着说:"你们在这里干什么?还不跟我到处搜去。"

从这军官的服装看来,就知道他是一位少校。他的行动十分敏捷,像很能干似的。他搜到和鸾所住的寨里,无意中搜出她的衣服。又把壁上的琵琶拿下来,他见上面贴着一张红纸条,写着:"表寸心",底下还写了她自己的名字。军官就很是诧异,说:"哼,原来你在这里!"他回头对众兵丁说:"拿住多少贼啦?"都说:"没有。""女人呢?""也没有。"他把衣物交给兵丁,叫他们先下山去,自己还在那里找寻着。

唉!他的寻找是白费的。他回到营里,天色已是不早,就叫卫兵拿了一盏油灯来,把所得的东西翻来覆去地瞧着。他叹息几声,把东西搁下,起来,在屋里踱来踱去。半晌的工夫,他就拿起笔来写一封信:

> 贤妻如面:此次下乡围捕,于贼寨中搜出令姊衣物多件,然余遍索山中,了无所得,寸心为之怅然。忆昔年之年,余犹以虐谑为咎,今而后知其为贼所掳也。兹命卫卒将衣物数事,先呈妆次,俟余回时,再为卿详道之。
>
> 夫祯白

他把信封好，叫一个兵来将信件拿去。自己眼瞪瞪坐在那里，把手向腿上一拍。门外的岗兵顺着响处一望，仿佛听着他的长官说："啊，我现在才明白你的意思。只是你害杀婵而了。"

黄昏后

　　承欢、承懽两姊妹在山上采了一篓羊齿类的干草，是要用来编造果筐和花篮的。她们从那条崎岖的山径一步一步地走下来，刚到山腰，已是喘得很厉害，二人就把篓子放下，歇息一会。

　　承欢的年纪大一点，所以她的精神不如妹妹那么活泼，只坐在一根横露在地面的榕树根上头；一手拿着手巾不歇地望脸上和脖项上揩拭。她的妹妹坐不一会，已经跑入树林里，低着头，慢慢找她心识中的宝贝去了。

　　喝醉了的太阳在临睡时，虽不能发出他固有的本领，然而还有余威把他的妙光长箭射到承欢这里。满山的岩石、树林、泉水，受着这妙光的赏赐，越觉得秋意阑珊了。汐涨的声音，一阵一阵地从海岸送来，远地的归鸟和落叶混着在树林里乱舞。承欢当着这个光景，她的眉、目、唇、舌也不觉跟着那些动的东西，在她那被日光熏黑了的面庞飞舞着。她高兴起来，心中的意思已经禁止不住，就顺口念着："碧海无风涛自语；丹林映日叶思飞！……"还没有念完，她的妹妹就来到跟前，衣裾里兜着一堆的叶子，说："姊姊，你自己坐在这里，和谁说话来？你也不去帮我捡捡叶子，那边还有许多好看的哪。"她说着，顺手把所得的枯叶一片一片地拿出来，说："这个是蚶壳……这是海星……这是没有鳍的翻车鱼……这卷得更好看，是爸爸吸的淡芭菰……这是……"她还要将那些受她想象变化过的叶子一一给姊姊说明；可是这样的讲解，除她自己以外，是没人愿意用工夫去领教的。承欢不耐烦地说："你且把它们搁在篓里罢，到家才听你的，现在我不愿意听咧。"承懂斜着眼瞧了姊姊一下，一面把叶子装在篓里，说："姊姊不晓得又想什么了。在这里坐着，愿意自己喃喃地说话，就不愿意听我所说的！"承欢说："我何尝说什么，不过念着爸爸那首《秋山晚步》罢了。"她站起来，说："时候不早了，咱们走罢。你可以先下山去，让我自己提这篓子。"承懂说："我不，我要陪着你走。"

二人顺着山径下来，从秋的夕阳渲染出来等等的美丽已经布满前路：霞色、水光、潮音、谷响、草香等等更不消说；即如承欢那副不白的脸庞也要因着这个就增了几分本来的姿色。承欢虽是走着，脚步却不肯放开，生怕把这样晚景错过了似的。她无意中说了声："呀！妹妹，秋景虽然好，可惜太近残年咧。"承懂的年纪只十岁，自然不能懂得这位十五岁的姊姊所说的是什么意思。她就接着说："挨近残年，有什么可惜不可惜的？越近残年越好，因为残年一过，爸爸就要给我好些东西玩，我也要穿新做的衣服——我还盼望它快点过去哪。"

她们的家就在山下，门前朝着南海。从那里，有时可以望见远地里一两艘法国巡舰在广州湾驶来驶去。姊妹们也说不清她们所住的到底是中国地，或是法国领土，不过时常理会那些法国水兵爱来村里胡闹罢了。刚进门，承懂便叫一声："爸爸，我们回来了！"平常她们一回来，父亲必要出来接她们，这一次不见他出来，承欢以为她父亲的注意是贯注在书本或雕刻上头，所以教妹妹不要声张，只好静静地走进来。承欢把篓子放下，就和妹妹到父亲屋里。

她们的父亲关怀所住的是南边那间屋子，靠壁三五架书籍。又陈设了许多大理石造像——有些是买来的，有些是自己创作的。从这技术室进去就是卧房。二人进去，见父亲不在那里。承欢向壁上一望，就对妹妹说："爸爸又拿着基达尔出去了。你到妈妈坟上，瞧他在那里不在。我且到厨房弄饭，等着你们。"

她们母亲的坟墓就在屋后自己的荔枝园中。承懂穿过几棵荔枝树，就听见一阵基达尔的乐音，和着她父亲的歌喉。她知道父亲在那里，不敢惊动他的弹唱，就蹑着脚步上前。那里有一座大理石的坟头，形式虽和平常一样，然而西洋的风度却是很浓的。瞧那建造和雕刻的工夫，就知道平常的工匠决做不出来，一定是关怀亲手所造的。那墓碑上不记年月，只刻着"佳人关山恒媚"，下面一行小字是"夫关怀手泐"。承懂到时，关怀只管弹唱着，像不理会他女儿站在身旁似的。直等到西方的回光消灭了，他才立起来，一手挟着乐器，一手牵着女儿，从园里慢慢地走出来。

一到门口，承懂就嚷着："爸爸回来了！"她姊姊走出来，把父亲手里的乐器接住，且说："饭快好啦，你们先到厅里等一会，我就端出来。"关怀牵着承懂到厅里，把头上的义辫脱下，挂在一个衣架上头，回头他就坐在一张睡椅上和承懂谈话。他的外貌像一位五十岁左右的日本人，因为他的头发很短，两撇胡子也是含着外洋的神气。停一会，承欢端饭出来，关怀说："今晚上咱们都回得晚。方才你妹妹说你在山上念什么诗；我也是在书架上偶然捡出十几年前你妈妈写给我的《自君之出矣》，我曾把这十二首诗入了乐谱，你妈妈在世时很喜欢听这个，到现在已经十一二年不弹这调了。今天偶然被我翻出来，所以拿着乐器走到她坟上再唱给她听，唱得高兴，不觉反复了几遍，连时间也忘记了。"承欢说："往时爸爸到墓上奏乐，从没有今天这么久，这诗我不曾听过……"承懂插嘴说："我也不曾听过。"承欢接着说："也许我在当时年纪太小不懂得。今晚上的饭后谈话，爸爸就唱一唱这诗，且给我们说说其中的意思罢。"关怀说："自你四岁以后，我就不弹这调了，你自然是不曾听过的。"他抚着承懂的头，笑说："你方才不是听过了吗？"承懂摇头说："那不算，那不算。"他说："你妈妈这十二首诗没有什么可说的,不如给你们说咱们在这里住着的缘故罢。"

吃完饭,关怀仍然倚在睡椅下头,手里拿着一支雪茄,且吸且说。这老人家在灯光之下说得眉飞目舞,教姊妹们的眼光都贯注在他脸上,好像藏在叶下的猫儿凝神守着那翩飞的蝴蝶一般。

关怀说:"我常愿意给你们说这事,恐怕你们不懂得,所以每要说时,便停止了。咱们住在这里,不但邻舍觉得奇怪,连阿欢,你的心里也是很诧异的。现在你的年纪大了,也懂得一点世故了,我就把一切的事告诉你们罢。"

"我从法国回到香港,不久就和你妈妈结婚。那时刚要和东洋打仗,邓大人聘了两个法国人做顾问,请我到兵船里做通译。我想着,我到外洋是学雕刻的,通译,哪里是我做得来的事,当时就推辞他。无奈邓大人一定要我去,我碍于情面也就允许了。你妈妈虽是不愿意,因为我已允许人家,所以不加拦阻。她把脑后的头发截下来,为我做成那条假辫。"他说到这里,就用雪前指着衣架,接着说:"那辫子好像叫卖的幌子,要当差事非得带着它不可。那东西被我用了那么些年,已修理过好几次,也许现在所有的头发没有一根是你妈妈的哪。""到上海的时候,那两个法国人见势不佳,没有就他的聘。他还劝我不用回家,日后要用我做别的事,所以我就暂住在上海。我在那里,时常听见不好的消息,直到邓大人在威海卫阵亡时,我才回来。那十二首诗就是我入门时,你妈妈送给我的。"承欢说:"诗里说的都是什么意思?"关怀说:"互相赠与的诗,无论如何,第三个人是不能理会,连自己也不能解释给人听的。那诗还搁在书架上,你要看时,明天可以拿去念一念。我且给你说此后我和你妈妈的事。"

"自那次打败仗,我自己觉得很羞耻,就立意要隔绝一切的亲友,跑到一个孤岛里居住,为的是要避掉种种不体面的消息，教我的耳朵少一点刺激。你妈妈只劝我回硇州去，但我很不愿意回那里去，以后我们就定意要搬到这里来。这里离硇州虽是不远，乡里的人却没有和我往来，我想他们必是不知道我住在这里。"

"我们买了这所房子，连后边的荔枝园。二人就在这里过很欢乐的日子。在这里住不久，你就出世了。我们给你起个名字叫承欢……"承懂紧接着问："我呢？"关怀说："还没有说到你咧，你且听着，待一会才给你说。"

他接着说："我很不愿意雇人在家里做工，或是请别人种地给我收利。但耨田插秧的事都不是我和你妈妈做得来的，所以我们只好买些果树园来做生产的源头，西边那丛椰子林也是在你一周岁时买来做纪念的。那时你妈妈每日的功课就是乳育你，我在技术室做些经常的生活以外，有工夫还出去巡视园里的果树。好几年的工夫，我们都是这样地过，实在快乐啊！

"唉，好事是无常的！我们在这里住不上五年，这一片地方又被法国占据了！当时我又想搬到别处去，为的是要回避这种羞耻，谁知这事不能由我做主，好像我的命运就是这样，要永远住在这蒙羞的土地似的。"关怀说到这里，声音渐渐低微，那忧愤的情绪直把眼睑垠下一半，同时他的视线从女儿的脸上移开，也被地心引力吸住了。

承懂不明白父亲的心思，尽说："这地方很好，为什么又要搬呢？"承欢说："啊，我记得爸爸给我说过，妈妈是在那一年去世的。"关怀说："可不是！从前搬来这里的时候，你妈妈正怀着你，因为风波的颠簸，所以临产时很不顺利，这次可巧又有了阿懂，我不愿意像从前那么唐突，要等她产后才搬。可是她自从得了租借条约签押的消息以后，已经病得支持不住了。"那声音的颤动，早已把承欢的眼泪震荡出来。然而这老人家却没有显出什么激烈的情绪，只皱一皱他的眉头而已。

他往下说："她产后不上十二个时辰就……"承懂急急地

问:"是养我不是?"他说:"是。因为你出世不久,你妈妈便撇掉你,所以给你起个名字做阿懂,懂就是忧而无告的意思。"

这时,三个人缄默了一会。门前的海潮音,后园的蟋蟀声,都顺着微风从窗户间送进来。桌上那盏油灯本来被灯花堵得火焰如豆一般大,这次因着微风,更是闪烁不定,几乎要熄灭了。关怀说:"阿欢,你去把窗户关上,再将油灯整理一下。小妹妹也该睡了,回头就同她到卧房去罢。"

不论什么人都喜欢打听父母怎样生育他,好像念历史的人爱读开天辟地的神话一样。承懂听到这个去处,精神正在活泼,哪里肯去安息。她从小凳子上站起来,顺势跑到父亲面前,且坐在他的膝上,尽力地摇头说:"爸爸还没有说完哪。我不困,快往下说罢。"承欢一面关窗,一面说:"我也愿意再听下去,爸爸就接着说罢。今晚上迟一点睡也无妨。"她把灯芯弄好,仍回原位坐下,注神瞧着她的父亲。

油灯经过一番收拾,越显得十分明亮,关怀的眼睛忽然移到屋角一座石像上头。他指着对女儿说:"那就是你妈妈去世前两三点钟的样子。"承懂说:"姊姊也曾给我说过那是妈妈,但我准知道爸爸屋里那个才是。我不信妈妈的脸难看到这个样子。"他抚着承懂的颅顶说:"那也是好看的。你不懂得,所以说她不好看。"他越说越远,几乎把方才所说的忘掉,幸亏承欢再用话语提醒他,他老人家才接续地说下去。

他说:"我的搬家计划,被你妈妈这一死就打消了。她的身体已藏在这可羞的土地,而且你和阿懂年纪又小,服侍你们两个小姊妹还忙不过来,何况搬东挪西地往外去呢?因此,我就定意要终身住在这里,不想再搬了。"

"我是不愿意雇人在家里为我工作的。就是乳母,我也不愿意雇一个来乳育阿懂。我不信男子就不会养育婴孩,所以每日要亲自尝试些乳育的工夫。"承懂问:"爸爸,当时你有奶子给我喝吗?"关怀说:"我只用牛乳喂你。然而男子有时也可以生出乳汁的。阿欢，我从前不曾对你说过孟景休的事么？"

承欢说："是，他是一个孝子，因为母亲死掉，留下一个幼弟，他要自己做乳育工夫，果然有乳浆从他的乳房溢出来。"关怀笑说："我当时若不是一个书呆子，就是这事一定要孝子才办得到，贞夫是不许做的。我每每抱着阿懂，让她啜我的乳头，看看能够溢出乳浆不能，但试来试去，都不成功。养育的工夫虽然是苦，我却以为这是父母二人应当共同去做的事情，不该让为母的独自担任这番劳苦。"

承欢说："可是这事要女人去做才合宜。"

"是的。自从你妈妈没了以后，别样事体倒不甚棘手，对于你所穿的衣服总觉得肮脏和破裂得非常的快。我自己也不会做针黹，整天要为你求别人缝补。这几乎又要把我所不求人的理想推翻了！当时有些邻人劝我为你们续娶一个。"

承欢说："我们有一位后娘倒好。"

那老人家瞪着眼，口里尽力地吸着雪茄，少停，他的声音就和青烟一齐冒出来。他郑重地说："什么？一个人能像禽兽一样，只有生前的恩爱，没有死后的情愫吗？"

从他口里吐出来的青烟早已触得承懂康康地咳嗽起来。她断续地说："爸爸的口直像王家那个破灶，闷得人家的眼睛和喉咙都不爽快。"关怀拍着她的背说："你真会用比方！这是从外洋带回来的习惯，不吸它也罢，你就拿去搁在烟盂里罢。"承懂拿着那支枝雪茄，忽像想起什么事似的，她定到屋里把所捡的树叶拿出来，对父亲说："爸爸吸这一支罢，这比方才那支好得多。"她父亲笑着把叶子接过去，仍教承懂坐在膝上，眼睛望着承欢说："阿欢，你以再婚为是么？"他的女儿自然不能回答，也不敢回答这重要的问题。她只嘿嘿地望着父亲两只灵活的眼睛，好像要听那两点微光的回答一样。那回答的声音果如从父亲的眼光中发出来——他凝神瞧着承欢说："我想你也不以为然。一个女人再醮，若是人家要轻看她，一个男子续娶,难道就不应当受轻视吗?所以当时凡有劝我续弦的,都被我拒绝了。我想你们没有母亲虽是可哀,然而有一个后娘更是不幸的。"

门前的海潮音,后园的蟋蟀声,加上檐牙的铁马和树上的夜啼鸟,这几种声音直像强盗一样,要从门缝窗隙间闯进来捣乱他们的夜谈。那两个女孩子虽不理会,关怀的心却被它们抢掠去了。他的眼睛注视着窗外那似树如山的黑影。耳中听着那钟铮铮铛铛、嘶嘶嗦嗦、泪泪稳稳的杂响,口里说:"我一听见铁马的音响,就回想到你妈妈做新娘时,在洞房里走着,那脚钏铃铛的声音。那声音虽有大小的分别,风味却差不多。"他把射到窗外的目光移到承欢身上,说:"你妈妈姓山,所以我在日间或夜间偶然瞧见尖锥形的东西就想着山,就想着她。在我心目中的感觉,她实在没死,不过是怕遇见更大的羞耻,所以躲藏着,但在人静的时候,她仍是和我在一处的。她来的时候,也去瞧你们,也和你们谈话,只是你们都像不大认识她一样,有时还不瞅睬她。"承懂说:"妈妈一定是在我们睡熟时候来的,若是我醒时,断没有不瞅睬她的道理。"那老人家抚着这幼女的背说:"是的。你妈妈常夸奖你,说你聪明,喜欢和她谈话,不像你姊姊越大就越发和她生疏起来。"承欢知道这话是父亲造出来教妹妹喜欢的,所以她笑着说:"我心里何尝不时刻惦念着妈妈呢?但她一来到,我怎么就不知道,这真是怪事!"

关怀对着承欢说:"你和你妈妈离别时年纪还小,也许记不清她的模样,可是你须知道,不论要认识什么物体都不能以外貌为准的,何况人面是最容易变化的呢?你要认识一个人,就得在他的声音、容貌之外找寻,这形体不过是生命中极短促的一段罢了。树木在春天发出花叶,夏天结了果子,一到秋冬,花、叶、果子多半失掉了,但是你能说没有花、叶的就不是树木么?池中的蝌蚪,渐渐长大成长一只蛤蟆,你能说蝌蚪不是小蛤蟆么？无情的东西变得慢，有情的东西变得快。故此，我常以你妈妈的坟墓为她的变化身，我觉得她的身体已经比我长得大，比我长得坚强，她的声音，她的容貌，是遍一切处的。我到她的坟上，不是盼望她那卧在土中的肉身从墓碑上挺起来，我瞧她的身体就是那个坟墓，我对着那墓碑就和在这屋对你们说话一样。"

承懂说："哦，原来妈妈不是死，是变化了。爸爸，你那么爱妈妈，但她在这变化的时节，也知道你是疼爱她的么？"

"她一定知道的。"

承懂说："我每到爸爸屋里，对着妈妈的遗像叫唤、抚摩，有时还敲打她几下。爸爸，若是那像真是妈妈，她肯让我这样抚摩和敲打么？她也能疼爱我，像你疼我一样么？"

关怀回答说："一定很喜欢。你妈妈连我这么高大，她还十分疼爱，何况你是一个聪明伶俐的小孩子！妈妈的疼爱比爸爸大得多。你睡觉的时候，爸爸只能给你垫枕、盖被；若是妈妈，一定要将她那只滑腻而温暖的手臂给你枕着，还要搂着你，教你不惊不慌地安睡在她怀里。你吃饭的时候，爸爸只能给你预备小碗、小盘；若是妈妈，一定要把她那软和而常摇动的膝头给你做凳子，还要亲手递好吃的东西到你口里。你所穿的衣服，爸爸只能为你买些时式的和贵重的；若是妈妈，一定要常常给你换新样式，她要亲自剪裁，亲自刺绣，要用最好看的颜色——就是你最喜欢的颜色——给你做上。妈妈的疼爱实在比爸爸的大得多！"

承懂坐在父亲膝上，一听完这段话，她的身体的跳荡好像骑在马上一样。她一面摇着身子，一面拍着自己两只小腿，说："真的吗？她为何不对我这样做呢？爸爸，快叫妈妈从坟里出来罢。何必为着这蒙羞的土地就藏起来，不教她亲爱的女儿和她相会呢？从前我以为妈妈的脾气老是那个样子：两只眼睛瞧着人，许久也不转一下；和她说话也不答应；要送东西给她,她两只手又不知道往哪里去,也不会伸出来接一接,所以我想她一定是不懂人情的。现在我就知道她不是无知的。爸爸,你为我到坟里把妈妈请出来罢,不然,你就把前头那扇石门挪开,让我进去找她。爸爸曾说她在晚间常来,待一会,她会来么?"

关怀把她亲了一下,说:"好孩子,你方才不是说你曾叫过她?摸过她,有时还敲打她么?她现在已经变成那个样子了,纵使你到坟墓里去找她也是找不着的。她常在我屋里,常在那里(他指着屋角那石像),常在你心里,常在你姊姊心里,常在我心里。你和她说话或送东西给她时,她虽像不理你,其实她疼爱你,已经领受你的敬意。你若常常到她面前,用你的孝心、你的诚意供献给她,日子久了,她心喜欢让你见着她的容貌。她要用妩媚的眼睛瞧着你,要开口对你发言,她那坚硬而白的皮肤要化为柔软娇嫩,好像你的身体一样。待一会,她一定来,可是不让你瞧见她,因为她先要瞧瞧你对于她的爱心怎样,然后叫你瞧见她。"

承欢也随着对妹妹证明说:"是,我像你那么大的时候,也很愿意见妈妈一面。后来我照着爸爸的话去做,果然妈妈从石像座儿走下来,搂着我和我谈话,好像现在爸爸搂着你和你谈话一样。"

承懽把右手的食指含在口里,一双伶俐的小眼射在地上,不歇地转动,好像了悟什么事体,还有所发明似的。她抬头对父亲说:"哦,爸爸,我明白了。以后我一定要格外地尊敬妈妈那座造像,盼望她也能下来和我谈话。爸爸,比如我用尽我的孝敬心来服侍她,她准能知道么?"

"她一定知道的。"

"那么,方才所捡那些叶子,若是我好好地把它们藏起来,一心供养着,将来它们一定也会变成活的海星、瓦楞子或翻车鱼了。"关怀听了,莫名其妙。承欢就说:"方才妹妹捡了一大堆的干叶子，内中有些像鱼的，有些像螺贝的，她问的是那些东西。"关怀说："哦，也许会，也许会。"承懂要立刻跳下来，把那些叶子搬来给父亲瞧，但她的父亲说："你先别拿出来，明天我才教给你保存它们的方法。"

关怀生怕他的爱女晚间说话过度，在睡眠时作梦，就劝承懂说："你该去睡觉啦。我和你到屋里去罢。明早起来，我再给你说些好听的故事。"承懂说："不，我不。爸爸还没有说完呢，我要听完了才睡。"关怀说："妈妈的事长着呢，若是要说，一年也说不完，明天晚上再接下去说罢。"那小女孩于是从父亲膝上跳下来，拉着父亲的手，说："我先要到爸爸屋里瞧瞧那个妈妈。"关怀就和她进去。

他把女儿安顿好，等她睡熟，才回到自己屋里。他把外衣脱下，手里拿着那个瑷瑈囊，和腰间的玉佩，把玩得不忍撒手，料想那些东西一定和他的亡妻关山恒媚很有关系。他们的恩爱公案必定要在临睡前复讯一次。他走到石像前，不歇用手去摩弄那坚实而无知的物体，且说："多谢你为我留下这两个女孩，教我的晚景不至过于惨淡。不晓得我这残年要到什么时候才可以过去，速速地和你同住在一处。唉！你的女儿是不忍离开我的，要她们成人，总得在我们再会之后。我现在正浸在父亲的情爱中，实在难以解决要怎样经过这衰弱的残年，你能为我和从你身体分化出来的女儿们打算么？"

他静静地站在那里，好像很注意听着那石像的回答。可是那用手造的东西怎样发出她的意思，我们的耳根太钝，实在不能听出什么话来。

他站了许久，回头瞧见承欢还在北边的厅里编织花篮，两只手不停地动来动去，口里还低唱着她的工夫歌。他从窗门对女儿说："我儿，时候不早了，明天再编罢。今晚上妹妹话说得过多，恐怕不能好好地睡，你得留神一点。"承欢答应一声，就把那个未做成的篮子搁起来，把那盏小油灯拿着到自己屋里去了。

灯光被承欢带去以后，满屋都被黑暗充塞着。秋萤一只两只地飞入关怀的卧房，有时歇在石像上头。那光的闪烁，可使关山恒媚的脸对着她的爱者发出一度一度的流盼和微笑。但是从外边来的，还有汩稳的海潮音，嘶嗦的蟋蟀声，铮铛的铁马响，那可以说是关山恒媚为这位老鳏夫唱的催眠歌曲。

缀网劳蛛

"我像蜘蛛,
命运就是我的网。"
我把网结好,
还住在中央。
呀,我的网甚时节受了损伤!
这一坏,教我怎地生长?
生的巨灵说:"补缀补缀罢。"
世间没有一个不破的网。
我再结网时,
要结在玳瑁梁栋
珠玑帘栊;
或结在断井颓垣
荒烟蔓草中呢?
生的巨灵按手在我头上说:
"自己选择去罢,
你所在的地方无不兴隆、亨通。"
虽然,我再结的网还是像从前那么脆弱,
敌不过外力冲撞;
我网的形式还要像从前那么整齐——
平行的丝连成八角、十二角的形状吗?
他把"生的万花筒"交给我,说:
"望里看罢,
你爱怎样,就结成怎样。"

呀，万花筒里等等的形状和颜色
仍与从前没有什么差别！
求你再把第二个给我，
我好谨慎地选择。
"咄咄！贪得而无智的小虫！
自而今回溯到濛鸿，
从没有人说过里面有个形式与前相同。
去罢，生的结构都由这几十颗'彩琉璃屑'幻成种种，
不必再看第二个生的万花筒。"

那晚上的月色格外明朗，只是不时来些微风把满园的花影移动得不歇地作响。素光从椰叶下来，正射在尚洁和她的客人史夫人身上。她们二人的容貌，在这时候自然不能认得十分清楚，但是二人对谈的声音却像幽谷的回响，没有一点模糊。

周围的东西都沉默着，像要让她们密谈一般，树上的鸟儿把喙插在翅膀底下；草里的虫儿也不敢做声；就是尚洁身边那只玉狸，也当主人所发的声音为催眠歌，只管鼽鼽地沉睡着。她用纤手抚着玉狸，目光注在她的客人身上，懒懒地说："夺魁嫂子，外间的闲话是听不得的。这事我全不计较——我虽不信定命的说法，然而事情怎样来，我就怎样对付，毋庸在事前预先谋定什么方法。"

她的客人听了这场冷静的话，心里很是着急，说："你对于自己的前程太不注意了！若是一个人没有长久的顾虑，就免不了遇着危险，外人的话虽不足信，可是你得把你的态度显示得明了一点，教人不疑惑你才是。"

尚洁索性把玉狸抱在怀里，低着头，只管摩弄。一会儿，她才冷笑了一声，说："吓吓，夺魁嫂子，你的话差了，危险不是顾虑所能闪避的。后一小时的事情，我们也不敢说准知道，哪能顾到三四个月、三两年那么长久呢？你能保我待一会不遇着危险，能保我今夜里睡得平安么？纵使我准知道今晚上

会遇着危险，现在的谋虑也未必来得及。我们都在云雾里走，离身二三尺以外，谁还能知道前途的光景呢？经里说：'不要为明日自夸，因为一日要生何事，你尚且不能知道。'这句话，你忘了么？唉，我们都是从渺茫中来，在渺茫中住，望渺茫中去。若是怕在这条云封雾锁的生命路程里走动，莫如止住你的脚步；若是你有漫游的兴趣，纵然前途和四围的光景暧昧，不能使你赏心快意，你也是要走的。横竖是往前走，顾虑什么？

"我们从前的事，也许你和一般侨寓此地的人都不十分知道。我不愿意破坏自己的名誉，也不忍教他出丑。你既是要我把态度显示出来，我就得略把前事说一点给你听，可是要求你暂时守这个秘密。

"论理，我也不是他的……"

史夫人没等她说完，早把身子挺起来，作很惊讶的样子，回头用焦急的声音说："什么？这又奇怪了！"

"这倒不是怪事，且听我说下去。你听这一点，就知道我的全意思了。我本是人家的童养媳，一向就不曾和人行过婚礼——那就是说，夫妇的名分，在我身上用不着。当时，我并不是爱他，不过要仗着他的帮助，救我脱出残暴的婆家。走到这个地方，依着时势的境遇，使我不能不认他为夫。"

"原来你们的家有这样特别的历史。那么，你对于长孙先生可以说没有精神的关系，不过是不自然的结合罢了。"

尚洁庄重地回答说："你的意思是说我们没有爱情么？诚然，我从不曾在别人身上用过一点男女的爱情，别人给我的，我也不曾辨别过那是真的，这是假的。夫妇，不过是名义上的事，爱与不爱，只能稍微影响一点精神的生活，和家庭的组织是毫无关系的。"

"他怎样想法子要奉承我，凡认识我的人都觉得出来。然而我却没有领他的情，因为他从没有把自己的行为检点一下。他的嗜好多，脾气坏，是你所知道的。我一到会堂去，每听到人家说我是长孙可望的妻子，就非常的惭愧。我常想着从不自爱的人所给的爱情都是假的。"

"我虽然不爱他，然而家里的事，我认为应当替他做的，我也乐意去做。因为家庭是公的，爱情是私的。我们两人的关系，实在就是这样。外人说我和谭先生的事，全是不对的。我的家庭已经成为这样，我又怎能把它破坏呢？"

史夫人说："我现在才看出你们的真相，我也回去告诉史先生，教他不要多信闲话。我知道你是好人，是一个纯良的女子，神必保佑你。"说着，用手轻轻地拍一拍尚洁的肩膀，就站立起来告辞。

尚洁陪她在花荫底下走着，一面说："我很愿意你把这事的原委单说给史先生知道。至于外间传说我和谭先生有秘密的关系，说我是淫妇，我都不介意。连他也好几天不回来啦。我估量他是为这事生气，可是我并不辩白。世上没有一个人能够把真心拿出来给人家看；纵然能够拿出来，人家也看不明白，那么，我又何必多费唇舌呢？人对于一件事情一存了成见，就不容易把真相观察出来。凡是人都有成见，同一件事，必会生出歧异的评判，这也是难怪的。我不管人家怎样批评我，也不管他怎样疑惑我，我只求自己无愧，对得住天上的星辰和地下的蝼蚁便了。你放心罢，等到事情临到我身上，我自有方法对付。我的意思就是这样，若是有工夫，改天再谈罢。"

她送客人出门，就把玉狸抱到自己房里。那时已经不早，月光从窗户进来，歇在椅桌、枕席之上，把房里的东西染得和铅制的一般。她伸手向床边按了一按铃子，须臾，女佣妥娘就上来。她问："佩荷姑娘睡了么？"妥娘在门边回答说："早就睡了。消夜已预备好了，端上来不？"她说着，顺手把电灯拧着，一时满屋里都着上颜色了。

在灯光之下，才看见尚洁斜倚在床上。流动的眼睛，软润的额颊，玉葱似的鼻，柳叶似的眉，桃绽似的唇，衬着蓬乱的头发……凡形体上各样的美都凑合在她头上。她的身体，修短也很合度。从她口里发出来的声音，都合音节，就是不懂音乐的人，一听了她的话语，也能得着许多默感。她见妥娘把灯拧亮了，就说："把它拧灭了吧。光太强了，更不舒服。方才我也忘了留史夫人在这里消夜。我不觉得十分饥饿，不必端上来，你们可以自己方便去。把东西收拾清楚，随着给我点一支洋烛上来。"

妥娘遵从她的命令，立刻把灯灭了，接着说："相公今晚上也许又不回来，可以把大门扣上吗？"

"是，我想他永远不回来了。你们吃完，就把门关好，各自歇息去罢，夜很深了。"

尚洁独坐在那间充满月亮的房里，桌上一支洋烛已燃过三分之二，轻风频拂火焰，眼看那支发光的小东西要泪尽了。她于是起来，把烛火移到屋角一个窗户前头的小几上。那里有一个软垫，几上搁几本经典和祈祷文。她每夜睡前的功课就是跪在那垫上默记三两节经句，或是诵几句祷词。别的事情，也许她会忘记，惟独这圣事是她所不敢忽略的。她跪在那里冥想了许多，睁眼一看，火光已不知道在什么时候从烛台上逃走了。

她立起来，把卧具整理妥当，就躺下睡觉，可是她怎能睡着呢？呀，月亮也循着宾客底礼，不敢相扰，慢慢地辞了她，走到园里和它的花草朋友、木石知交周旋去了！

月亮虽然辞去，她还不转眼地望着窗外的天空，像要诉她心中的秘密一般。她正在床上辗来转去，忽听园里"嚯嚯"一声，响得很厉害，她起来，走到窗边，往外一望，但见一重一重的树影和夜雾把园里盖得非常严密，教她看不见什么。于是她蹑步下楼，唤醒妥娘，命她到园里去察看那怪声的出处。妥娘自己一个人哪里敢出去，她走到门房把团哥叫醒，央他一同到围墙边察一察，团哥也就起来了。

妥娘去不多会，便进来回话。她笑着说："你猜是什么呢？原来是一个蹇运的窃贼摔倒在我们的墙根。他的腿已摔坏了，脑袋也撞伤了，流得满地都是血，动也动不得了。团哥拿着一支荆条正在抽他哪。"

尚洁听了，一霎时前所有的恐怖情绪一时尽变为慈祥的心意。她等不得回答妥娘，便跑到墙根。团哥还在那里，"你这该死的东西……不知厉害的坏种！……"一句一鞭，打骂得很高兴。尚洁一到，就止住他，还命他和妥娘把受伤的贼扛到屋里来。她吩咐让他躺在贵妃榻上。仆人们都显出不愿意的样子，因为他们想着一个贼人不应该受这么好的待遇。

尚洁看出他们的意思，便说："一个人走到做贼的地步是最可怜悯的。若是你们不得着好机会，也许……"她说到这里，觉得有点失言，教她的佣人听了不舒服，就改过一句说话："若是你们明白他的境遇，也许会体贴他。我见了一个受伤的人，无论如何，总得救护的。你们常常听见'救苦救难'的话，遇着忧患的时候，有时也会脱口地说出来，为何不从'他是苦难人'那方面体贴他呢？你们不要怕他的血沾脏了那垫子，尽管扶他躺下罢。"团哥只得扶他躺下，口里沉吟地说："我们还得为他请医生去么？"

"且慢，你把灯移近一点，待我来看一看。救伤的事，我还在行。妥娘，你上楼去把我们那个常备药箱，捧下来。"又对团哥说："你去倒一盆清水来罢。"

仆人都遵命各自干事去了。那贼虽闭着眼，方才尚洁所说的话，却能听得分明。他心里的感激可使他自忘是个罪人，反觉他是世界里一个最能得人爱惜的青年。这样的待遇，也许就是他生平第一次得着的。他呻吟了一下，用低沉的声音说："慈悲的太太，菩萨保佑慈悲的太太！"

那人的太阳边受了一伤很重，腿部倒不十分厉害。她用药棉蘸水轻轻地把伤处周围的血迹涤净，再用绷带裹好。等到事情做得清楚，天早已亮了。

她正转身要上楼去换衣服,蓦听得外面敲门的声很急,就止步问说:"谁这么早就来敲门呢?"

"是警察罢。"

妥娘提起这四个字,叫她很着急。她说:"谁去告诉警察呢?"那贼躺在贵妃榻上,一听见警察要来,恨不能立刻起来跪在地上求恩。但这样的行动已从他那双劳倦的眼睛表白出来了。尚洁跑到他跟前,安慰他说:"我没有叫人去报警察。"正说到这里,那从门外来的脚步已经踏进来。

来的并不是警察,却是这家的主人长孙可望。他见尚洁穿着一件睡衣站在那里和一个躺着的男子说话,心里的无明业火已从身上八万四千个毛孔里发射出来。他第一句就问:"那人是谁?"

这个问实在叫尚洁不容易回答,因为她从不曾问过那受伤者的名字,也不便说他是贼。

"他……他是受伤的人。"

可望不等说完,便拉住她的手,说:"你办的事,我早已知道。我这几天不回来,正要侦察你的动静,今天可给我撞见了。我何尝辜负你呢?一同上去罢,我们可以慢慢地谈。"不由分说,拉着她就往上跑。

妥娘在旁边,看得情急,就大声嚷着:"他是贼!"

"我是贼,我是贼!"那可怜的人也嚷了两声。可望只对着他冷笑,说:"我明知道你是贼。不必报名,你且歇一歇罢。"

一到卧房里,可望就说:"我且问你,我有什么对你不起的地方?你要入学堂,我便立刻送你去;要到礼拜堂听道,我便特地为你预备车马。现在你有学问了,也入教了,我且问你,学堂教你这样做,教堂教你这样做么?"

他的话意是要诘问她为什么变心,因为他许久就听见人说尚洁嫌他鄙陋不文,要离弃他去嫁给一个姓谭的。夜间的事,他一概不知，他进门一看尚洁的神色，老以为她所做的是一段爱情把戏。在尚洁方面，以为他是不喜欢她这样待遇窃贼。她的慈悲性情是上天所赋的，她也觉得这样办，于自己的信仰和所受的教育没有冲突，就回答说："是的，学堂教我这样做，教会也教我这样做。你敢是……"

"是吗？"可望喝了一声，猛将怀中小刀取出来向尚洁的肩膀上一击。这不幸的妇人立时倒在地上，那玉白的面庞已像渍在胭脂膏里一样。

她不说什么，但用一种沉静的和无抵抗的态度，就足以感动那愚顽的凶手。可望见此情景，心中恐怖的情绪已把凶猛的怒气克服了。他不再有什么动作，只站在一边出神。他看尚洁动也不动一下，估量她是死了。那时，他觉得自己的罪恶压住他，不许再逗留在那里，便溜烟似地往外跑。

妥娘见他跑了，知道楼上必有事故，就赶紧上来，她看尚洁那样子，不由得"啊，天公！"喊了一声，一面上去，要把她搀扶起来。尚洁这时，眼睛略略睁开，像要对她说什么，只是说不出。她指着肩膀示意，妥娘才看见一把小刀插在她肩上。妥娘的手便即酥软，周身发抖，待要扶她，也没有气力了。她含泪对着主妇说："容我去请医生罢。"

"史……史……"妥娘知道她是要请史夫人来，便回答说："好，我也去请史夫人来。"她教团哥看门，自己雇一辆车找救星去了。

医生把尚洁扶到床上，慢慢施行手术，赶到史夫人来时，所有的事情都弄清楚啦。医生对史夫人说："长孙夫人的伤不甚要紧，保养一两个星期便可复元。幸而那刀从肩胛骨外面脱出来，没有伤到肺叶——那两个创口是不要紧的。"

医生辞去以后，史夫人便坐在床沿用法子安慰她。这时，尚洁的精神稍微恢复，就对她的知交说："我不能多说话，只求你把底下那个受伤的人先送到公医院去，其余的，待我好了再给你说。唉,我的嫂子,我现在不能离开你,你这几天得和我同在一块儿住。"

史夫人一进门就不明白底下为什么躺着一个受伤的男子。妥娘去时,也没有对她详细地说。她看见尚洁这个样子,又不便往下问。但尚洁的颖悟性从不会被刀所伤,她早明白史夫人猜不透这个闷葫芦,就说:"我现在没有气力给你细说,你可以向妥娘打听去。就要速速去办,若是他回来,便要害了他的性命。"

史夫人照她所吩咐的去做,回来,就陪着她在房里,没有回家。那四岁的女孩佩荷更不知道这是怎么一回事,还是啼啼笑笑,过她的平安日子。

一个星期,两个星期,在她病中默默地过去。她也渐次复元了。她想许久没有到园里去,就央求史夫人扶着她慢慢走出来。她们穿过那晚上谈话的柳荫,来到园边一个小亭下,就歇在那里。她们坐的地方满开了玫瑰,那清静温香的景色委实可以消灭一切忧闷和病害。

"我已忘了我们这里有这么些好花,待一会,可以折几枝带回屋里。"

"你且歇歇,我为你选择几枝罢。"史夫人说时,便起来折花。尚洁见她脚下有一朵很大的花,就指着说:"你看,你脚下有一朵很大、很好看的,为什么不把它摘下?"史夫人低头一看,用手把花提起来,便叹了一口气。"怎么啦?"

史夫人说:"这花不好。"因为那花只剩地上那一半,还有一边是被虫伤了。她怕说出伤字,要伤尚洁的心,所以这样回答。但尚洁看的明明是一朵好花,直叫递过来给她看。"夺魁嫂,你说它不好么?我在此中找出道理咧!这花虽然被虫伤了一半,还开得这么好看,可见人的命运也是如此——若不把他的生命完全夺去,虽然不完全,也可以得着生活上一部分的美满,你以为如何呢?"

史夫人知道她联想到自己的事情上头,只回答说:"那是当然的,命运的偃蹇和亨通,于我们的生活没有多大关系。"

谈话之间,妥娘领着史夺魁先生进来。他向尚洁和他的妻子问过好,便坐在她们对面一张凳上。史夫人不管她丈夫要说什么,头一句就问:"事情怎样解决呢?"

史先生说:"我正是为这事情来给长孙夫人一个信。昨天在会堂里有一个很激烈的纷争,因为有些人说可望的举动是长孙夫人迫他做成的,应当剥夺她赴圣筵的权利。我和我奉真牧师在席间极力申辩,终归无效。"他望着尚洁说:"圣筵赴与不赴也不要紧。因为我们的信仰决不能为仪式所束缚,我们的行为,只求对得起良心就算了。"

"因为我没有把那可怜的人交给警察,便责罚我么?"

史先生摇头说:"不,不,现在的问题不在那事上头。前天可望寄一封长信到会里,说到你怎样对他不住,怎样想弃绝他去嫁给别人。他对于你和某人、某人往来的地点、时间都说出来。且说,他不愿意再见你的面,若不与你离婚,他永不回家。信他所说的人很多,我们怎样申辩也挽不过来。我们虽然知道事实不是如此,可是不能找出什么凭据来证明,我现在正要告诉你,若是要到法庭去的话,我可以帮你的忙。这里不像我们祖国,公庭上没有女人说话的地位。况且他的买卖起先都是你拿资本出来,要离异时,照法律,最少总得把财产分一半给你。像这样的男子,不要他也罢了。"

尚洁说:"那事实现在不必分辩,我早已对嫂子说明了。会里因为信条的缘故,说我的行为不合道理,便禁止我赴圣筵——这是他们所信的,我有什么可说的呢!"她说到末一句,声音便低下了。她的颜色很像为同会的人误解她和误解道理惋惜。

"唉,同一样道理,为何信仰的人会不一样?"

她听了史先生这话,便兴奋起来,说:"这何必问?你不常听见人说：'水是一样，牛喝了便成乳汁，蛇喝了便成毒液吗？'我管保我所得能化为乳汁，哪能干涉人家所得的变成毒液呢？若是到法庭去的话，倒也不必。我本没有正式和他行过婚礼，自毋须乎在法庭上公布离婚。若说他不愿意再见我的面，我尽可以搬出去。财产是生活的赘瘤，不要也罢，和他争什么？他赐给我的恩惠已是不少，留着给他……"

"可是你一把财产全部让给他，你立刻就不能生活。还有佩荷呢？"

尚洁沉吟半晌便说："不妨，我私下也曾积聚些少，只不能支持到一年罢了。但不论如何，我总得自己挣扎。至于佩荷……"她又沉思了一会，才续下去说："好罢，看他的意思怎样，若是他愿意把那孩子留住，我也不和他争。我自己一个人离开这里就是。"

他们夫妇二人深知道尚洁的性情，知道她很有主意，用不着别人指导。并且她在无论什么事情上头都用一种宗教的精神去安排。她的态度常显出十分冷静和沉毅，做出来的事，有时超乎常人意料之外。

史先生深信她能够解决自己将来的生活，一听了她的话，便不再说什么，只略略把眉头皱了一下而已。史夫人在这两三个星期间，也很为她费了些筹划。他们有一所别业在土华地方，早就想教尚洁到那里去养病，到现在她才开口说："尚洁妹子，我知道你一定有更好的主意，不过你的身体还不甚复元，不能立刻出去做什么事情，何不到我们的别庄里静养一下，过几个月再行打算？"史先生接着对他妻子说："这也好。只怕路途远一点，由海船去，最快也得两天才可以到。但我们都是惯于出门的人，海涛的颠簸当然不能制服我们，若是要去的话，你可以陪着去，省得寂寞了长孙夫人。"

尚洁也想找一个静养的地方，不意他们夫妇那么仗义，所以不待踌躇便应许了。她不愿意为自己的缘故教别人麻烦，因此不让史夫人跟着前去。她说："寂寞的生活是我尝惯的。史嫂子在家里也有许多当办的事情，哪里能够和我同行？还是我自己去好一点。我很感谢你们二位的高谊，要怎样表示我的谢忱，我却不懂得；就是懂，也不能表示得万分之一。我只说一声'感激莫名'便了。史先生，烦你再去问他要怎样处置佩荷，等这事弄清楚，我便要动身。"她说着，就从方才摘下的玫瑰中间选出一朵好看的递给史先生，教他插在胸前的钮门上。不久，史先生也就起立告辞，替她办交涉去了。

土华在马来半岛的西岸，地方虽然不大，风景倒还幽致。那海里出的珠宝不少，所以住在那里的多半是搜宝之客。尚洁住的地方就在海边一丛棕林里。在她的门外，不时看见采珠的船往来于金的塔尖和银的浪头之间。这采珠的工夫赐给她许多教训。因为她这几个月来常想着人生就同入海采珠一样，整天冒险入海里去，要得着多少，得着什么，采珠者一点把握也没有。但是这个感想决不会妨害她的生命。她见那些人每天迷蒙蒙地搜求，不久就理会她在世间的历程也和采珠的工作一样。要得着多少，得着什么，虽然不在她的权能之下，可是她每天总得入海一遭，因为她的本分就是如此。

她对于前途不但没有一点灰心，且要更加奋勉。可望虽是剥夺她们母女的关系，不许佩荷跟着她，然而她仍不忍弃掉她的责任，每月要托人暗地里把吃的用的送到故家去给她女儿。

她现在已变主妇的地位为一个珠商的记室了。住在那里的人，都说她是人家的弃妇，就看轻她，所以她所交游的都是珠船里的工人。那班没有思想的男子在休息的时候，便因着她的姿色争来找她开心。但她的威仪常是调伏这班人的邪念，教他们转过心来承认她是他们的师保。

她一连三年，除干她的正事以外，就是教她那班朋友说几句英吉利语，念些少经文，知道些少常识。在她的团体里，使令、供养、无不如意。若说过快活日子，能像她这样也就不劣了。

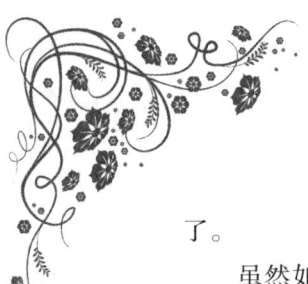

虽然如此，她还是有缺陷的。社会地位，没有她的分；家庭生活，也没有她的分；我们想想，她心里到底有什么感觉？前一项，于她是不甚重要的；后一项，可就缭乱她的衷肠了！史夫人虽常寄信给她，然而她不见信则已，一见了信，那种说不出来的伤感就加增千百倍。

她一想起她的家庭，每要在树林里徘徊，树上的蜩螗常要幻成她女儿的声音对她说："母思儿耶？母思儿耶？"这本不是奇迹，因为发声者无情，听音者有意；她不但对于那些小虫的声音是这样，即如一切的声音和颜色，偶一触着她的感官，便幻成她的家庭了。

她坐在林下，遥望着无涯的波浪，一度一度地掀到岸边，常觉得她的女儿踏着浪花踊跃而来，这也不止一次了。那天，她又坐在那里，手拿着一张佩荷的小照，那是史夫人最近给她寄来的。她翻来翻去地看，看得眼昏了。她猛一抬头，又得着常时所现的异象。她看见一个人携着她的女儿从海边上来，穿过林樾，一直走到跟前。那人说："长孙夫人，许久不见，贵体康健啊！我领你的女儿来找你哪。"

尚洁此时，展一展眼睛，才理会果然是史先生携着佩荷找她来。她不等回答史先生的话，便上前用力搂住佩荷，她的哭声从她爱心的深密处殷雷似地震发出来。佩荷因为不认得她，害怕起来，也放声哭了一场。史先生不知道感触了什么，也在旁边只尽管擦眼泪。

这三种不同情绪的哭泣止了以后，尚洁就呜咽地问史先生说："我实在喜欢。想不到你会来探望我，更想不到佩荷也能来！……"她要问的话很多，一时摸不着头绪。只搂定佩荷，眼看着史先生出神。

史先生很庄重地说："夫人，我给你报好消息来了。"

"好消息！"

"你且镇定一下,等我细细地告诉你。我们一得着这消息,我的妻子就教我和佩荷一同来找你。这奇事,我们以前都不知道,到前十几天才听见我奉真牧师说的。我牧师自那年为你的事卸职后,他的生活,你已经知道了。"

"是,我知道。他不是白天做裁缝匠,晚间还做制饼师吗?我信得过,神必要帮助他,因为神的儿子说:'为义受逼迫的人是有福的。'他的事业还顺利吗?"

"倒没有什么过不去的地方。他不但日夜劳动,在合宜的时候,还到处去传福音哪。他现在不用这样地吃苦,因为他的老教会看他的行为,请他回国仍旧当牧师去,在前一个星期已经动身了。"

"是吗!谢谢神!他必不能长久地受苦。"

"就是因为我牧师回国的事,我才能到这里来。你知道长孙先生也受了他的感化么?这事详细地说起来,倒是一种神迹。我现在来,也是为告诉你这件事。"

"前几天,长孙先生忽然到我家里找我。他一向就和我们很生疏,好几年也不过访一次,所以这次的来,教我们很诧异。他第一句就问你的近况如何,且诉说他的懊悔。他说这反悔是忽然的,是我牧师警醒他的。现在我就将他的话,照样地说一遍给你听——

"'在这两三年间,我牧师常来找我谈话,有时也请我到他的面包房里去听他讲道。我和他来往那么些次,就觉得他是我的好师傅。我每有难决的事情或疑虑的问题,都去请教他。我自前年生事,二人分离以后,每疑惑尚洁官的操守,又常听见家里佣人思念她的话,心里就十分懊悔。但我总想着,男人说话将军箭,事已做出,哪里还有脸皮收回来?本是打算给它一个错到底的。然而日子越久,我就越觉得不对。到我牧师要走,最末次命我去领教训的时候,讲了一个章经,教我很受感动。散会后,他对我说,他盼望我做的是请尚洁官回来。他又念《马可福音》十章给我听,我自得着那教训以后,越觉得我很卑鄙、凶残、淫秽,很对不住她。现在要求你先把佩荷带去见她,盼望她为女儿的缘故赦免我。你们可以先走,我随后也要亲自前往。'"

"他说懊悔的话很多,我也不能细说了。等他来时,容他自己对你细说罢。我很奇怪我牧师对于这事,以前一点也没有对我说过,到要走时,才略提一提;反教他来到我那里去,这不是神迹吗?"

尚洁听了这一席话,却没有显出特别愉悦的神色,只说:"我的行为本不求人知道,也不是为要得人家的怜恤和赞美;人家怎样待我,我就怎样受,从来是不计较的。别人伤害我,我还饶恕,何况是他呢?他知道自己的鲁莽,是一件极可喜的事。——你愿意到我屋里去看一看吗?我们一同走走罢。"他们一面走,一面谈。史先生问起她在这里的事业如何,她不愿意把所经历的种种苦处尽说出来,只说:"我来这里,几年的工夫也不算浪费,因为我已找着了许多失掉的珠子了!那些灵性的珠子,自然不如入海去探求那么容易,然而我竟能得着二三十颗。此外,没有什么可以告诉你。"

尚洁把她事情结束停当,等可望不来,打算要和史先生一同回去。正要到珠船里和她的朋友们告辞,在路上就遇见可望跟着一个本地人从对面来。她认得是可望,就堆着笑容,抢前几步去迎他,说:"可望君,平安哪!"可望一见她,也就深深地行了一个敬礼,说:"可敬的妇人,我所做的一切事都是伤害我的身体,和你我二人的感情,此后我再不敢了。我知道我多多地得罪你,实在不配再见你的面,盼望你不要把我的过失记在心中。今天来到这里,为的是要表明我悔改底行为,还要请你回去管理一切所有的。你现在要到哪里去呢?我想你可以和史先生先行动身,我随后回来。"

尚洁见他那番诚恳的态度,比起从前,简直是两个人,心里自然满是愉快，且暗自谢她的神在他身上所显的奇迹。她说："呀！往事如梦中之烟，早已在虚幻里消散了，何必重新提起呢？凡人都不可积聚日间的怨恨、怒气和一切伤心的事到夜里，何况是隔了好几年的事？请你把那些事情搁在脑后罢。我本想到船里去，向我那班同工的人辞行。你怎样不和我们一起回去，还有别的事情要办么？史先生现时在他的别业——就是我住的地方——我们一同到那里去罢，待一会，再出来辞行。""不必，不必。你可以去你的，我自己去找他就可以。因为我还有些正当的事情要办。恐怕不能和你们一同回去，什么事，以后我才叫你知道。"

"那么，你教这土人领你去罢，从这里走不远就是。我先到船里，回头再和你细谈。再见哪！"

她从土华回来，先住在史先生家里，意思是要等可望来到，一同搬回她的旧房子去。谁知等了好几天，也不见他的影。她才知道可望在土华所说的话意有所含蓄。可是他到哪里去呢？去干什么呢？她正想着，史先生拿了一封信进来对她说："夫人，你不必等可望了，明后天就搬回去罢。他寄给我这一封信说，他有许多对不起你的地方，都是出于激烈的爱情所致，因他爱你的缘故，所以伤了你。现在他要把从前邪恶的行为和暴躁的脾气改过来，且要偿还你这几年来所受的苦楚，故不得不暂时离开你。他已经到槟榔屿了。他不直接写信给你的缘故，是怕你伤心，故此写给我，教我好安慰你；他还说从前一切的产业都是你的，他不应独自霸占了许多，要求你尽量地享用，直等到他回来。

这样看来，不如你先搬回去，我这里派人去找他回来如何？唉，想不到他一会儿就能悔改到这步田地！"

她遇事本来很沉静，史先生说时，她的颜色从不曾显出什么变态，只说："为爱情么？为爱而离开我么？这是当然的，爱情本如极利的斧子，用来剥削命运常比用来整理命运的时候多一些。他既然规定他自己的行程，又何必费工夫去寻找他呢？我是没有成见的，事情怎样来，我怎样对付就是。"

尚洁搬回来那天，可巧下了一点雨，好像上天使园里的花木特地沐浴得很妍净来迎接它们的旧主人一样。她进门时，妥娘正在整理厅堂，一见她来，便嚷着："奶奶，你回来了！我们很想念你哪！你的房间乱得很，等我把各样东西安排好再上去。先到花园去看看罢，你手植各样的花木都长大了。后面那棵释迦头长得像罗伞一样，结果也不少，去看看罢。史夫人早和佩荷姑娘来了，他们现时也在园里。"

她和妥娘说了几句话，便到园里。一拐弯，就看见史夫人和佩荷坐在树荫底下一张凳上——那就是几年前，她要被刺那夜，和史夫人坐着谈话的地方。她走来，又和史夫人并肩坐在那里。史夫人说来说去，无非是安慰她的话。她像不信自己这样的命运不甚好，也不信史夫人用定命论的解释来安慰她，就可以使她满足。然而她一时不能说出合宜的话，教史夫人明白她心中毫无忧郁在内。她无意中一抬头，看见佩荷拿着树枝把结在玫瑰花上一个蜘蛛网撩破了一大部分。她注神许久，就想出一个意思来。

她说："呀，我给这个比喻，你就明白我的意思。"

"我像蜘蛛，命运就是我的网。蜘蛛把一切有毒无毒的昆虫吃入肚里，回头把网组织起来。它第一次放出来的游丝，不晓得要被风吹到多么远，可是等到粘着别的东西的时候，它的网便成了。"

"它不晓得那网什么时候会破，和怎样破法。一旦破了，它还暂时安安然然地藏起来，等有机会再结一个好的。""它的破网留在树梢上，还不失为一个网。太阳从上头照下来，把各条细丝映成七色；有时粘上些少水珠，更显得灿烂可爱。"

"人和他的命运，又何尝不是这样？所有的网都是自己组织得来，或完或缺，只能听其自然罢了。"

史夫人还要说时，妥娘来说屋子已收拾好了，请她们进去看看。于是，她们一面谈，一面离开那里。

园里没人，寂静了许久。方才那只蜘蛛悄悄地从叶底出来，向着网的破裂处，一步一步，慢慢补缀。它补这个干什么？因为它是蜘蛛，不得不如此！

铁鱼的鳃

那天下午警报的解除信号已经响过了。华南一个大城市的一条热闹马路上排满了两行人,都在肃立着,望着那预备保卫国土的壮丁队游行。他们队里,说来很奇怪,没有一个是扛枪的,戴的是平常的竹笠,穿的是灰色衣服,不像兵士,也不像农人。巡行自然是为耀武扬威给自家人看,其他有什么目的,就不得而知了。

大队过去之后,路边闪出一个老头,头发蓬松得像戴着一顶皮帽子,穿的虽然是西服,可是缝补得走了样了。他手里抱着一卷东西,匆忙地越过巷口,不提防撞到一个人。

"雷先生,这么忙!"

老头抬头,认得是他的一个不很熟悉的朋友。事实上雷先生并没有至交,这位朋友也是方才被游行队阻挠一会,赶着要回家去的。雷见他打招呼,不由得站住对他说:"唔,原来是黄先生,黄先生一向少见了,你也是从避弹室出来的罢?他们演习抗战,我们这班没用的人,可跟着在演习逃难哪!"

"可不是!"黄笑着回答他。

两人不由得站住,谈了些闲话。直到黄问起他手里抱着的是什么东西,他才说:"这是我的心血所在,说来话长,你如有兴致,可以请到舍下,我打开给你看看,看完还要请教。"

黄早知道他是一个最早被派到外国学制大炮的官学生,回国以后,国内没有铸炮的兵工厂,以致他一辈子坎坷不得意。英文、算学教员当过一阵,工厂也管理过好些年,最后在离那大城市不远的一个割让岛上的海军船坞做一分小小的职工,但也早已辞掉不干了。他知道这老人家的兴趣是在兵器学上，心里想看他手里所抱的，一定又是理想中的什么武器的图样了。他微笑向着雷，顺口地说："雷先生，我猜又是什么'死光镜'、'飞机箭'一类的利器图样罢？"他说好像有点不相信，因为从来他所画的图样，献给军事当局，就没有一样被采用过。虽然说他太过理想或说他不成的人未必全对，他到底是没有成绩拿出来给人看过。

雷回答黄说："不是，不是，这个比那些都要紧。我想你是不会感到什么兴趣的。再见罢。"说着一面就迈他的步。

黄倒被他的话引起兴趣来了。他跟着雷，一面说："有新发明，当然要先睹为快的，这里离舍下不远，不如先到舍下一谈罢。"

"不敢打搅，你只看这蓝图是没有趣味的。我已经做了一个小模型，请到舍下，我实验给你看。"

黄索性不再问到底是什么，就信步随着他走。二人嘿嘿地并肩而行，不一会已经到了家。老头子走得有点喘，让客人先进屋里去，自己随着把手里的纸卷放在桌上，坐在一边。黄是头一次到他家，看见四壁挂的蓝图，各色各样，说不清是什么。厅后面一张小小的工作桌子，锯、钳、螺丝旋一类的工具安排得很有条理。架上放着几只小木箱。

"这就是我最近想出来的一只潜艇的模型。"雷顺着黄先生的视线到架边把一个长度约为三尺的木箱拿下来，打开取出一条"铁鱼"来。他接着说："我已经想了好几年了，我这潜艇特点是它像一条鱼，有能呼吸的鳃。"

他领黄到屋后的天井，那里有他用铅版自制的一个大盆，长约八尺，外面用木板护着，一看就知道是用三个大洋货箱改造的，盆里盛着四尺多深的水。他在没把铁鱼放进水里之前，把"鱼"的上盖揭开，将内部的机构给黄说明了。他说，他的"鱼"的空气供给法与现在所用的机构不同。他的铁鱼可以取得氧气，像真鱼在水里呼吸一般，所以在水里的时间可以很长，甚至几天不浮上水面都可以。说着他又把方才的蓝图打开，一张一张地指示出来。他说，他一听见警报，什么都不拿，就拿着那卷蓝图出外去躲避。对于其他的长处，他又说："我这鱼有许多'游目'，无论沉下多么深，平常的折光探视镜所办不到的，只要放几个'游目'使它们浮在水面，靠着电流的传达，可以把水面与空中的情形投影到艇里的镜板上。浮在水面的'游目'体积很小，形状也可以随意改装，虽然低飞的飞机也不容易发见它们。还有它的鱼雷放射管是在艇外，放射的时候艇身不必移动，便可以求到任何方向，也没有像旧式潜艇在放射鱼雷时会发生可能的危险的情形。还有艇里的水手，个个有一个人造鳃，万一艇身失事，人人都可以迅速地从方便门逃出，浮到水面。"

他一面说，一面揭开模型上一个蜂房式的转盘门，说明水手可以怎样逃生，但黄已经有点不耐烦了。他说："你的专门话，请少说罢，说了我也不大懂，不如先把它放下水里试试，再讲道理，如何？"

"成，成。"雷回答着，一面把小发电机拨动，把上盖盖严密了，放在水里。果然沉下许久，放了一个小鱼雷再浮上来。他接着说："这个还不能解明铁鳃的工作，你到屋里，我再把一个模型给你看。"

他顺手把小潜艇托进来放在桌上，又领黄到架的另一边，从一个小木箱取出一副铁鳃的模型。那模型像一个人家养鱼的玻璃箱，中间隔了两片玻璃板，很巧妙的小机构就夹在当中。他在一边注水，把电线接在插梢上。有水的那一面的玻璃版有许多细致的长缝，水可以沁进去，不久，果然玻璃版中间的小机构与唧筒发动起来了。没水的这一面，代表艇内的一部，有几个像唧筒的东西，连着版上的许多管子。他告诉黄先生说，那模型就是一个人造鳃，从水里抽出氧气，同时还可以把炭气排泄出来。他说，艇里还有调节机，能把空气调和到人可呼吸自如的程度。关于水的压力问题，他说，战斗用的艇是不会潜到深海里去的。他也在研究着怎样做一只可以探测深海的潜艇，不过还没有什么把握。

　　黄听了一套一套他所不大懂的话，也不愿意发问，只由他自己说得天花乱坠，一直等到他把蓝图卷好，把所有的小模型放回原地，再坐下想与他谈些别的。

　　但雷的兴趣还是在他的铁鳃，他不歇地说他的发明怎样有用，和怎样可以增强中国海的军备。

　　"你应当把你的发明献给军事当局，也许他们中间有人会注意到这事，给你一个机会到船坞去建造一只出来试试。"黄说着就站起来。

　　雷知道他要走，便阻止他说："黄先生忙什么？今晚大家到茶室去吃一点东西，容我做东道。"

　　黄知道他很穷，不愿意使他破费，便又坐下说："不，不，多谢，我还有一点别的事要办，在家多谈一会罢。"

　　他们继续方才的谈话，从原理谈到建造的问题。

　　雷对黄说他怎样从制炮一直到船坞工作，都没得机会发展他的才学。他说，别人是所学非所用，像他简直是学无所用了。"海军船坞于你这样的发明应当注意的，为什么他们让你走呢？"

　　"你要记得那是别人的船坞呀，先生。我老实说，我对于潜艇的兴趣也是在那船坞工作的期间生起来的。我在从船坞工作之前，是在制袜工厂当经理。后来那工厂倒闭了，正巧那里的海军船坞要一个机器工人，我就以熟练工人的资格被取上了。我当然不敢说我是受过专门教育的，因为他们要的只是熟练工人。"

　　"也许你说出你的资格，他们更要给你相当的地位。"

　　雷摇头说："不，不，他们一定会不要我，我在任何时间所需的只是吃。受三十元'西纸'的工资，总比不着边际的希望来得稳当。他们不久发现我很能修理大炮和电机，常常派我到战舰上与潜艇里工作，自然我所学的，经过几十年间已经不适用了，但在船坞里受了大工程师的指挥，倒增益了不少的新知识。我对于一切都不敢用专门名词来与那班外国工程师谈话，怕他们怀疑我。他们有时也觉得我说的不是当地的'咸水英语'，常问我在那里学的，我说我是英属美洲的华侨，就把他们瞒过了。"

"你为什么要辞工呢？"

"说来，理由很简单。因为我研究潜艇，每到艇里工作的时候，和水手们谈话，探问他们的经验与困难。有一次，教一位军官注意了，从此不派我到潜艇里去工作。他们已经怀疑我是奸细，好在我机警，预先把我自己画的图样藏到别处去，不然万一有人到我的住所检查，那就麻烦了，我想，我也没有把我自己画的图样献给他们的理由，自己民族的利益得放在头里，于是辞了工，离开那船坞。"

黄问："照理想，你应当到中国底造船厂去。"

雷急急地摇头说："中国的造船厂？不成，有些造船厂都是个同乡会所，你不知道吗？我所知道的一所造船厂，凡要踏进那厂的大门的，非得同当权的有点直接或间接的血统或裙带关系，不能得到相当的地位。纵然能进去，我提出来的计划，如能请得一笔试验费，也许到实际的工作上已剩下不多了。没有成绩不但是惹人笑话，也许还要派上个罪名。这样，谁受得了呢？"

黄说："我看你的发明如果能实现，却是很重要的一件事。国里现在成立了不少高深学术的研究院，你何不也教他们注意一下你的理论，试验试验你的模型？"

"又来了！你想我是七十岁左右的人，还有爱出风头的心思吗？许多自号为发明家的，今日招待报馆记者，明日到学校演讲，说得自己不晓得多么有本领，爱迪生和爱因斯坦都不如他，把人听腻了。主持研究院的多半是年轻的八分学者，对于事物不肯虚心，很轻易地给下断语，而且他们好像还有'帮'的组织，像青、红帮似地，不同帮的也别妄生玄想。我平素最不喜欢与这班学帮中人来往，他们中间也没人知道我的存在。我又何必把成绩送去给他们审查，费了他们的精神来批评我几句，我又觉得过意不去，也犯不上这样做。"

黄看看时表，随即站起来，说："你老哥把世情看得太透彻，看来你的发明是没有实现的机会了。"

"我也知道，但有什么法子呢？这事个人也帮不了忙，不但要用钱很多，而且军用的东西又是不能随便制造的。我只希望我能活到国家感觉需要而信得过我的那一天来到。"

雷说着，黄已踏出厅门。他说："再见罢，我也希望你有那一天。"

这位发明家的性格是很板直的，不大认识他的，常会误会以为他是个犯神经病的，事实上已有人叫他做"戆雷"。他家里没有什么人，只有一个在马尼剌当教员的守寡儿媳妇和一个在那里念书的孙子。自从十几年前辞掉船坞的工作之后，每月的费用是儿媳妇供给。因为他自己要一个小小的工作室，所以经济的力量不能容他住在那割让岛上。他虽是七十三四岁的人，身体倒还康健，除掉做轮子、安管子、打铜、锉铁之外，没别的嗜好，烟不抽，茶也不常喝。因为生存在儿媳妇的孝心上，使他每每想着当时不该辞掉船坞的职务。假若再做过一年，他就可以得着一分长粮，最少也比吃儿媳妇的好。不过他并不十分懊悔，因为他辞工的时候正在那里大罢工的不久以前，爱国思想膨胀得到极高度，所以觉得到中国别处去等机会是很有意义的。他有很多造船工程的书籍，常常想把它们卖掉，可是没人要。他的太太早过世了，家里只有一个老佣妇来喜服侍他。那老婆子也是他的妻子的随嫁婢，后来嫁出去，丈夫死了，无以为生，于是回来做工。她虽不受工资，在事实上是个管家，雷所用的钱都是从她手里要，这样相依为活已经过了二十多年了。

黄去了以后，来喜把饭端出来，与他一同吃。吃着，他对来喜说："这两天风声很不好，穿屐的也许要进来，我们得检点一下，万一变乱临头，也不至于手忙脚乱。"

来喜说："不说是没什么要紧了吗？一般官眷都还没走，大概不致于有什么大乱罢。"

"官眷走动了没有，我们怎么会知道呢？告示与新闻所说的是绝对靠不住的，一般人是太过信任印刷品了。我告诉你罢，现在当局的，许多是无勇无谋，贪权好利的一流人物，不做石敬瑭献十六州，已经可以被人称为爱国了。你念摸鱼书和看残唐五代的戏，当然记得石敬瑭怎样献地给人。"

"是，记得。"来喜点头回答，"不过献了十六州，石敬瑭还是做了皇帝！"

老头子急了，他说："真的，你就不懂什么叫做历史！不用多说了，明天把东西归聚一下，等我写信给少奶奶，说我们也许得望广西走。"

吃过晚饭，他就从桌上把那潜艇的模型放在箱里，又忙着把别的小零件收拾起来。正在忙着的时候，来喜进来说："姑爷，少奶奶这个月的家用还没寄到，假如三两天之内要起程，恐怕盘缠会不够吧？"

"我们还剩多少？"

"不到五十元。"

"那够了。此地到梧州，用不到三十元。"

时间不容人预算，不到三天，河堤的马路上已经发见侵略者的战车了。市民全然像在梦中被惊醒，个个都来不及收拾东西，见了船就下去。火头到处起来，铁路上没人开车，弄得雷先生与来喜各抱着一点东西急急到河边胡乱跳进一只船，那船并不是往梧州去的,沿途上船的人们越来越多,走不到半天,船就沉下去了。好在水并不深,许多人都坐了小艇往岸上逃生,可是来喜再也不能浮上来了。她是由于空中的扫射丧的命或是做了龙宫的客人,都不得而知。

雷身边只剩十几元,辗转到了从前曾在那工作过的岛上。沿途种种的艰困,笔墨难以描写。他是一个性格刚硬的人,那岛市是多年没到过的,从前的工人朋友,就是找着了,也不见得能帮助他多少。不说梧州去不了,连客栈他都住不起。他只好随着一班难民在西市的一条街边打地铺。在他身边睡的是一个中年妇人带着两个孩子,也是从那刚沦陷的大城一同逃出来的。

在几天的时间,他已经和一个小饭摊的主人认识,就写信到马尼剌去告诉他儿媳妇他所遭遇的事情,叫她快想方法寄一笔钱来,由小饭摊转交。

他与旁边的那个中年妇人也成立了一种互助的行动。妇人因为行李比较多些,孩子又小,走动不但不方便,而且地盘随时有被人占据的可能,所以他们互相照顾,雷老头每天上街吃饭之后,必要给她带些吃的回来。她若去洗衣服,他就坐着看守东西。

一天,无意中在大街遇见黄,各人都诉了一番痛苦。

"现在你住在什么地方?"黄这样问他。

"我老实说,住在西市的街边。"

"那还了得!"

"有什么法子呢?"

"搬到我那里去罢。"

"大家同是难民,我不应当无缘无故地教你多担负。"

黄很诚恳地说:"多两个人也不会费得到什么地步,我跟着你去搬罢。"说着就要叫车。雷阻止他说:"多谢,多谢盛意。我现在人口众多,若都搬了去,于府上一定大大地不方便。"

"你不是只有一个佣人吗？"

"我那来喜不见了，现在是另一个带着两个孩子的妇人，是在路上遇见的。我们彼此互助，忍不得，把她安顿好就离开她。"

"那还不容易吗？想法子把她送到难民营就是了。听说难民营的组织，现在正加紧进行着咧。"

他知道黄也不是很富裕的，大概是听见他睡在街边，不能不说一两句友谊的话。但是黄却很诚恳，非要他去住不可，连说："不像话，不像话！年纪这么大，不说你媳妇知道了难过，就是朋友也过意不去。"

他一定不肯教黄到他的露天客栈去，只推到难民营组织好，把那妇人送进去之后再说，黄硬把他拉到一个小茶馆去，一说起他的发明，老头子就告诉他那潜艇模型已随着来喜丧失了。他身边只剩下一大卷蓝图，和那一座铁鳂的模型，其余的东西都没有了。他逃难的时候，那蓝图和铁鳂的模型是归他拿，图是卷在小被褥里头，他两手只能拿两件东西。在路上还有人笑他逃难逃昏了，什么都不带，带了一个小木箱。

"最低限度，你把重要的物件先存在我那里罢。"黄说。

"不必了罢，住家孩子多，万一把那模型打破了，我永远也不能再做一个了。"

"那倒不至于。我为你把它锁在箱里，岂不就成了吗？你老哥此后的行止，打算怎样呢？"

"我还是想到广西去，只等儿媳妇寄些路费来，快则一个月，最慢也不过两个月，总可以想法子从广州湾或别的比较安全的路去到罢。"

"我去把你那些重要东西带走罢。"黄还是催着他。

"你现在住什么地方？"

"我住在对面海的一个亲戚家里，我们回头一同去。"

雷听见他也是住在别人家里，就断然回答说："那就不必

·110·

了，我想把些少东西放在自己身边，也不至于很累赘，反正几个星期的时间，一切都会就绪的。"

"但是你总得领我去看看你住的地方，下次可以找你。"

雷被劝不过，只得同他出了茶馆，到西市来。他们经过那小饭摊，主人就嚷着："雷先生，雷先生，信到了，信到了。我见你不在，教邮差带回去，他说明天再送来。"

雷听了几乎喜欢得跳起来，他对饭摊主人说了一声"多烦了"，回过脸来对黄说："我家儿媳妇寄钱来了，我想这难关总可以过得去了。"

黄也庆贺他几句，不觉到了他所住的街边。他对黄说："对不住，我的客厅就是你所站的地方，你现在知道了。此地不能久谈，请便罢。明天取钱之后，去拜望你，你的地址请开一个给我。"

黄只得从口袋里掏出一张名片，写上地址交给他，说声"明天在舍下恭候"，就走了。

那晚上他好容易盼到天亮，第二天一早就到小饭摊去候着。果然邮差来到，取了他一张收据把信递给他。他拆开信一看，知道他儿媳妇给他汇了一笔到马尼剌的船费，还有办护照及其它需用的费用，都教他到汇通公司去取。他不愿到马尼剌去，不过总得先把需用的钱拿出来再说。到了汇通公司，管事的告诉他得先去照相办护照。他说，是他儿媳妇弄错了，他并不要到马尼剌去，要管事的把钱先交给他；管事的不答允，非要先打电报去问清楚不可。两方争持，弄得毫无结果，自然钱在人家手里，雷也无可如何，只得由他打电报去问。

从汇通公司出来，他就践约去找黄先生，把方才的事告诉他，黄也赞成他到马尼剌去。但他说，他的发明是他对国家的贡献，虽然目前大规模的潜艇用不着，将来总有一天要大量地应用；若不用来战斗，至少也可以促成海下航运的可能，使侵略者的封锁失掉效力。他好像以为建造的问题是第二步，只要当局采纳他的，在河里建造小型的潜航艇试试，若能成功，心愿就满足了。材料的来源，他好像也没深深地考虑过。他想，若是可能，在外国先定造一只普通的潜艇，回来再修改一下，安上他所发明的鳃、游目等等，就可以了。

黄知道他有点戆气，也不再去劝他。谈了一回，他就告辞走了。

过一两天，他又到汇通公司去，管事人把应付的钱交给他，说：马尼剌回电来说，随他的意思办。他说到内地不需要很多钱，只收了五百元，其余都教汇回去。出了公司，到中国旅行社去打听，知道明天就有到广州湾去的船。立刻又去告诉黄先生，两人同回到西市去检行李。在卷被褥的时候，他才发现他的蓝图，有许多被撕碎了。心里又气又惊，一问才知道那妇人好几天以来，就用那些纸来给孩子们擦脏。他赶紧打开一看，还好，最里面的那几张铁鳃的图样，仍然好好的，只是外头几张比较不重要的总图被毁了。小木箱里的铁鳃模型还是完好，教他虽然不高兴，可也放心得过。

他对妇人说，他明天就要下船，因为许多事还要办，不得不把行李寄在客栈里，给她五十元，又介绍黄先生给她，说钱是给她做本钱，经营一点小买卖；若是办不了，可以请黄先生把她母子送到难民营去。妇人受了他的钱，直向他解释说，她以为那卷在被褥里的都是废纸，很对不住他。她感激到流泪，眼望着他同黄先生，带着那卷剩下的蓝图与那一小箱的模型走了。

黄同他下船，他劝黄切不可久安于逃难生活。他说越逃，灾难越发随在后头；若回转过去，站住了，什么都可以抵挡得住。他觉得从演习逃难到实行逃难的无价值，现在就要从预备救难进到临场救难的工作，希望不久，黄也可以去。

船离港之后，黄直盼着得到他到广西的消息。过了好些日子，他才从一个赤坎来的人听说，有个老头子搭上两期的船，到埠下船时,失手把一个小木箱掉下海里去,他急起来,也跳下去了。黄不觉滴了几行泪,想着那铁鱼的鳃,也许是不应当发明得太早,所以要潜在水底。

女儿心

一

　　武昌竖起革命的旗帜已经一个多月了。在广州城里的驻防旗人个个都心惊胆战,因为杀满州人的谣言到处都可以听得见。这年的夏天,一个正要到任的将军又在离码头不远的地方被革命党炸死,所以在这满伏着革命党的城市,更显得人心惶惶。报章上传来的消息都是民军胜利,"反正"的省份一天多过一天。本城的官僚多半预备挂冠归田;有些还能很骄傲地说:"腰间三尺带是我殉国之具。"商人也在观望着,把财产都保了险或移到安全的地方——香港或澳门,听说一两日间民军便要进城,住在城里的旗人更吓得手足无措,他们真怕汉人屠杀他们。

　　在那些不幸的旗人中,有一个人,每天为他自己思维,却想不出一个避免目前的大难的方法。他本是北京一个世袭一等轻车都尉,隶属正红旗下,同时也曾中过举人;这时在镇粤将军衙门里办文书。他的身材很雄伟,若不是额下的大髯胡把他的年纪显出来,谁也看不出他是五十多岁的人,那时已近黄昏,堂上的灯还没点着,太太旁边坐着三个从十一岁到十五六岁的子女,彼此都现出很不安的状态。他也坐在一边,捋着胡子,沉静地看着他的家人。

　　"老爷,革命党一来,我们要往那里逃呢?"太太破了沉寂,很诚恳问她的老爷。

　　"哼,望那里逃?"他摇头说:"不逃,不逃,不能逃。逃出去无异自己去找死,我每年的俸银二百多两,合起衙门里的津贴和其他的入款也不过五六百两，除掉这所房子以外也就没有什么余款。这样省省地过日子还可以支持过去，若一逃走，纵然革命党认不出我们是旗人，侥幸可以免死，但有多少钱能够支持咱家这几口人呢？"

"这倒不必老爷挂虑，这二十几年来我私积下三万多块，我想咱们不如到海过去买几亩地，就作了乡下人也强过在这里担心。"

"太太的话真是所谓妇人女子之见。若是那么容易到乡下去落户，那就不用发愁了。你想我的身份能够撇开皇上不顾吗？做奴才得为主子，做人臣得为君上。他们汉官可以革命，咱们可就不能，革命党要来，在我们的地位就得同他们开火；若不能打，也不能弃职而逃。"

"那么，老爷忠心为国一定是不逃了。万一革命党人马上杀到这里来，我们要怎办呢？"

"大丈夫可杀不可辱，我们自然不能受他们的凌辱。等时候到来，再相机行事罢。"他看着他三个孩子，不觉黯然叹了一声。

太太也叹一声，说："我也是为这班小的发愁啊。他们都没成人，万一咱们两口子尽了节，他们……"她说不出来了，只不歇地用手帕去擦眼睛。

他问三个孩子说："你们想怎么办呢？"一双闪烁的眼睛注视着他们。

两个大孩子都回答说："跟爹妈一块儿死罢。"那十一岁的女儿麟趾好像不懂他们商量的都是什么，一声也不响，托着腮只顾想她自己的。

"姑娘，怎么今儿不响啦？你往常的话儿是最多的。"她父亲这样问她。

她哭起来了，可是一句话也没有。

太太说："她小小年纪，懂得什么，别问她啦。"她叫：

"姑娘到我跟前来罢。"趾儿抽噎着走到跟前，依着母亲的膝下。母亲为她捋捋鬓额，给她擦掉眼泪。

他捋着胡子，像理会孩子的哭已经告诉了她的意思，不由得得意地说："我说小姑娘是很聪明的，她有她的主意。"随即站起来又说："我先到将军衙门去，看看下午有什么消息，一会儿就回来。"他整一整衣服，就出门去了。

风声越来越紧，到城里竖起革命旗的那天，果然秩序大乱，逃的逃，躲的躲，抢的抢，该死的死。那位腰间带着三尺殉国之具的大吏也把行李收束得紧紧地，领着家小回到本乡去了。街上"杀尽满州人"的声音，也摸不清是真的，还是市民高兴起来一时发出这得意的话。这里一家把大门严严地关起来，不管外头闹得多么凶，只安静地在堂上排起香案，两夫妇在正午时分穿起朝服向北叩了头，表告了满洲诸帝之灵，才退入内堂，把公服换下来。他想着他不能领兵出去和革命军对仗，已经辜负朝廷豢养之恩，所以把他的官爵职位自己贬了，要用世奴资格报效这最后一次的忠诚。他斟了一杯醇酒递给太太说："太太请喝这一杯罢。"他自己也喝，两个男孩也喝了，趾儿只喝了一点。在前两天，太太把佣仆都打发回家，所以屋里没有不相干的人。

两小时就在这醇酒应酬中度过去。他并没醉，太太和三个孩子已躺在床上睡着了。他出了房门，到书房去，从墙上取下一把宝剑，捧到香案前，叩了头，再回到屋里，先把太太杀死，再杀两个孩子。一连杀了三个人，满屋里的血腥、酒味把他刺激得像疯人一样。看见他养的一只狗正在门边伏着，便顺手也给它一剑，跑到厨房去把一只猫和几只鸡也杀了。他挥剑砍猫的时候，无意中把在灶边灶君龛外那盏点着的神灯挥到劈柴堆上去，但他一点也不理会。正出了厨房门口，马圈里的马嘶了一声，他于是又赶过去照马头一砍。马不晓得这是它尽节的时候，连踢带跳，用尽力量来躲开他的剑。他一手揪住络头的绳子，一手尽管望马头上乱砍，至终把它砍倒。

　　回到上房，他的神情已经昏迷了，扶着剑，瞪眼看着地上的血迹。他发现麟趾不在屋里，刚才并没杀她，于是提起剑来，满屋里找。他怕她藏起来，但在屋里无论怎样找，看看床的，开开柜门，都找不着。院里有一口井，井边正留着一只麟趾的鞋。这个引他到井边来。他扶着井栏，探头望下去；从他两肩透下去的光线，使他觉得井底有衣服浮现的影儿，其实也看不清楚。他对着井底说："好，小姑娘，你到底是个聪明孩子，有主意！"他从地上把那只鞋捡起来，也扔在井里。

　　他自己问："都完了，还有谁呢？"他忽然想起在衙门里还有一匹马，它也得尽节。于是忙把宝剑提起，开了后园的门，一直望着衙门的马圈里去。从后园门出去是一条偏僻的小街，常时并没有什么人往来，那小街口有一座常关着大门的佛寺。他走过去时，恰巧老和尚从街上回来，站在寺门外等开门，一见他满身血迹，右手提剑，左手上还在滴备，便抢前几步拦住他说："太爷，您怎么啦？"他见有人拦住，眼睛也看不清，举起剑来照着和尚头便要砍下去。老和尚眼快，早已闪了身子，等他砍了空，再夺他的剑。他已没气力了，看着老和尚一言不发。门开了，老和尚先扶他进去，把剑靠韦陀香案边放着，然后再扶他到自己屋里，给他解衣服；又忙着把他自己的大衲给他披上，并且为他裹手上的伤，他渐次清醒过来，觉得左手非常地痛，才记起方才砍马的时候，自己的手碰着了刃口。他把老和尚给他裹的布条解开看时，才发现了两个指头已经没了，这一个感觉更使他格外痛楚。屠人虽然每日屠猪杀羊，但是一见自己的血，心也会软，不说他趁着一时的义气演出这出惨剧，自然是受不了。痛是本能上保护生命的警告，去了指头的痛楚已经使他难堪，何况自杀！但他的意志，还是很刚强，非自杀不可。老和尚与他本来很有交情，这次用很多话来劝慰他，说城里并没有屠杀旗人的事情；偶然街上有人这样嚷，也不过是无意识的话罢了。他听着和尚的劝解，心情渐渐又活过来。正在相对着没有话说的时候，外边嚷着起火，哨声、锣声，一齐送到他们耳边。老和尚说："您请躺下歇歇罢，待老衲去出看看。"

他开了寺门，只见东头乌太爷的房子着了火。他不声张，把乌太爷扶到床上躺下，看他渐次昏睡过去，然后把寺门反扣着，走到乌家门前，只见一簇人丁赶着在那里拆房子。水龙虽有一架，又不够用。幸而过了半小时，很多人合力已把那几间房子拆下来，火才熄了。

和尚回来，见乌太爷还是紧紧地扎着他的手，歪着身子，在那里睡，没惊动他。他把方才放在韦陀龛那把剑收起来，才到禅房打坐去。

二

在辛亥革命的时候，像这样全家为那权贵政府所拥戴的孺子死节的实在不多。当时麟趾的年纪还小，无论什么都怕，死自然是最可怕的一件事。他父亲要把全家杀死的那一天，她并没喝多少酒，但也得装睡，她早就想定了一个逃死的方法，总没机会去试。父亲看见一家人都醉倒了，到外边书房去取剑的时候，她便急忙地爬起来，跑出院子。因为跑得快，恰巧把一只鞋子踦掉了。她赶快退回几步，要再穿上，不提防把鞋子一踢，就撞到那井栏旁边。她顾不得去捡鞋，从院子直跑到后园。后园有一棵她常爬上去玩的大榕树，但是家里的人都不晓得她会上树。上榕树本来很容易，她家那棵，尤其容易上去。她到树下，急急把身子耸上去，蹲在那分出四五杈的树干上。平时她蹲在上头，底下的人无论从那一方面都看不见。那时她只顾躲死，并没计较往后怎样过。蹲在那里有一刻钟左右，忽然听见父亲叫她，他自然不晓得麟趾在树上。她也不答应，越发蹲伏着，容那浓绿的密叶把她掩藏起来。不久她又听见父亲的脚步像开了后门出去的样子。她正在想着，忽然从厨房起了火。厨房离那榕树很远，所以人们在那里拆房子救火的时候，她也没下来。天已经黑了，那晚上正是十五，月很明亮，在树上蹲了几点钟，倒也不理会。可是树上不晓得歇着什么鸟，不久就叫一声，把她全身的毛发都吓竖了。身体本来有点冷，加上夜风带那种可怕的鸟声送到她耳边，就不由得直打抖擞。她不能再藏在树上，决意下来看看。然而怎么也起不来，从腿以下，简直麻痹得像长在树上一样。好容易慢慢地把腿伸直了，一面抖擞着下了树，摸到园门，原来她的卧房就靠近园门。那一下午的火，只烧了厨房，她母亲的卧房、大厅和书房，至于前头的轿厅和后面她的卧房连着下房都还照旧。她从园门闪入她的卧房，正要上床睡觉时候，忽然听见有人说话的声音，心疑是鬼，赶紧把房门关起来。从窗户看见两个人拿着牛眼灯由轿厅那边到她这里来，心里越发害怕。好在屋里没灯，趁着外头的灯光还没有射进来，她便蹲在门后。那两人一面说着，出了园门，她才放心。原来他们是那条街的更夫，因为她家没人，街坊叫他们来守夜。他们到后园，大概是去看看后园通小街那道门关没关罢。不一会他们进来，又把园门关上。听他们的脚音，知道旁边那间下房，他们也进去看过，正想爬到床后去，他们已来推她的门，于是不敢动弹，还是蹲在门后。门推不开，他们从窗户用灯照了一下。她在门后听见其中一个人说："这间是锁着的，里头倒没有什么。"他们并不一定要进她的房间，那时她真像遇了赦一般，不晓得为什么缘故，当时只不愿意他们知道她在里头。等他们走远了，才起来，坐在小椅上，也不敢上床睡，只想着天明时待怎办。她决定要离开她的家，因为全家的人都死了，若还住在家里，有谁来养活她呢？虽然仿佛听见她父亲开了后园门出去，但以后他回来没有，她又不理会，她想他一定是自杀了。前天晚上，当她父亲问过她的话，上了衙门以后，她私下问过母亲："若是大家都死了，将来要在什么地方相见呢？"她母亲叹了一口气说："孩子，若都是好人，我们就会在神仙的地方相见，我们都要成仙哪。"常听见她母亲说城外有个什么山，山名她可忘记了，那里常有神仙出来度人。她想着不如去找神仙罢，找到神仙就能与她一家人相见了。她想着要去找神仙的事，使她心胆立时健壮起来，自己一人在黑屋里也不害怕，但盼着天快亮，她好进行。

鸡已啼过好几次，星星也次第地隐没了。初醒的云渐渐现出灰白色，一片一片像鱼鳞摆在天上。于是她轻轻地开了房门，出到院子来，她想"就这样走吗"，不，最少也得带一两件衣服。于是回到屋里，打开箱子，拿出几件衣服和梳篦等物，包成一个小包，再出房门。藏钱的地方她本知道，本要去拿些带在身边，只因那里的房顶已经拆掉了，冒着险进去，虽然没有妨碍，不过那两人还在轿厅睡着，万一醒来，又免不了有麻烦，再者，设使遇见神仙，也用不着钱。她本要到火场里去，又怕看见父母和二位哥哥的尸体，只远远地望着，作为拜别的意思。她的眼泪直流，又不敢放声哭；回过身去，轻轻开了园门，再反扣着。经过马圈，她看见那马躺在槽边，槽里和地上的血已经凝结，颜色也变了。她站在圈外，不住地掉泪。因为她很喜欢它，每常骑它到箭道去玩。那时天已大亮了，正在低着头看那死马的时候，眼光忽然触到一样东西，使她心伤和胆战起来。进前两步从马槽下捡起她父亲的一节小指头，她认得是父亲左手的小指头。因为他只留这个小指的指甲，有一寸多长，她每喜欢摸着它玩。当时她也不顾什么，赶紧取出一条手帕，紧紧把她父亲的小指头裹起来，揣在怀里。她开了后园的街门，也一样地反扣着。夹着小包袱，出了小街，便急急地向北门大街放步。幸亏一路上没人注意她，故得优游地出了城。

旧历十月半的郊外，虽不像夏天那么青翠，然而野草园蔬还是一样地绿。她在小路上，不晓得已经走了多远，只觉身体疲乏，不得已暂坐在路边一棵榕树根上小歇，坐定了才记得她自昨天午后到歇在道旁那时候一点东西也没入口！眼前固然没有东西可以买来充饥，纵然有，她也没钱。她隐约听见泉水激流的声音，就顺着找去，果然发现了一条小溪，那时一看见水，心里不晓得有多么快活，她就到水边一掬掬地喝。没东西吃，喝水好像也可以饱，她居然把疲乏减少了好些。于是夹着包袱又望前跑。她慢慢地走，用尽了诚意要会神仙，但看见路上的人，并没有一个像神仙。心里非常纳闷，因为走的路虽不多，太阳却渐渐地西斜了。前面露出几间茅屋，她虽然没曾向人求乞过，可知道一定可以问人要一点东西吃，或打听所要去的山在那里。随着路径拐了一个弯，就看见一个老头子在她前面走。看他穿着一件很宽的长袍，扶着一支黄褐色的拐杖，须发都白了，心里暗想："这位莫不就是神仙么"，于是抢前几步，恭恭敬敬地问："老伯父，请告诉我那座有神仙的山在什么地方？"他好像没听见她问的是什么话，她问了几遍，他总没回答，只问："你是迷了道的罢？"麟趾摇摇头。他问："不是迷道，这么晚，一个小姑娘夹着包袱，在这样的道上走，莫不是私逃的小丫头？"她又摇摇头。她看他打扮得像学塾里的老师一样，心里想着他也许是个先生。于是从地下捡起一块有棱的石头，就路边一棵树干上画了"我欲求仙去"几个字。他从胸前的绿鲨皮眼镜匣里取出一副直径约有一寸五分的水晶镜子架在鼻上。看她所写的，便笑着对她说："哦，原来是求仙的！你大概因为写的是'王子去求仙，丹成上九天'的仿格，想着古人有这回事，所以也要仿效仿效。但现在天已渐渐晚了，不如先到我家歇歇，再往前走罢。"她本想不跟他去，只因问他的话也不能得着满意的指示，加以肚子实饿了，身体也乏了，若不答应，前路茫茫，也不是个去处，就点头依了他，跟着他走。

走不远，渡过一道小桥，来到茅舍的篱边。初冬的篱笆上还挂些未残的豆花。晚烟好像一匹无尽长的白链，从远地穿林织树一直来到篱笆与茅屋的顶巅。老头子也不叫门,只伸手到篱门里把闩拨开了。一只带着金铃的小黄狗抢出来,吠了一两声,又到她跟前来闻她。她退后两步,老头子把它轰开,然后携着她进门。屋边一架瓜棚,黄萎的南瓜藤,还凌乱地在上头绕着。鸡已经站在棚上预备安息了。这些都是她没见过的,心里想大概这就是仙家罢。刚踏上小台阶,便有一个二十多岁的姑娘出来迎着,她用手作势,好像问"这位小姑娘是谁呀",他笑着回答说:"她是求仙迷了路途的。"回过头来,把她介绍给她,说:"这是我的孙女,名叫宜姑。"

他们三个人进了茅屋,各自坐下。屋里边有一张红漆小书桌,老头子把他的孙女叫到身边,教她细细问麟趾的来历。她不敢把所有的真情说出来,恐怕他们一知道她是旗人或者就于她不利。她只说:"我的父母和哥哥前两天都相继过去了。剩下我一个人,没人收养,所以要求仙去。"她把那令人伤心的事情瞒着,孙女把她的话用他们彼此通晓的方法表示给老头子知道。老头子觉得她很可怜,对她说,他活了那样大年纪也没有见过神仙,求也不一定求得着,不如暂时住下,再定夺前程,他们知道她一天没吃饭,宜姑就赶紧下厨房,给她预备吃的。晚饭端出来,虽然是红薯粥和些小酱菜,她可吃得津津有味。回想起来,就是不饿,也觉得甘美。饭后,宜姑领她到卧房去。一夜的话把她的意思说转了一大半。

三

麟趾住在这不知姓名的老头子的家已经好几个月了。老人曾把附近那座白云山的故事告诉过她。她只想着去看安期生升仙的故迹,心里也带着一个遇仙的希望。正值村外木棉盛开的时候,十丈高树,枝枝着花,在黄昏时候看来直像一座万盏灯台,灿烂无比。闽、粤的树花再没有比木棉更壮丽的,太阳刚升到与绿禾一样高的天涯,麟趾和宜姑同在树下捡落花来做玩物，谈话之间，忽然动了游白云山的念头。从那村到白云山也不过是几里路，所以她们没有告诉老头子，到厨房里吃了些东西，还带了些薯干，便到山里玩去。天还很早，榕树上的白鹭飞去打早食还没归巢，黄鹏却已唱过好几段婉转的曲儿，在田间和林间的人们也唱起歌了。到处所听的不是山歌，便是秧歌。她们两个有时为追粉蝶，误入那篱上缠里野蔷薇的人家；有时为捉小鱼涉入小溪，溅湿了衣袖。一路上嘻嘻嚷嚷，已经来到山里。微风吹拂山径旁的古松，发出那微妙的细响。着在枝上的多半是嫩绿的松球，衬着山坡上的小草花，和正长着的薇蕨，真是绮丽无匹。

她们坐在石上休息，宜姑忽问："你真信有神仙么？"

麟趾手里撩着一枝野花，漫应说："我怎么不信！我母亲曾告诉我有神仙，她的话我都信。"

"我可没见过，我祖父老说没有，他所说的话，我都信。他既说没有，那定是没有了。"

"我母亲说有，那定是有，怕你祖父没见过罢。我母亲说，好人都会成仙，并且可以和亲人相见哪，仙人还会下到凡间救度他的亲人，你听过这话么？"

"我没听见过。"

说着他们又起行，游过了郑仙岩，又到菖蒲涧去，在山泉流处歇了脚。下游的石上，那不知名的山禽在那里洗午澡，从乱云堆积处，露出来的阳光指示她们快到未时了，麟趾一意要看看神仙是什么样子，她还有登摩星岭的勇气。她们走过几个山头，不觉把路途迷乱了。越走越不是路，她们巴不得立刻下山，寻着原路回到村里。

出山的路被她们找着了，可不是原来的路径，夕阳当前，天涯的白云已渐渐地变成红霞。正在低头走着，前面来了十几个背枪的大人物，宜姑心里高兴，等他们走近跟前，便问其中的人燕塘的大路在那一边。那班人听说她们所问的话，知道是两只迷途的羊羔,便说他们也要到燕塘去。宜姑的村落正离燕塘不远,所以跟着他走。

原来她们以为那班强盗是神仙的使者,安心随着他们走。走了许久,二人被领到一个破窑里,那里有一个人看守着她们,那班人又匆忙地走了。麟趾被日间游山所受的快活迷住,没想到、也没经历过在那山明水秀的仙乡会遇见这班混世魔王。到被囚起来的时候,才理会她们前途的危险。她同宜姑苦口求那人怜恤她们,放她们走。但那人说若放了她们,他的命也就没了。宜姑虽然大些,但到那时,也恐吓得说不出话来。麟趾到底是个聪明而肯牺牲的孩子,她对那人说:"我家祖父年纪大了,必得有人伺候他,若把我们两人都留在这里,恐怕他也活不成。求你把大姊放回去罢,我宁愿在这里跟着你们。"那人毫无恻隐之心,任她们怎样哀求,终不发一言,到他觉得麻烦的时候,还喝她们说:"不要瞎吵!"

丑时已经过去,破窑里的油灯虽还闪着豆大的火花,但是灯心头已结着很大的灯花,不时迸出火星和发出哗剥的响,油盏里的油快要完了。过些时候,就听见人马的声音越来越近,那人说:"他们回来了。"他在窑门边把着,不一会,大队强盗进来,卸了赃物,还虏来三个十几岁的女学生。

在破窑里住了几天,那些贼人要她们各人写信回家拿钱来赎,各人都一一照办了,最后问到麟趾和宜姑,麟趾看那人的容貌很像她大哥,但好几次问他叫他,他都不大理会,只对着她冷笑。虽然如此,她仍是信他是大哥,不过仙人不轻易和凡人认亲罢了。她还想着,他们把她带到那里也许是为教她们也成仙。宜姑比较懂事,说她们是孤女,只有一个耳聋的老祖父,求他们放她们两人回去。他们不肯,说:"只有白拿,不能白放。"他们把赃物检点一下,头目叫两个伙计把那几个女学生的家书送到邮局去,便领着大队同几个女子,趁着天还未亮出了破窑,向着山中的小径前进。不晓得走了多少路程,又来到一个寨。群贼把那五个女子安置在一间小屋里。过了几天，那三个女学生都被带走，也许是她们的家人花了钱，也许是被移到别处去。他们也去打听过宜姑和麟趾的家境，知道那聋老头花不起钱来赎，便计议把她们卖掉。

宜姑和麟趾在荒寨里为他们服务，他们都很喜欢。在不知不觉中又过了几个星期。一天下午他们都喜形于色回到荒寨，两个姑娘忙着预备晚饭。端菜出来，众人都注目看着她们。头目对大姑娘说："我们以后不再干这生活了，明天大家便要到惠州去投入民军。我们把你配给廖兄弟。"他说着，指着一个面目长得十分俊秀、年纪在二十六七左右的男子，又往下说："他叫廖成，是个白净孩子，想一定中你的意思。"他又对麟趾说："小姑娘年纪太小，没人要，黑牛要你做女儿，明天你就跟着他过，他明天以后便是排长了。"他呶着嘴向黑牛指示麟趾，黑牛年纪四十左右，满脸横肉，看来像很凶残。当时两个女孩都哭了，众人都安慰她们。头目说："廖兄弟的喜事明天就要办的，各人得早起，下山去搬些吃的，大家热闹一回。"

他们围坐着谈天，两个女孩在厨房收拾食具，小姑娘神气很镇定，低声问宜姑说："怎办？"宜姑说："我没主意，你呢？"

"我不愿意跟那黑鬼，我一看他，怪害怕的，我们逃罢。"

"不成，逃不了！"宜姑摇头说。

"你愿意跟那强盗？"

"不，我没主意。"

她们在厨房没想出什么办法，回到屋里，一同躺在稻草褥上，还继续地想。麟趾打定主意要逃，宜姑至终也赞成她，她们知道明天一早趁他们下山的时候再寻机会。

一夜的幽暗又叫朝云抹掉，果然外头的兄弟们一个个下山去预备喜筵。麟趾扯着宜姑说："这是时候，该走了。"她们带着一点吃的，匆匆出了小寨。走不多远，宜姑住了步，对麟趾说:"不成,我们这一走,他们回寨见没有人,一定会到处追寻,万一被他们再抓回去,可就没命了。"麟趾没说什么,可也不愿意回去。宜姑至终说:"还是你先走罢,我回去张罗他们,他们问你的时候,我便说你到山里捡柴去。你先回到我公公那里去报信也好。"她们商量妥当,麟趾便从一条那班兄弟们不走的小道下山去。宜姑到看不见她,才掩泪回到寨里。

小姑娘虽然学会昼伏夜行的方法,但在乱山中,夜行更是不便,加以不认得道路,遇险的机会很多,走过一夜,第二夜便不敢走了。她在早晨行人稀少的时候,遇见妇人女子才敢问道,遇见男子便藏起来。但她常走错了道,七天的粮已经快完了,那晚上她在小山岗上一座破庙歇脚。霎时间,黑云密布,大雨急来,随着电闪雷鸣。破庙边一棵枯树教雷劈开,雷音把麟趾的耳鼓几乎震破,电光闪得更是可怕。她想那破庙一定会塌下来把她压死,只是蹲在香案底下打抖擞。好容易听见雨声渐细,雷也不响,她不敢在那里逗留,便从案下爬出来。那时雨已止住了,天际仍不时地透漏着闪电的白光,使蜿蜒的山路,隐约可辨。她走出庙门,待要往前,却怕迷了路途,站着尽管出神。约有一个时辰,东方渐明,鸟声也次第送到她耳边,她想着该是走的时候,背着小包袱便离开那座破庙。一路上没遇见什么人,朝雾断续地把去处遮拦着,不晓得从什么地方来的泉声到处都听得见。正走着,前面忽然来了一队人,她是个惊弓之鸟,一看见便急急向路边的小丛林钻进去。那里提防到那刚被大雨洗刷过的山林湿滑难行,她没力量攀住些草木,一任双脚溜滑下去,直到山麓。她的手足都擦破了,腰也酸了,再也不能走。疲乏和伤痛使她不能不躺在树林里一块铺着朝阳的平石上昏睡。她腿上的血,殷殷地流到石上,她一点也不理会。

林外,向北便是越过梅岭的大道,往来的行旅很多。不知经过几个时辰,麟趾才在沉睡中觉得有人把她抱起来,睁眼一看，才知道被抱到一群男女当中。那班男女是走江湖卖艺的，一队是属于卖武耍把戏的黄胜，一队是属耍猴的杜强。麟趾是那耍猴的抱起来的，那卖武的黄胜取了些万应的江湖秘药来，敷她的伤口。他问她的来历，知道她是迷途的孤女，便打定主意要留她当一名艺员，耍猴用不着女子，黄胜便私下向杜强要麟趾。杜强一时任侠，也就应许了。他只声明将来若是出嫁得的财礼可以分些给他。

他们骗麟趾说他们是要到广州去，其实他们的去向无定，什么时候得到广州，都不能说。麟趾信以为真，便请求跟着他们去。那男人腾出一个竹箩，教她坐在当中，他的妻子把她挑起来。后面跟着的那个人也挑着一担行头，在他肩膀上坐着一只猕猴。他戴的那顶宽缘镶云纹的草笠上开了一个小圆洞，猕猴的头可以从那里伸出来。那人后面还跟着一个女子，牵着一只绵羊和两只狗，绵羊驮着两个包袱，最后便是扛刀枪的，麟趾与那一队人在斜阳底下向着满被野云堆着的山径前进，一霎时便不见了。

四

自从麟趾被骗以后，三四年间，就跟着那队人在江湖上往来。她去求神仙的勇气虽未消灭，而幼年的幻梦却渐次清醒。几年来除掉看一点浅近的白话报以外，她一点书也没有念，所认得的字仍是在家的时候学的，深字甚至忘掉许多。她学会些江湖伎俩，如半截美人、高跃、踏索、过天桥等等，无一不精，因此被全班的人看为台柱子，班主黄胜待她很好，常怕她不如意，另外给她好饮食。她同他们混惯了，也不觉得自己举动下流。所不改的是她总没有舍弃掉终有一天全家能够聚在一起的念头。神仙会化成人到处游行的话是她常听说的，几年来，她安心跟着黄胜走江湖，每次卖艺总是目光灼灼注视着围观的人们，人们以她为风骚，她却在认人。多少次误认了面貌与她父亲或家人相仿佛的观众。但她仍是希望着，注意着，没有一时不思念着。

他们真个回到离广州不远的一个城，住在真武庙倾破的后殿。早饭已经吃过，正预备下午的生意。黄胜坐在台阶上抽烟等着麟趾，因为她到街上买零碎东西还没回来。

从庙门外蓦然进来一个人，到黄胜跟前说："胜哥，一年多没见了！"老杜摇摇头，随即坐在台阶上说："真不济，去年那头绵羊死掉，小山就闷病了。它每出场不但不如从前活泼，而且不听话，我气起来，打了它一顿。那个畜生，可也奇怪，几天不吃东西，也死了。从它死后，我一点买卖也没做，指望赢些钱再买一只羊和一只猴，可是每赌必输，至终把行头都押出去了，现在来专意问大哥借一点。"

黄胜说："我的生意也不很好，那里有钱借给你使。"老杜是打定主意的，他所要求非得不可。他说："若是没钱，就把人还我。"他的意思是指麟趾。

老黄急了，紧握着手，回答他说："你说什么？那个人是你的？"

"那女孩子是我捡的，自然属于我。"

"你要，当时为何不说？那时候你说耍猴用不着她；多一个人养不起，便把她让给我。现在我已养了好几年，教会她各样玩艺，你来要回去，天下没有这个道理。"

"看来你是不愿意还我了。"

"说不上还不还，难道我这几年的心血和钱财能白费了么？我不是说以后得的财礼分给你吗？"

"好，我拿钱来赎成不成？"老杜自然等不得，便这样说。"你！拿钱来赎？你有钱还是买一只羊、一只猴耍耍去罢，麟趾，怕你赎不起。"老黄舍不得放弃麟趾，并且看不起老杜，想着他没有赎她的资格。

"你要多少呢？"

"五百，"老黄说了，又反悔说，"不，不，我不能让你赎去，她不是你的人，你再别废话了。"

"你不让我赎，不成。多会我有五百元，多会我就来赎。"老杜没得老黄的同意，不告辞便出庙门去了。

自此以后，老杜常来跟老黄捣麻烦，但麟趾一点也不知道是为她的事，她也没去问。老黄怕以后更麻烦，心里倒想先把她嫁掉，省得老杜屡次来胡缠，但他总也没有把这意思给麟趾说，他也不怕什么，因为他想老杜手里一点文据都没有，打官司还可以占便宜。他暗地里托媒给麟趾找主，人约他在城隍庙戏台下相看，那地方是老黄每常卖艺的所在。相看的人是个当地土豪的儿子，人家叫他做郭太子。这消息给老杜知道，到庙里与老黄理论，两句不合，便动了武。幸而麟趾从外头进来，便和班里的人把他们劝开；不然，会闹出人命也不一定，老杜骂到没劲，也就走了。

麟趾问黄胜到底是怎么回事。老黄没敢把实在的情形告诉她，只说老杜老是来要钱使，一不给他，他便骂人。他对麟趾说："因他知道我们将有一个阔堂会，非借几个钱去使使不可。可是我不晓得这一宗买卖做得成做不成，明天下午约定在庙里先耍着看，若是合意，人家才肯下定哪。你想我怎能事前借给他钱使！"

麟趾听了，不很高兴，说："又是什么堂会！"

老黄说："堂会不好么？我们可以多得些赏钱，姑娘不喜欢么？"

"我不喜欢堂会，因为看的人少。"

"人多人少有什么相干，钱多就成了。""我要人多，不必钱多。"

"姑娘，那是怎讲呢？"

"我希望在人海中能够找着我的亲人。"

黄胜笑了，他说："姑娘！你要找亲人，我倒想给你找亲哪，除非你出阁，今生莫想有什么亲人，你连自己的姓都忘掉了！哈哈！"

"我何尝忘掉？不过我不告诉人罢了，我的亲人我认得，这几年跟着你到处走，你当我真是为卖艺么？你带我到天边海角，假如有遇见我的亲人的一天，我就不跟你了。"

"这我倒放心，你永远是遇不着的。前次在东莞你见的那个人，便说是你哥哥，楞要我去把他找来。见面谈了几句话，你又说不对了！今年年头在增城，又错认了爸爸！你记得么？哈哈！我看你把心事放开罢。人海茫茫，那个是你的亲人？倒不如过些日子，等我给你找个好主，若生下一男半女，我保管你享用无尽。那时，我，你的师父，可也叨叨光呀。"

"师父别说废话，我不爱听。你不信我有亲人，我偏要找出来给你看。"麟趾说时像有了气。

"那么，你的亲人却是谁呢？"

"是神仙。"麟趾大声地说。

老黄最怕她不高兴，赶紧转帆说："我逗你玩哪，你别当真，我们还是说些正经的罢，明天下午无论如何，我们得多卖些力气。我身边还有十几块钱，现在就去给你添些头面。我一会儿就回来。"他笑着拍麟趾的肩膀，便自出去了。

第二天下午，老黄领着一班艺员到艺场去，郭太子早已在人圈中占了一条板凳坐下。麟趾装饰起来，招得围观的人越多，一套一套的把戏都演完，轮到麟趾的踏索，那是她的拿手技术。老黄那天便把绳子放长，两端的铁钎都插在人圈外头。她一面走，一面演各种把式。正走到当中，啊，绳子忽然断了！麟趾从一丈多高的空间摔下来。老黄不顾救护她，只嚷说："这是老杜干的"，连骂带咒，跳出人圈外到绳折的地方。观众以为麟趾摔死了，怕打官司时被传去做证人，一哄而散。有些人回身注视老黄，见他追着一个人往人丛中跑，便跟过去趁热闹。不一会，全场都空了。老黄追那人不着，气喘喘地跑回来，只见那两个伙计在那里收拾行头。行头被众人践踏，破坏了不少：刀枪也丢了好几把；麟趾也不见了。伙计说人乱的时候他们各人都紧伏在两箱行头上头，没看见麟趾爬起来，到人散后，就不见她躺在地上。老黄无奈，只得收拾行头，心里想这定是老杜设计把麟趾抢走，回到庙里再去找他计较，艺场中几张残破的板凳也都堆在一边。老鸦从屋脊飞下来啄地上残余的食物；树花重复发些清气，因为满身汗臭的人们都不见了。

　　黄胜找了老杜好几天都没下落，到郭太子门上诉说了一番。郭太子反说他是设局骗他的定钱，非把他押起来不可。老黄苦苦哀求才脱了险。他出了郭家大门，垂头走着，拐了几个弯，蓦地里与老杜在巷尾一个犄角上撞个满怀。"好，冤家路窄！"黄胜不由分说便伸出右手把老杜揪住。两只眼睛瞪得直像冒出电来，气也粗了。老杜一手擅住老黄的右手，冷不防给他一拳。老黄哪里肯让，一脚便踢过去，指着他说："你把人藏在那里？快说出来，不然，看老子今天结束了你。"老杜退到墙犄角上，扎好马步，两拳瞄准老黄的脑袋说："呸！你问我要人！我正要问你呢。你同郭太子设局，把所得的钱，半个也不分给我，反来问我要人。"说着，往前一跳，两拳便飞过来，老黄闪得快，没被打着。巷口看热闹的人越围越多，巡警也来了。他们不愿意到派出所去，敷衍了巡警几句话，便教众人拥着出了巷口。

　　老杜跟着老黄，又走过了几条街。

　　老黄说："若是好汉，便跟我回家分说。"

　　"怕你什么？去就去！"老杜坚决地说。

　　老黄见他横得很，心里倒有点疑惑。他问："方才你说我串通郭太子，不分给你钱，是从那里听来的狗谣言？"

　　"你还在我面前装呆！那天在场上看把戏的大半是郭家的手脚，你还瞒谁？"

　　"我若知道这事，便教我男盗女娼。那天郭太子约定来看人是不错，不过我已应许你，所得多少总要分给你，你为什么又到场上捣乱？"

老杜瞪眼看着他，说："这就是胡说！我捣什么乱？你们说了多少价钱我一点也不知道，那天我也不在那里，后来在道上就见郭家的人们拥着一顶轿子过去，一打听，才知道是从庙里扛来的。"

老黄住了步，回过头来，诧异地说："郭太子！方才我到他那里，几乎教他给押起来。你说的话有什么凭据？"

"自然有不少凭据。那天是谁把绳子故意拉断的？"老杜问。

"你！"

"我！我告诉你，我那天不在场，一定是你故意做成那样局面，好教郭太子把人抢走。"

老黄沉吟了一会，说："这我可明白了。好兄弟，我们可别打了，这事一定是郭家的人干的。"他把方才郭家的人如何蛮横，为老杜说过一遍。两个人彼此埋怨，可也没奈他何，回到真武庙，大家商量怎样打听麟趾的下落。他们当然不敢打官司，也不敢闯进郭府里去要人，万一不对，可了不得。

老杜和黄胜两人对坐着。你看我，我看你，一言不发，各自急抽着烟卷。

五

郭家的人们都忙着检点东西，因为地方不靖，从别处开来的军队进城时难免一场抢掠。那是一所五进的大房子，西边还有一个大花园，各屋里的陈设除椅、桌以外，其余的都已装好，运到花园后面的石库里，花园里还留下一所房子没有收拾。因为郭太子新娶的新奶奶忌讳多，非过百日不许人搬动她屋子里的东西。

窗外种着一丛碧绿的芭蕉，连着一座假山直通后街的墙头。屋里一张紫檀嵌牙的大床，印度纱帐悬着，云石椅、桌陈设在南窗底下。瓷瓶里插的一簇鲜花，香气四溢。墙上挂的字画都没有取下来，一个康熙时代的大自鸣钟的摆子在静悄悄的空间得得地作响，链子末端的金葫芦动也不动一下。在窗棂下的贵妃床上坐着从前在城隍庙卖艺的女郎，她的眼睛向窗外注视，像要把无限的心事都寄给轻风吹动的蕉叶。

芭蕉外，轻微的脚音渐次送到窗前。一个三十左右的男子，到阶下站着，头也没抬起来，便叫："大官，大官在屋里么？"里面那女郎回答说："大官出城去了，有什么事？"

那人抬头看见窗里的女郎，连忙问说："这位便是新奶奶么？"

麟趾注目一看，不由得怔了一会，"你很面善，像在那里见过的。"她的声音很低，五尺以外几乎听不见。

那人看着她，也像在什么地方会过似地，但他一时也记不起来，至终还是她想起来。她说："你不是姓廖么？"

"不错呀，我姓廖。"

"那就对了，你现在在这一家干的什么事？"

"我一向在广州同大官做生意，一年之中也不过来一两次，奶奶怎么认得我？"

"你不是前几年娶了一个人家叫她做宜姑的做老婆吗？"

那人注目看她，听到她说起宜姑，猛然回答说："哦，我记起来了！你便是当日的麟趾小姑娘！小姑娘，你怎么会落在他手里？"

"你先告诉我宜姑现在好么？"

"她么？我许久没见她了。自从你走后，兄弟们便把宜姑配给黑牛，黑牛现在名叫黑仰白，几年来当过一阵要塞司令，宜姑跟着他养下两个儿子。这几天，听说总部要派他到上海去活动，也许她会跟着去罢。我自那年入军队不久，过不了纪律的生活，就退了伍。人家把我荐到郭大官的烟土栈当掌柜，我

一直便做了这么些年。"

麟趾问："省城也能公卖烟土么？"

"当然是私下买卖，军队里我有熟人容易做，所以这几年来很剩些钱。"

"黑牛和他的弟兄们帮你贩烟土，是不是？"

"不，黑司令现在很正派，我同他的交情没有从前那么深了。我有许多朋友在别的军队里，他们时常帮助我。"

"我很想去见见宜姑，你能领我去么？"

"她不久便要到上海去，你就是到广州，也不一定能看见她？"

"今晚，就走，怎样？"

"那可不成，城里恐怕不到初更就要出乱子，我方才就是来对大官说，叫他快把大门、偏门、后门都锁起来，恐怕人进来抢。"

"他说出城迎接军队去了，不晓得什么时候能回来。或者现在就领我去罢。"

"耳目众多，不成，不成。再说要走，也不能同我走，教大官知道，会说我拐骗你。我说你是要一走不回头呢？还是只要见一见宜姑便回来？"

"我一点也不喜欢他，那天我在城隍庙踏索子掉下来，昏过去，醒来便躺在这屋里的床上。好在身上没有什么伤，只是脚跟和手擦破，养了十几天便好了。他强我嫁给他，口里答应给我十万银做保证金，说若是他再娶奶奶，听我把十万银带走，单独过日子。我问他给了多少给黄胜，他说不用给，他没奈何他。自从我离开山寨以后，就给黄胜抢去学走江湖，几年来走了好几省地方，至终在这里给他算上了。我常想着他那样的人，连一个钱也不给黄胜，将来万一他负了心，他也照样可以把十万银子抢回去；现在钱虽然在我的名字底下存着，我可不敢相信是属于我的，我还是愿意走得远远地。他不是一个好人，跟着他至终不会有好结果，你说是不是？"

廖成注视她的脸，听着她说，他对于郭大官掳人的事早有所闻，却不知便是麟趾。他好像对于麟趾所说的没有多少可诧异的，只说："是，他并不是个好人，但是现在的世界，那个是好人！好人有人捧，坏人也有人捧，为坏人死的也算忠臣，我想等宜姑从上海回来，我再通知你去会她罢。"

"不，我一定要走。你若不领我去，请给我一个地址，我自己想方法。"

廖成把宜姑的地址告诉她，还劝她切要过了这个乱子才去，麟趾嘱咐他不要教郭太子知道。她说："你走罢，一会怕有人来，我那丫头都到前院帮助收拾东西去了，你出去，请给我叫一个人进来。"

他一面走着，一面说："我看还是等乱过去，从长慢慢打算罢，这两天一定不能走的，道路上危险多。"

麟趾目送着廖成走出蕉丛外头，到他的脚音听不见的时候，慢慢起身到妆台前，检点她的细软和首饰之类。走出房门，上了假山，她自伤愈后这是第一次登高，想着宜姑，教她心里非常高兴，巴不得立刻到广州去见她。到墙的尽头，她探头下望，见一条黑深的空巷，一根电报杆子立在巷对面的高坡上，同围墙距离约一丈多宽。一根拴电杆的粗铅丝，从杆上离电线不远的部位，牵到墙上一座一半砌在墙里已毁的节孝坊的石柱上，几乎成为水平线。她看看园里并没有门，若要从花园逃出去，恐怕没有多少希望。

她从假山下来，进到屋里已是黄昏时分，丫头也从前院进来了。麟趾问："你有旧衣服没有？拿一套来给我。"

女婢说："奶奶要旧衣服干什么？"

"外头乱扰扰地，万一给人打进家里来，不就得改装掩人耳目么？"

"我的不合奶奶穿，我到外头去找一套进来罢。"她说着

便出去了。

麟趾到丫头的卧房翻翻她的包袱，果然都是很窄小的，不合她穿。门边挂着一把雨纸伞，她拿下来打开一看，已破了大半边。在床底下有一根细绳子，不到一丈长。她摇摇头叹了一声，出来仍坐在窗下的贵妃床，两眼凝视着芭蕉。忽然拍起她的腿说："有了！"她立起来，正要出去，丫头给她送了一套竹布衣服进来。

"奶奶，这套合适不合适？"

她打开一看，连说："成，成，现在你可以到前头帮他们搬东西，等七点钟端饭来给我吃。"丫头答应一声，便离开她。她又到婢女屋里，把两竿张蚊帐的竹子取下捆起来；将衣物分做两个小包结在竹子两端，做成一根踏索用的均衡担。她试一下，觉得稍微轻一点，便拿起一把小刀走到芭蕉底下，把两棵有花蕾的砍下来，割下两个重约两斤的花蕾加在上头。随即换了衣服，穿着软底鞋，扛着均衡担飞跑上假山。沿着墙头走，到石柱那边。她不顾一切，两手揸住均衡担，踏上那很大铅丝，一步一步地走过去。到电杆那头，她忙把竹上的绳子解下来，圈成一个圆套子，套着自己的腰和杆子，像尺蠖一样，一路拱下去。

下了土坡，急急向着人少的地方跑。拐了几个弯，才稍微辨识一点道路。她也不用问道，一个劲儿便跑到真武庙去，她想着教黄胜领她到广州去找宜姑，把身边带着的珠宝分给他一两件。不想真武庙的后殿已经空了，人也不晓得往那里去了。天色已晚，邻居的人都不理会是她回来，她不敢问。她踌躇着，不晓得怎样办，在真武庙歇，又害怕；客栈不能住；船，晚上不开，一会郭家人发觉了，一定把各路口把住，终要被逮捕回去。到巡警局报迷路罢，不成，若是巡警搜出身上的东西，倒惹出麻烦来。想来想去，还是赶出城，到城外藏一宿，再定行止。

她在道上，看见许多人在街上挤来挤去，很像要闹乱子的光景。刚出城门，便听见城里一连发出砰磅的声音。街上的人慌慌张张地乱跑，铺店的门早已关好，一听见枪声，连门前的天灯都收拾起来。幸而麟趾出了城，不然，就被关在城里头。她要找一个僻静的地方去躲一下，但找来找去，总找不着，不觉来到江边。沿江除码头停泊着许多船以外，别的地方都很静。在离码头不远的地方，有一棵斜出江面的大榕树。那树的气根，根根部向着水面伸下去。她又想起藏在树上，在枪声不歇的时候，已有许多人挤在码头那边叫渡船，他们都是要到石龙去的。看他们的样子都像是逃难的人，麟趾想着不如也跟着他们去，到石龙，再赶广州车到广州。看他们把价钱讲妥了，她忙举步，混在人们当中，也上了船。

　　乱了一阵，小渡船便离开码头。人都伏在舱底下，灯也不敢点，城中的枪声教船后头的大橹和船头的双桨轻松地摇掉。但从雉堞影射出来的火光，令人感到是地狱的一种现象。船走得越远，照得越亮。到看不见红光的时候，不晓得船在江上已经拐了几个弯了。

六

　　石龙车站里虽不都是避难的旅客，但已拥挤得不堪。站台上几乎没有一寸空地，都教行李和人占满了，麟趾从她的座位起来，到站外去买些吃的东西，回来时，位已被别人占去。她站在一边，正在吃东西，一个扒手偷偷摸摸地把她放在地下那个小包袱拿走。在她没有发觉以前，后面长凳上坐着的一个老和尚便赶过来，追着那贼说："莫走，快把东西还给人。"他说着，一面追出站外。麟趾见拿的是她的东西，也追出来。老和尚把包袱夺回来，交给她说："大姑娘，以后小心一点，在道上小人多。"

　　麟趾把包袱接在手里，眼泪几乎要流出来，她心里说若是

丢了包袱，她就永久失掉纪念她父亲的东西了。再则，所有的珠宝也许都在里头。现出非常感激的样子，她对那出家人说："真不该劳动老师父。跑累了么？我扶老师父进里面歇歇罢。"老和尚虽然有点气喘，却仍然镇定地说："没有什么，姑娘请进罢。你像是逃难的人，是不是？你的包袱为什么这样湿呢？"

"可不是，这是被贼抢漏了的，昨晚上，我们在船上，快到天亮的时候，忽然岸上开枪，船便停了。我一听见枪声，知道是贼来了，赶快把两个包袱扔在水里。我每个包袱本来都结着一条长绳子。扔下以后，便把一头暗地结在靠近舵边一根支篷的柱子上头。我坐在船尾，扔和结的时候都没人看见，因为客人都忙着藏各人的东西，天也还没亮，看不清楚。我又怕被人知道我有那两个包袱，万一被贼搜出来，当我是财主，将我掳去，那不更吃亏么？因此我又赶紧到篷舱里人多的地方坐着。贼人上来，真凶！他们把客人的东西都抢走了。个个的身上也搜过一遍，侥幸没被搜出的很少。我身边还有一点首饰，也送给他们了，还有一个人不肯把东西交出，教他们打死了，推下水去。他们走后，我又回到船后去，牵着那绳子，可只剩下一个包袱，那一个恐怕是教水冲掉了。"

"我每想着一次一次的革命，逃难的都是阔人。他们有香港、澳门、上海可去。逃不掉的，只有小百姓。今日看见车站这么些人，才觉得不然。所不同的，是小百姓不逃固然吃亏，逃也便宜不了。姑娘很聪明，想得到把包袱扔在水里，真可佩服。"

麟趾随在后头回答说："老师父过奖，方才把东西放下，就是显得我很笨；若不是师父给追回来，可就不得了。老师父也是避难的么？"

"我么？出家人避什么难？我从罗浮山下来，这次要普陀山去朝山。"说时，回到他原来的座位，但位已被人占了，他的包袱也没有了。他的神色一点也不因为丢了东西更变一点，只笑说："我的包袱也没了！"

· 138 ·

心里非常不安的麟趾从身边拿出一包现钱，大约二十元左右，对他说："老师父，我真感谢你，请你把这些银子收下罢。"

"不，谢谢，我身边还有盘缠。我的包袱不过是几卷残经和一件破袈裟而已。你是出门人，多一元在身边是一元的用处。"

他一定不受，麟趾只得收回。她说："老师父的道行真好，请问法号怎样称呼？"

那和尚笑说："老衲没有名字。"

"请告诉我，日后也许会再相见。"

"姑娘一定要问，就请叫我做罗浮和尚便了。"

"老师父一向便在罗浮吗？听你的口音不像是本地人。"

"不错，我是北方人。在罗浮出家多年了，姑娘倒很聪明，能听出我的口音。"

"姑娘倒很聪明"，在麟趾心里好像是幼年常听过的。她父亲的形貌，她已模糊记不清了，她只记得旺密的大胡子，发亮的眼神。因这句话，使她目注在老和尚脸上。光圆的脸，一根胡子也不留，满颊直像铺上一层霜，眉也白得像棉花一样，眼睛带着老年人的混浊颜色，神采也没有了。她正要告诉老师父她原先也是北方人，可巧汽笛的声音夹着轮声、轨道震动声，一齐送到。

"姑娘，广州车到了，快上去罢，不然占不到好座位。"

"老师父也上广州么？"

"不，我到香港候船。"

麟趾匆匆地别了他，上了车，当窗坐下。人乱过一阵，车就开了。她探出头来，还望见那老和尚在月台上。她凝望着，一直到车离开很远的地方。

她坐在车里，意像里只有那个老和尚，想着他莫不便是自己的父亲？可惜方才他递包袱时，没留神看看他的手，又想回来，不，不能够，也许我自己以为是，其实是别人。他的脸不很像哪！他的道行真好，不愧为出家人。忽然又想：假如我父亲仍在世，我必要把他找回来，供养他一辈子。呀，幼年时代甜美的生活，父母的爱惜，我不应当报答吗？不，不，没有父母的爱，父母都是自私自利的。为自己的名节，不惜把全家杀死。也许不止父母如此，一切的人都是自私自利的。从前的女子，不到成人，父母必要快些把她嫁给人。为什么？留在家里吃饭，赔钱。现在的女子，能出外跟男子一样做事，父母便不愿她嫁了。他们愿意她像儿子一样养他们一辈子，送他们上山。不，也许我的父母不是这样。他们也许对，是我不对，不听话，才会有今日的流离。

她一向便没有这样想过，今日因着车轮的转动摇醒了她的心灵。"你是聪明的姑娘！""你是聪明的姑娘！"轮子也发出这样的声音。这明明是父亲的话，明明是方才那老和尚的话。不知不觉中，她竟滴了满襟的泪。泪还没干，车已入了大沙头的站台了。

出了车站，照着廖成的话，雇一辆车直奔黑家。车走了不久时候，至终来到门前。两个站岗的兵问她找谁，把她引到上房，黑太太紧紧迎出来，相见之下，抱头大哭一场。佣人面面相觑，莫名其妙。

黑太太现在是个三十左右的女人，黑老爷可已年近半百。她装饰得非常时髦，锦衣、绣裙，用的是欧美所产胡奴的粉，杜丝的脂，古特士的甲红，鲁意士的眉黛，和各种著名的香料。她的化妆品没有一样不是上等，没有一件是中国产物。黑老爷也是面团团，腹便便，绝不像从前那凶神恶煞的样子，寒暄了两句，黑老爷便自出去了。

"妹妹，我占了你的地位。"这是黑老爷出去后，黑太太对麟趾的第一句话。

麟趾直看着她，双眼也没眨一下。

"唉，我的话要从那里说起呢？你怎么知道找到这里来？你这几年来到那里去了？"

"姊姊，说来话长，我们晚上有功夫细细谈罢，你现在很舒服了，我看你穿的用的便知道了。"

"不过是个绣花枕而已，我真是不得已。现在官场，专靠女人出去交际，男人才有好差使，无谓的应酬一天不晓得多少，真是把人累得要死。"

她们真个一直谈下去，从别离以后谈到彼此所过的生活。

宜姑告诉麟趾他祖父早已死掉，但村里那间茅屋她还不时去看看，现在没有人住，只有一个人在那里守着。她这几年跟人学些注音字母，能够念些浅近文章，在话里不时赞美她丈夫的好处。麟趾心里也很喜欢，最能使她开心的便是那间茅舍还存在。她又要求派人去访寻黄胜，因为她每想着她欠了他很大的恩情。宜姑了应许为她去办，她又告诉宜姑早晨在石龙车站所遇的事情，说她几乎像看见父亲一样。

这样的倾谈决不能一时就谈毕，好几天或好几个月都谈不完，东江的乱事教黑老爷到上海的行期改早些，他教他太太过些日子再走。因此宜姑对于麟趾，第二天给她买穿，第三天给她买戴；过几天又领她到张家，过几时又介绍她给李家。一会是同坐紫洞艇游河，一会又回到白云山附近的村居。麟趾的生活在一两个星期中真像粘在枯叶下的冷蛹，化了蝴蝶，在旭日和风中间翻舞一样。

东江一带的秩序已经渐次恢复。在一个下午，黑府的勤务兵果然把黄胜领到上房来。麟趾出来见他，又喜又惊。他喜的是麟趾有了下落；他怕的是军人的势力。她可没有把一切的经过告诉他，只问他事变的那天他在那里。黄胜说他和老杜合计要趁乱领着一班穷人闯进郭太子的住宅，他们两人希望能把她夺回来，想不到她没在那里。郭家被火烧了，两边死掉许多人，老杜也打死了，郭家的人活的也不多，郭太子在道上教人掳去，到现在还不知下落。他见事不济，便自逃回城隍庙去，因为事前他把行头都存在那里，伙计没跟去的也住在那里。

麟趾心里想着也许廖成也遇了险。不然,这么些日子,怎么不来找我,他总知道我会到这里来。因为黄胜不认识廖成,问也没用,她问黄胜愿意另谋职业,还是愿意干他的旧营生。黄胜当然不愿再去走江湖,她于是给了他些银钱。但他愿意在黑府当差,宜姑也就随便派给他当一名所谓国术教官。

黑家的行期已经定了,宜姑非带麟趾去不可,她想着带她到上海,一定有很多帮助。女人的脸曾与武人的枪平分地创造了人间一大部历史。黑老爷要去联络各地战主,也许要仗着麟趾才能成功。

七

南海的月亮虽然没有特别动人的容貌,因为只有它来陪着孤零的轮船走,所以船上很有些与它默契的人。夜深了,轻微的浪涌,比起人海中政争匪掠的风潮舒适得多。在枕上的人安宁地听着从船头送来波浪的声音,直如催眠的歌曲。统舱里躺着、坐着的旅客还没尽数睡着,有些还在点五更鸡煮挂面,有些躺在一边烧鸦片,有些围起来赌钱,几个要到普陀朝山的和尚受不了这种人间浊气,都上到舱面找一个僻静处所打坐去了,在石龙车站候车的那个老和尚也在里头。船上虽也可以入定,但他们不时也谈一两句话。从他们的谈话里,我们知道那老和尚又回到罗浮好些日子,为的是重新置备他的东西。

在那班和尚打坐的上一层甲板,便是大菜间客人的散步地方,藤椅上坐着宜姑,麟趾靠着舷边望月,别的旅客大概已经睡着了。宜姑日来看见麟趾心神恍惚,老像有什么事挂在心头一般,在她以为是待她不错;但她总是望着空间想,话也不愿意多说一句。

"妹妹,你心里老像有什么事,不肯告诉我。你是不喜欢我们带你到上海去么?也许你想你的年纪大啦,该有一个伴了。若是如此,我们一定为你想法子。他的交游很广,面子也够,替你选择的人准保不错。"宜姑破了沉寂,坐在麟趾背后这样对她说。她心里是想把麟趾认做妹妹,介绍给一个督军的儿子当做一种政治钓饵,万一不成,也可以借着她在上海活动。麟趾很冷地说:"我现在谈不到那事情,你们待我很好,我很感激。但我老想着到上海时,顺便到普陀去找找那个老师父,看他还在那里不在,我现在心里只有他。"

"你准知道他便是你父亲吗?"

"不,我不过思疑他是。我不是说过那天他开了后门出去,没听见他回到屋里的脚音吗?我从前信他是死了,自从那天起教我希望他还在人间。假如我能找着他,我宁愿把所有的珠宝给你换那所茅屋,我同他在那里住一辈子。"麟趾转过头来,带着满有希望的声调对着宜姑。

"那当然可以办的到,不过我还是希望你不要做这样没有把握的寻求。和尚们多半是假慈悲,老奸巨猾的不少;你若有意去求,若是有人知道你的来历,冒充你父亲,教你养他一辈子,那你不就上了当?幼年的事你准记得清楚么?"

"我怎么不记得?谁能瞒我?我的凭证老带在身边,谁能瞒得过我?"她说时拿出她几年来常在身边的两截带指甲的指头来,接着又说;"这就是凭证。"

"你若是非去找他不可,我想你一定会过那飘泊的生活,万一又遇见危险,后悔就晚了。现在的世界乱得很,何苦自己去找烦恼?"

"乱么?你、我都见过乱,也尝过乱的滋味,那倒没有什么,我的穷苦生活比你多过几年,我受得了,你也许忘记了。你现在的地位不同,所以不这样想。假若你同我换一换生活,你也许也会想去找你那耳聋的祖父罢。"她没有回答什么,嘴里漫应着:"唔,唔。"随即站起来,说:"我们睡去罢,不早了。明天一早起来看旭日,好不好?"

"你先去罢,我还要停一会儿才能睡咧。"

宜姑伸伸懒腰，打了一个呵欠，说声"明天见！别再胡思乱想了，妹妹，"便自进去了。

她仍靠在舷边，看月光映得船边的浪花格外洁白，独自无言，深深地呼吸着。

甲板底下那班打坐的和尚也打起盹来了。他们各自回到统舱里去。下了扶梯，便躺着，那个老是用五更鸡煮挂面的客人，他虽已睡去，火仍是点着。一个和尚的袍角拂倒那放在上头的锅，几乎烫着别人的脚。再前便是那抽鸦片的客人，手拿着烟枪，仰面打鼾，烟灯可还未灭，黑甜的气味绕缭四围，斗纸牌的还在斗着，谈话的人可少了。

月也回去了，这时只剩下浪吼轮动的声音。

宜姑果然一清早便起来看海天旭日，麟趾却仍在睡乡里，报时的钟打了六下，甲板上下早已洗得干干净净。统舱的客人先后上来盥漱，麟趾也披着寝衣出来，坐在舷边的漆椅上，在桅梯边洗脸的和尚们牵引了她的视线。她看见那天在石龙车站相遇的那个老师父，喜欢得直要跳下去叫他。正要走下去，宜姑忽然在背后叫她，说："妹妹，你还没穿衣服咧。快吃早点了，还不去梳洗？"

"姊姊，我找着他了！"她不顾一切还是要下扶梯。宜姑进前几步，把她揪住，说："你这像什么样子，下去不怕人笑话，我看你真是有点迷。"她不由分说，把麟趾拉进舱房里。"姊姊，我找着他了！"她一面换衣服，一面说，"若果是他，你得给我靠近燕塘的那间茅屋，我们就在那里住一辈子。""我怕你又认错了人，你一见和尚便认定是那个老师父，我准保你又会闹笑话，我看吃过早饭叫'播外'下去问问，若果是，你再下去不迟。"

"不用问，我准知道是他。"她三步做一步跳下扶梯来。

那和尚已漱完口下舱去了，她问了旁边的人便自赶到统舱去，下扶梯过急，猛不防把那点着的五更鸡踢倒。汽油洒满地，火跟着冒起来。

舱里的搭客见楼梯口着火，个个都惊慌失措，哭的，嚷的，乱跑的，混在一起。麟趾退上舱面，脸吓得发白，话也说不出来。船上的水手，知道火起，忙着解开水龙。警钟响起来了！舱底没有一个敢越过那三尺多高的火焰。忽然跳出那个老和尚，抱着一张大被窝腾身向火一扑，自己倒在火上压着。他把火几乎压灭了一半，众人才想起掩盖的一个法子。于是一个个拿被窝争着向剩下的火焰掩压。不一会把火压住了，水龙的水也到了，忙乱了一阵，好容易才把火扑灭了，各人取回冲湿的被窝时，直到最底下那层，才发现那老师父，众人把他扛到甲板上头，见他的胸背都烧烂了。

他两只眼虽还睁着，气息却只留着一丝，众人围着他，但具有感激他为众舍命的恐怕不多。有些只顾骂点五更鸡的人，有些却咒那行动卤莽的女子。

麟趾钻进入丛中，满脸含泪，那老师父的眼睛渐次地闭了，她大声叫："爸爸！爸爸！"

众人中，有些肯定地说他死了。麟趾揸着他的左手，看看那剩下的三个指头。她大哭起来。嚷，说："真是我的爸爸呀！"这样一连说了好几遍。宜姑赶下来，把她扶开，说："且别哭啦，若真是你父亲，我们回到屋里再打算他的后事。在这里哭惹得大众来看热闹，也没什么好处。"

她把麟趾扶上去以后，有人打听老和尚和那女客的关系，却没有一个人知道，他同伴的和尚也不很知道他的来历。他们只知道他是从罗浮山下来的。有一个知道详细一点，说他在某年受戒，烧掉两个指头供养三世法佛。这话也不过是想，当然并没有确实的凭据，同伴的和尚并没有一个真正知道他的来历。他们最多知道他住在罗浮不过是四五年光景，从那里得的戒牒也不知道。

宜姑所得的回报，死者是一个虔心奉佛燃指供养的老和尚。麟趾却认定他便是好几年前自己砍断指头的父亲。死的已经死淖，再也没法子问个明白，他们也不能教麟趾不相信那便是她爸爸。

她躺在床上，哭得像泪人一般，宜姑在旁边直劝她。她说："你就将他的遗体送到普陀或运回罗浮去为他造一个塔，表表你的心也就够了。"

统舱的秩序已经恢复，麟趾到停尸的地方守着。她心里想：这到底是我父亲不是？他是因为受戒烧掉两个指头的么？一定的，这样的好人，一定是我父亲，她的泪沉静地流下，急剧地滴到膝上。她注目看着那尸体，好像很认得，可惜记忆不能给她一个反证。她想到普陀以后若果查明他的来历不对，就是到天边海角，她也要再去找找。她的疑心，很能使她再去过游浪的生活，长住在黑家决不是她所愿意的事。她越推想越入到非非之境，气息几乎像要停住一样。船仍在无涯的浪花中漂着，烟囱冒出浓黑的烟，延长到好几百丈，渐次变成灰白色，一直到消灭在长空里头。天涯的彩云一朵一朵浮起来，在麟趾眼里，仿佛像有仙人踏在上头一般。

在费总理的客厅里

费总理的会客厅里面的陈设都能表示他是一个办慈善事业具有热心和经验的人。梁上悬着两块"急公好义"和"善与人同"的匾额,自然是第一和第二任大总统颁赐的,我们看当中盖着一方"荣典之玺"的印文便可以知道。在两块匾当中悬着一块"敦诗说礼之堂"的题额,听说是花了几百圆的润笔费请求康老先生写的。因为总理要康老先生多写几个字,所以他的堂名会那么长。四围墙上的装饰品无非是褒奖状、格言联对、天官赐福图、大镜之类。厅里的镜框很多,最大的是对着当街的窗户那面西洋大镜。厅里的家私都是用上等楠木制成。几桌之上杂陈些新旧真假的古董和东西洋大小自鸣钟。厅角的书架上除了几本《孝经》《治家格言注》《理学大全》和些日报以外,其余的都是募捐册和几册名人的介绍字迹。

当差的引了一位穿洋服、留着胡子的客人进来,说:"请坐一会儿,总理就出来。"客人坐下了。当差的进里面去,好像对着一个丫头说:"去请大爷,外头有位黄先生要见他。"里面隐约听见一个女人的声音说:"翠花,爷在五太房间哪。"我们从这句话可以断定费总理的家庭是公鸡式的,他至少有五位太太,丫头还不算在内。其实这也算不了怎么一回事,在这个礼教之邦,又值一般大人物及当代政府提倡"旧道德"的时候,多纳几位"小星",既足以增门第的光荣,又可以为敦伦之一助,有些少身家的人不娶姨太都要被人笑话,何况时时垫款出来办慈善事业的费总理呢!

已经过一刻钟了,客人正在左观右望的时候,主人费总理一面整理他的长褂，一面踏进客厅，连连作揖，说："失迎了，对不住，对不住！"黄先生自然要赶快答礼说："岂敢，岂敢。"宾主叙过寒暄，客人便言归正传，向总理说："鄙人在本乡也办了一个妇女慈善工厂，每听见人家称赞您老先生所办的民生妇女慈善习艺工厂成绩很好，所以今早特意来到，请老先生给介绍到贵工厂参观参观，其中一定有许多可以为敝厂模范的地方。"

总理的身材长短正合乎"读书人"的度数，体质的柔弱也很相称。他那副玄黄相杂的牙齿，很能表现他是个阔人。若不是一天抽了不少的鸦片，决不能使他的牙齿染出天地的正色来！他显出很谦虚的态度，对客人详述他创办民生女工厂的宗旨和最近发展的情形。从他的话里我们知道工厂的经费是向各地捐来的。女工们尽是乡间妇女。她们学的手艺都很平常，多半是织袜、花边、裁缝，那等轻巧的工艺。工厂的出品虽然很多，销路也很好，依理说应当赚钱，可是从总理的叙述上，他每年总要赔垫一万几千块钱！

总理命人打电话到工厂去通知说黄先生要去参观，又亲自写了几个字在他自己的名片上作为介绍他的证据。黄先生显出感谢的神气，站起来向主人鞠躬告辞，主人约他晚间回来吃便饭。

主人送客出门时，顺手把电扇的制钮转了，微细的风还可以使书架上那几本《孝经》之类一页一页地被吹起来，还落下去。主人大概又回到第几姨太房里抽鸦片去。客厅里顿然寂静了。不过上房里好像有女人哭骂的声音，隐约听见"我是有夫之妇你有钱也不成"，其余的就听不清了。午饭刚完，当差的又引导了一位客人进来，递过茶，又到上房去回报说："二爷来了"

二爷与费总理是交换兰谱的兄弟。实际上他比总理大三四岁，可是他自己一定要说少三两岁，情愿列在老弟的地位。这

148

也许是因为他本来排行第二的缘故。他的脸上现出很焦急的样子，恨不能立时就见着总理。

这次总理却不教客人等那么久。他也没穿长褂，手捧着水烟筒，一面吹着纸捻，进到客厅里来。他说："二弟吃过饭没有？怎么这样着急？"

"大哥，咱们的工厂这一次恐怕免不了又有麻烦。不晓得谁到南方去报告说咱们都是土豪劣绅，听说他们来到就要查办咧。我早晨为这事奔走了大半天，到现在还没吃中饭哪。假使他们发现了咱们用民生工厂的捐款去办兴华公司，大哥，你有什么方法对付？若是教他们查出来，咱们不挨枪毙也得担个无期徒刑！"

总理像很有把握的神气，从容地说："二弟，别着急，先叫人开饭给你吃，咱们再商量。"他按电铃，叫人预备饭菜，接着对二爷说："你到底是胆量不大，些小事情还值得这么惊惶！'土豪劣绅'的名词难道还会加在慈善家的头上不成？假使人来查办，一领他们到这敦诗说礼之堂来看看，捐册、帐本、褒奖状，件件都是来路分明，去路清楚，他们还能指摘什么，咱们当然不要承认兴华公司的资本就是民生工厂的捐款。世间没有不许办慈善事业的人兼为公司的道理，法律上也没有讲不过去的地方。"

"怕的是人家一查，查出咱们的款项来路分明，去路不清。我跟着你大哥办慈善事业，倒办出一身罪过来了，怎办，怎办？"二爷说得非常焦急。

"你别慌张，我对于这事早已有了对付的方法。咱们并没有直接地提民生工厂的款项到兴华公司去用。民生的款项本来是慈善性质，消耗了是当然的事体，只要咱们多划几笔帐便可以敷衍过去。其实捐钱的人，谁来考查咱们的帐目？捐一千几百块的，本来就冲着咱们的面子，不好意思不捐，实在他们也不是为要办慈善事业而捐钱，他们的钱一拿出来，早就存着输了几台麻雀的心思，捐出去就算了。只要他们来到厂里看见他们的名牌高高地悬挂在会堂上头，他们就心满意足了。还有捐一百几十的'无名氏'，我们也可以从中想法子。在四五十个捐一百元的'无名氏'当中，我们可以只报出三四个，那捐款的人个个便会想着报告书上所记的便是他。这里岂不又可以挖出好些钱来？至于那班捐一块几毛钱的，他们要查帐，咱们也得问问他们配不配。"

"然则工厂基金捐款的问题呢？"二爷又问。

"工厂的基金捐款也可以归在去年证券交易失败的帐里。若是查到那一笔，至多是派咱们'付托失当，经营不善'这几个字，也担不上什么处分，更挂不上何等罪名。再进一步说，咱们的兴华公司，表面上岂不能说是为工厂销货和其他利益而设的？又公司的股东，自来就没有咱姓费的名字，也没你二爷的名字，咱的姨太开公司难道是犯罪行为？总而言之，咱们是名正言顺，请你不要慌张害怕。"他一面说，一面把水烟筒吸得哗罗哗罗地响。

二爷听他所说，也连连点头说："有理有理！工厂的事，咱们可以说对得起人家，就是查办，也管教他查出功劳来。然而，大哥，咱们还有一桩案未了。你记得去年学生们到咱们公司去检货，被咱们的伙计打死了他们两个人，这桩案件，他们来到，一定要办的。昨天我就听见人家说，学生会已宣布了你、我的罪状，又要把什么标语、口号贴在街上。不但如此，他们又要把咱们伙计冒充日籍的事实揭露出来。我想这事比工厂的问题还要重大。这真是要咱们的身家、性命、道德、名誉咧。"

总理虽然心里不安，但仍镇静地说："那件事情，我已经拜托国仁向那边接洽去了，结果如何，虽不敢说定，但据我看来，也不致于有什么危险。国仁在南方很有点势力，只要他向那边的当局为咱们说一句好话，咱们再用些钱，那就没有事了。"

"这一次恐怕钱有点使不上罢，他们以廉洁相号召，难道还能受贿赂？"

"咳！二弟你真是个老实人！世间事都是说的容易做的难。何况他们只是提倡廉洁政府，并没明说廉洁个人。政府当然是不会受贿赂的，历来的政府哪一个受过贿呢？反正都是和咱们一类的人，谁不爱钱？只要咱们送得有名目，人家就可以要。你如心里不安，就可以立刻到国仁那里去打听一下，看看事情进行到什么程度。"

"那么，我就去罢。我想这一次用钱有点靠不住。"

总理自然愿意他立刻到国仁那里去打听。他不但可以省一顿客饭，并且可以得着那桩案件的最近消息。他说："要去还得快些去，饭后他是常出门的。你就在外头随便吃些东西罢。可恶的厨子，教他做一顿饭到大半天还没做出来！"他故意叫人来骂了几句，又吩咐给二爷雇车。不一会，车雇得了，二爷站起来顺便问总理说："芙蓉的事情和谐罢？恭喜你又添了一位小星。"总理听见他这话，脸上便现出不安的状态。他回答说："现在没有工夫和你细谈那事，回头再给你说罢。"他又对二爷说："你快去快回来，今晚上在我这里吃晚饭罢。我请了一位黄先生，正要你来陪。国仁有工夫，也请他来。"

二爷坐上车，匆匆地到国仁那里去了。总理没有送客出门，自己吸着水烟，回到上房。当差的进客厅里来，把桌上茶杯里的剩茶倒了，然后把它们搁在架上。客厅里现在又寂静了。我们只能从壁上的镜子里看见街上行人的反影，其中看见时髦的女人开着汽车从窗外经过，车上只坐着她的爱犬。很可怪的就是坐在汽车上那只畜生不时伸出头来向路人狂吠，表示它是阔人的狗！它的吠声在费总理的客厅里也可以听见。

时辰钟刚敲过三下，客厅里又热闹起来了。民生工厂的庶务长魏先生领着一对乡下夫妇进来，指示他们总理客厅里的陈设。乡下人看见当中二块匾就联想到他们的大宗祠里也悬着像旁边两块一样的东西，听说是皇帝赐给他们第几代的祖先的。

总理客厅里的大小自鸣钟、新旧古董和一切的陈设,教他们心里想着就是皇帝的金銮殿也不过是这般布置而已。

他们都坐下,老婆子不歇地摩挲放在身边的东西,心里有的是赞羡。

魏先生对他们说:"我对你们说,你们不信,现在理会了。我们的总理是个有身家有名誉的财主,他看中了芙蓉就算你们两人的造化。她若嫁给总理做姨太,你们不但不愁没得吃的、穿的、住的,就是将来你们那个小狗儿要做一任县知事也不难。"

老头子说:"好倒很好,不过芙蓉是从小养来给小狗儿做媳妇,若是把她嫁了,我们不免要吃她外家的官司。"

老婆子说:"我们送她到工厂去也是为要使她学些手艺,好教我们多收些钱财,现在既然是总理财主要她,我们只得怨小狗儿没福气。总理财主如能吃得起官司,又保得我们的小狗儿做个营长、旅长,那我们就可以要一点财礼为他另娶一个回来。我说魏老爷呀,营长是不是管得着县知事?您方才说总理财主可以给小狗儿一个县知事做,我想还不如做个营长、旅长更好。现在做县知事的都要受气,听说营长还可以升到督办哪。"

魏先生说:"只要你们答应,天大的官司,咱们总理都吃得起。你看咱们总理几位姨太的亲戚没有一个不是当阔差事的。小狗儿如肯把芙蓉让给总理,那愁他不得着好差事!不说是营长、旅长,他要什么就得什么。"

老头子是个明理知礼的人,他虽然不大愿意,却也不敢违忤魏先生的意思。他说:"无论如何,咱们两个老伙计是不能完全做主的。这个还得问问芙蓉,看她自己愿意不愿意。"魏先生立时回答他说:"芙蓉一定愿意。只要你们两个人答应,一切的都好办了。她昨晚已在这里上房住一宿,若不愿意,她肯么?"

老头子听见芙蓉在上房住一宿就很不高兴。魏先生知道他的神气不对，赶快对他说明工厂里的习惯，女工可以被雇到厂外做活去。总理也有权柄调女工到家里当差，譬如翠花、菱花们，都是常住在家里做工的。昨晚上刚巧总理太太有点活要芙蓉来做，所以住了一宿，并没有别的缘故。

芙蓉的公姑请求叫她出来把事由说个明白，问她到底愿意不愿意。不一会，翠花领着芙蓉进到客厅里。她一见着两位老人家，便长跪在地上哭个不休。她嚷着说："我的爹妈，快带我回家去罢，我不能在这里受人家欺侮。我是有夫之妇。我决不能依从他。他有钱也不能买我的志向。"她的声音可以从窗户传达到街上，所以魏先生一直劝她不要放声哭，有话好好地说。老婆子把她扶起来，她咒骂了一场，气泄过了，声音也渐渐低下去。

老婆子到底是个贪求富贵的人，她把芙蓉拉到身边，细声对她劝说，说她若是嫁给总理财主，家里就有这样好处，那样好处。但她至终抱定不肯改嫁，更不肯嫁给人做姨太的主意。她宁愿回家跟着小狗儿过日子。

魏先生虽然把她劝不过来，心里却很佩服她。老少喧嚷过一会，芙蓉便随着她的公姑回到乡间去。魏先生把总理请出来，对他说那孩子很刁，不要也罢，反正厂里短不了比她好看的女人。总理也骂她是个不识抬举的贱人，说她昨夜和早晨怎样在上房吵闹。早晨他送完客，回到上房的时候，从她面前经过，又被她侮辱了一顿。若不是他一意要她做姨太，早就把她一脚踢死。他教魏先生回到工厂去，把芙蓉的名字开除，还教他从工厂的临时费支出几十块钱送给她家人，教他们不要播扬这事。五点钟过了。几个警察来到费总理家的门房，费家的人个个都捏着一把汗，心里以为是芙蓉同着她的公姑到警察厅去上诉，现在来传人了。警察们倒不像来传人的样子。他们只报告说："上头有话，明天欢迎总司令、总指挥，各家各户都得挂旗。"费家的大小这才放了心。

当差的说:"前几天欢送大帅,你们要人挂旗,明天欢迎总司令,又要挂旗,整天挂旗,有什么意思?"

"这是上头的命令,我们只得照传。不过明天千万别挂五色国旗,现在改用海军旗做国旗。"

"哪里找海军旗去?这都是你们警厅的主意,一会要人挂这样的旗,一会又要人挂那样的旗。"

"我们也管不了。上头说挂龙旗,我们便教挂龙旗;上头说挂红旗,我们也得照传,教挂红旗。"

警察叮咛了一会,又往别家通告去了。客厅的大镜里已经映着街上一家新开张的男女理发所门口挂着两面二丈四长、垂到地上的党国大旗。那旗比新华门平时所用的还要大,从远地看来,几乎令人以为是一所很重要的行政机关。

掌灯的时候到了。费总理的客厅里安排着一席酒,是为日间参观工厂的黄先生预备的。还是庶务长魏先生先到。他把方才总理吩咐他去办的事情都办妥了。他又对总理说他已买了两面新的国旗。总理说他不该买新的,费么些钱,他说应当到估衣铺去搜罗。原来总理以为新的国旗可以到估衣铺去买。

二爷也到了。从他眉目的舒展可以知道他所得的消息是不坏的。他从袖里掏出几本书本,对费总理说:"国仁今晚要搭专车到保定去接司令,不能来了。他教我把这几本书带来给你看。他说此后要在社会上做事,非能背诵这里头的字句不成。这是新颁的《圣经》,一点一画也不许人改易的。"

他虽然说得如此郑重,总理却慢慢地取过来翻了几遍。他在无意中翻出"民生主义"几个字,不觉狂喜起来,对二爷说:"咱们的民生工厂不就是民生主义么?"

"有理有理。咱们的见解原先就和中山先生一致呵!"二爷又对总理说国仁已把事情办妥,前途大概没有什么危险。总理把几本书也放在《孝经》《治家格言》等书上头。也许客厅的那一个犄角就是他的图书馆!他没有别的地方藏书。

黄先生也到了，他对于总理所办的工厂十分赞美，总理也谦让了几句，还对他说他的工厂与民生主义的关系，黄先生越发佩服他是个当代的社会改良家兼大慈善家，更是总理的同志。他想他能与总理同席，是一桩非常荣幸可以记在参观日记上头、将来出版公布的事体。他自然也很羡慕总理的阔绰。心里想着，若不是财主，也做不了像他那样的慈善家。他心中最后的结论以为若不是财主，就没有做慈善家的资格。可不是！

宾主入席，畅快地吃喝了一顿，到十点左右，各自散去。客厅里现在只剩下几个当差的在那里收拾杯盘。器具摩荡的声音与从窗外送来那家新开张的男女理发所的留声机唱片的声音混在一起。

三博士

窄窄的店门外,贴着"承写履历""代印名片""当日取件""承印讣闻"等等广告。店内几个小徒弟正在忙着,踩得机轮轧轧地响。推门进来两个少年,吴芬和他的朋友穆君,到柜台上。

吴先生说:"我们要印名片,请你拿样本来看看。"

一个小徒弟从机器那边走过来,拿了一本样本递给他,说:"样子都在里头啦。请您挑罢。"

他和他的朋友接过样本来,约略翻了一遍。

穆君问:"印一百张,一会儿能得吗?"

小徒弟说:"得今晚来。一会儿赶不出来。"

吴先生说:"那可不成,我今晚七点就要用。"

穆君说:"不成,我们今晚要去赴会,过了六点,就用不着了。"

小徒弟说:"怎么今晚那么些赴会的?"他说着,顺手从柜台上拿出几匣印得的名片,告诉他们:"这几位定的名片都是今晚赴会用的,敢情您两位也是要赴那会去的罢。"

穆君同吴先生说:"也许是罢。我们要到北京饭店去赴留美同学化装跳舞会。"

穆君又问吴先生说:"今晚上还有大艺术家枚宛君博士吗?"

吴先生说:"有他罢。"

穆君转过脸来对小徒弟说:"那么,我们一人先印五十张,多给你些钱,马上就上版,我们在这里等一等。现在已经四点半了,半点钟一定可以得。"

小徒弟因为掌柜的不在家，踌躇了一会，至终答应了他们。他们于是坐在柜台旁的长凳上等着。吴先生拿着样本在那里有意无意地翻。穆君一会儿拿起白话小报看看，一会又到机器旁边看看小徒弟的工作。小徒弟正在撒版，要把他的名字安上去，一见穆君来到，便说："这也是今晚上要赴会用的，您看漂亮不漂亮？"他拿着一张名片递给穆君看。他看见名片上写的是"前清监生，民国特科俊士，美国鸟约克柯蓝卑阿大学特赠博士，前北京政府特派调查欧美实业专使随员，甄辅仁。"后面还印上本人的铜版造像：一顶外国博士帽正正地戴着，金縩子垂在两个大眼镜正中间，脸模倒长得不错，看来像三十多岁的样子。他把名片拿到吴先生跟前，说："你看这人你认识吗？头衔倒不寒伧。"

吴先生接过来一看，笑说："这人我知道，却没见过。他哪里是博士，那年他当随员到过美国，在纽约住了些日子，学校自然没进，他本来不是念书的。但是回来以后，满处告诉人说凭着他在前清捐过功名，美国特赠他一名博士。我知道他这身博士衣服也是跟人借的。你看他连帽子都不会戴，把缝子放在中间，这是哪一国的礼帽呢？"

穆君说："方才那徒弟说他今晚也去赴会呢。我们在那时候一定可以看见他。这人现在干什么？"

吴先生说："没有什么事罢。听说他急于找事，不晓得现在有了没有。这种人有官做就去做，没官做就想办教育，听说他现在想当教员哪。"

两个人在店里足有三刻钟，等到小徒弟把名片焙干了，拿出来交给他们。他们付了钱，推门出来。

在街上走着，吴先生对他的朋友说："你先去办你的事，我有一点事要去同一个朋友商量，今晚上北京饭店见罢。"穆君笑说："你又胡说了，明明为去找何小姐，偏要撒谎。"

吴先生笑说："难道何小姐就不是朋友吗？她约我到她家

去一趟，有事情要同我商量。"

穆君说："不是订婚罢？"

"不，绝对不。"

"那么，一定是你约她今晚上同到北京饭店去，人家不去，你定要去求她，是不是？"

"不，不。我倒是约她来的，她也答应同我去。不过她还有话要同我商量，大概是属于事务的，与爱情毫无关系罢。"

"好吧，你们商量去，我们今晚上见。"

穆君自己上了电车，往南去了。

吴先生雇了洋车，穿过几条胡同，来到何宅。门役出来，吴先生给他一张名片，说："要找大小姐。"

仆人把他的名片送到上房去。何小姐正和她的女朋友黄小姐在妆台前谈话，便对当差的说："请到客厅坐罢，告诉吴先生说小姐正会着女客，请他候一候。"仆人答应着出去了。

何小姐对她朋友说："你瞧，我一说他，他就来了。我希望你喜欢他。我先下去，待一会儿再来请你。"她一面说，一面烫着她的头发。

她的朋友笑说："你别给我瞎介绍啦。你准知道他一见便倾心么？"

"留学生回国，有些是先找事情后找太太的，有些是先找太太后谋差事的。有些找太太不找事，有些找事不找太太，有些什么都不找。像我的表哥辅仁他就是第一类的留学生。这位吴先生可是第二类的留学生。所以我把他请来，一来托他给辅仁表哥找一个地位，二来想把你介绍给他。这不是一举两得吗？他急于成家，自然不会很挑眼。"

女朋友不好意思搭腔，便换个题目问她说："你那位情人，近来有信吗？"

"常有信，他也快回来了。你说多快呀，他前年秋天才去的，今年便得博士了。"何小姐很得意地说。

"你真有眼。从前他与你同在大学念书的时候,他是多么奉承你呢。若他不是你的情人,我一定要爱上他。"

"那时候你为什么不爱他呢?若不是他出洋留学,我也没有爱他的可能。那时他多么穷呢,一件好衣服也舍不得穿,一顿饭也舍不得请人吃,同他做朋友面子上真是有点不好过。我对于他的爱情是这两年来才发生的。"

"他倒是装成的一个穷孩子。但他有特别的聪明,样子也很漂亮,这会回来,自然是格外不同了。我最近才听见人说他祖上好几代都是读书人,不晓得他告诉你没有。"

何小姐听了,喜欢得眼眉直动,把烫钳放在酒精灯上,对着镜子调理她的两鬓。她说:"他一向就没告诉过我他的家世。我问他,他也不说。这也是我从前不敢同他交朋友的一个原因。"

她的朋友用手捋捋她脑后的头发,向着镜里的何小姐说:"听说他家里也很有钱,不过他喜欢装穷罢了。你当他真是一个穷鬼吗?"

"可不是,他当出国的时候,还说他的路费和学费都是别人的呢。"

"用他父母的钱也可以说是别人的。"她的朋友这样说。"也许他故意这样说罢。"她越发高兴了。

黄小姐催她说:"头发烫好了,你快下去罢。关于他的话还多着呢。回头我再慢慢地告诉你。教客厅里那个人等久了,不好意思。"

"你瞧,未曾相识先有情。多停一会儿就把人等死了!"

她奚落着她的女朋友,便起身要到客厅去。走到房门口正与表哥辅仁撞个满怀。表妹问,"你急什么?险些儿把人撞倒!"

"我今晚上要化装做交际明星,借了这套衣服,请妹妹先给我打扮起来,看看时样不时样。"

"你到妈屋里去，教丫头们给你打扮罢。我屋里有客，不方便。你打扮好就到那边给我去瞧瞧。瞧你净以为自己很美，净想扮女人。"

"这年头扮女人到外洋也是博士待遇，为什么扮不得？"

"怕的是你扮女人，会受'游街示众'的待遇咧。"

她到客厅，便说："吴博士，久候了，对不起。"

"没有什么。今晚上你一定能赏脸罢。"

"岂敢。我一定奉陪。您瞧我都打扮好了。"

主客坐下，叙了些闲话。何小姐才说她有一位表哥甄辅仁现在没有事情，好歹在教育界给他安置一个地位。在何小姐方面，本不晓得她表哥在外洋到底进了学校没有。她只知道他是借着当随员的名义出国的。她以为一留洋回来，假如倒霉也可以当一个大学教授，吴先生在教育界很认识些可以为力的人，所以非请求他不可。在吴先生方面，本知道这位甄博士的来历，不过不知道他就是何小姐的表兄。这一来，他也不好推辞，因为他也有求于她。何小姐知道他有几分爱她，也不好明明地拒绝，当他说出情话的时候，只是笑而不答。她用别的话来支开。

她问吴博士说："在美国得博士不容易罢？"

"难极啦。一篇论文那么厚。"他比仿着，接下去说，"还要考英、俄、德、法几国文字，好些老教授围着你，好像审犯人一样。稍微差了一点，就通不过。"

何小姐心里暗喜，喜的是她的情人在美国用很短的时间，能够考上那么难的博士。

她又问："您写的论文是什么题目？"

"凡是博士论文都是很高深很专门的。太普通和太浅近的，不说写，把题目一提出来，就通不过。近年来关于中国文化的论文很时兴，西方人厌弃他们的文化，想得些中国文化去调和调和。我写的是一篇《麻雀牌与中国文化》。这题目重要

· 160 ·

极了。我要把麻雀牌在中国文化和世界文化的地位介绍出来。我从中国经书里引出很多的证明，如《诗经》里'谁谓雀无角，何以穿我屋'的'雀'便是麻雀牌的'雀'。为什么呢？真的雀哪会有角呢？一定是麻雀牌才有八只角呀。'穿我屋'表示当时麻雀很流行，几乎家家都穿到的意思。可见那时候的生活很丰裕，像现在的美国一样。这个铁证，无论哪一个学者都不能推翻。又如'索子'本是'竹子'，宁波音读'竹'为'索'，也是我考证出来的。还有一个理论是麻雀牌的名字是从'一竹'得来的。做牌的人把'一竹'雕成一只鸟的样子，没有学问的人便叫它做'麻雀'，其实是一只凤，取'鸣凤在竹'的意思。这个理论与我刚才说的雀也不冲突，因为凤凰是贵族的，到了做那首诗的时代，已经民众化了，变为小家雀了。此外还有许多别人没曾考证过的理论，我都写在论文里。您若喜欢念，我明天就送一本过来献献丑。请您指教指教。我写的可是英文。我为那论文花了一千多块美金。您看要在外国得个博士多难呀，又得花时间，又得花精神，又得花很多的金钱。"

何小姐听他说得天花乱坠，也不能评判他说的到底是对不对，只一味地称赞他有学问。她站起来，说："时候快到了，请你且等一等，我到屋里装饰一下就与你一同去。我还要介绍一位甜人给你。我想你一定会很喜欢她。"她说着便自出去了。吴博士心里直盼着要认识那人。

她回到自己屋里，见黄小姐张皇地从她的床边走近前来。

"你放什么在我床里啦？"何小姐问。

"没什么。"

"我不信。"何小姐一面说一面走近床边去翻她的枕头。她搜出一卷筒的邮件，指着黄小姐说，"你还捣鬼！"

黄小姐笑说："这是刚才外头送进来的。所以把它藏在你的枕底，等你今晚上回来，可以得到意外的喜欢。我想那一定是你的甜心寄来的。"

"也许是他寄来的罢。"她说着,一面打开那卷筒,原来是一张文凭。她非常地喜欢,对着她的朋友说:"你瞧,他的博士文凭都寄来给我了!多么好看的一张文凭呀,羊皮做的咧!"

她们一同看着上面的文字和金印。她的朋友拿起空筒子在那里摩挲里,显出是很羡慕的样子。

何小姐说:"那边那个人也是一个博士呀,你何必那么羡慕我的呢?"

她的朋友不好意思,低着头尽管看那空筒子。

黄小姐忽然说:"你瞧,还有一封信呢!"她把信取出来,递给何小姐。

何小姐把信拆开,念着:

最亲爱的何小姐:

我的目的达到,你的目的也达到了。现在我把这一张博士文凭寄给你。我的论文是《油炸脍与烧饼的成分》。这题目本来不难,然而在这学校里,前几年有一位中国学生写了一篇《北京松花的成分》也得着博士学位,所以外国博士到底是不难得。论文也不必选很艰难的问题。

我写这论文的缘故都是为你,为得你的爱,现在你的爱教我在短期间得到,我的目的已达到了。你别想我是出洋念书,其实我是出洋争口气。我并不是没本领,不出洋本来也可以,无奈迫于你的要求,若不出来,倒显得我没有本领,并且还要冒个"穷鬼"的名字。现在洋也出过了,博士也很容易地得到了,这口气也争了,我的生活也可以了结了。我不是不爱你,但我爱的是性情,你爱的是功名;我爱的是内心,你爱的是外形,对象不同,而爱则一。然而你要知道人类所以和别的动物不同的地方便是在恋爱的事情上,失恋固然可以教他自杀，得恋也可以教他自杀。禽兽会因失恋而自杀，却不会在承领得意的恋爱滋味的时候去自杀，所以和人类不同。

别了，这张文凭就是对于我的纪念品，请你收起来。无尽情意，笔不能宣，万祈原宥。

你所知的男子

"呀！他死了！"何小姐念完信，眼泪直流，她不晓得要怎办才好。

她的朋友拿起信来看，也不觉伤心起来，但还勉强劝慰她说："他不致于死的，这信里也没说他要自杀，不过发了一片牢骚而已。他是恐吓你的，不要紧，过几天，他一定再有信来。"她还哭着，钟已经打了七下，便对她的朋友说："今晚上的跳舞会，我懒得去了。我教表哥介绍你给吴先生罢。你们三个人去得啦。"

她教人去请表少爷。表少爷却以为表妹要在客厅里看他所扮的时装，便摇摆着进来。

吴博士看见他打扮得很时髦，脸模很像何小姐。心里想这莫不是何小姐所要介绍的那一位。他不由得进前几步深深地鞠了一躬，问，"这位是……"

辅仁见表妹不在，也不好意思。但见他这样诚恳，不由得到客厅门口的长桌上取了一张名片进来递给他。

他接过去，一看是"前清监生，民国特科俊士，美国鸟约克柯蓝卑阿大学特赠博士，前北京政府特派调查欧美实业专使随员，甄辅仁。"

"久仰，久仰。"

"对不住，我是要去赴化装跳舞会的，所以扮出这个怪样来，取笑，取笑。"

"岂敢，岂敢。美得很。"

东野先生

一

那时已过了七点,屋里除窗边还有一点微光以外,红的绿的都藏了它们的颜色。延禧还在他的小桌边玩弄他自己日间在手工室做的不倒翁。不倒翁倒一次,他的笑颜开一次,全不理会夜母正将黑暗的饴饧喂着他。

这屋子是他一位教师和保护人东野梦鹿的书房。他有时叫他做先生,有时叫他做叔叔,但称叔叔的时候多。这大屋里的陈设非常简单,除十几架书以外,就是几张凳子和两张桌子,乍一看来,很像一间不讲究的旧书铺,梦鹿每天不到六点是不回来的。他在一个公立师范附属小学里当教员,还主持校中的事务。每日的事务他都要当天办完,决不教留过明天,所以每天他得比别的教员迟一点离校。

他不愿意住在学校里,纯是因为延禧的原故。他不愿意小学生在寄宿舍住,说孩子应当多得一点家庭生活,若住在寄宿舍里,管理上难保不近乎待遇人犯的方法。然而他的家庭也不像个完全的家庭。一个家庭若没有了女主人,还配称为家庭么?

他的妻子志能于十年前到比国留学,早说要回来,总接不到动身的信。十几年来,家中的度支都是他一人经理,甚至晚饭也是他自己做。除星期以外,他每早晨总是到学校去,有时同延禧一起走,有时他走迟一点。家里没人时,总把大门关锁了,中饭就在学校里吃,三点半后延禧先回家。他办完事,在市上随便买些菜蔬回来,自己烹调,或是到外边馆子里去。但星期日,他每同孩子出城去,在野店里吃。他并不是因为雇不起人才过这样的生活,是因他的怪思想,老想着他是替别人经理钱财,不好随便用。他的思想和言语,有时非常迂腐,性情又很固执,朋友们都怕和他辩论,但他从不苟且,为学做事都很认真,所以朋友们都很喜欢他。

  天色越黑了,孩子到看得不分明的时候,才觉得今日叔叔误了时候回来。他很着急,因为他饿了。他叔叔从来没曾过了六点半才回来,在六点一刻,门环定要响的。孩子把灯点着,放在桌上,抽出抽屉,看看有什么东西吃没有。梦鹿的桌子有四个抽屉,其中一个搁钱,一个藏饼干。这日抽屉里赶巧剩下些饼屑,孩子到这时候也不管得许多,掏着就望口里填塞。他一面咀嚼着,一面数着地上的瓶子。

  在西墙边书架前的地上排列着二十几个牛奶瓶子。他们两个人每天喝一瓶牛奶。梦鹿有许多怪癖,牛奶连瓶子买,是其中之一。离学校不远有一所牛奶房,他每清早自己要到那里,买他亲眼看着工人榨出来的奶。奶房允许给他送来,老是被他拒绝了。不但如此,他用过的瓶子,也不许奶房再收回去,所以每次他得多花几分瓶子钱。瓶子用完,就一个一个排在屋里的墙下,也不叫收买烂铜铁锡的人收去。屋里除椅桌以外,几乎都是瓶子,书房里所有的书架都是用瓶子叠起来的,每一格用九个瓶子作三行支柱,架上一块板;再用九个瓶子作支柱,再加上一块板;一连叠五六层,约有四尺多高。桌上的笔筒,花插,水壶,墨洗,没有一样不是奶瓶子!那排在地上的都是新近用过的。到排不开的时候,他才教孩子搬出外头扔了。

  孩子正在数瓶子的时候,门环响了。他知道是梦鹿回来,喜欢到了不得,赶紧要出去开门,不提防踢碎了好几个瓶子。

  门开时,头一声是"你一定很饿了。"

  孩子也很诚实,一直回答他:"是,饿了,饿到了不得。

我刚在抽屉里抓了一把饼屑吃了。"

"我知道你当然要饿的，我回来迟了一点钟了，我应当早一点回来。"他手中提着一包一包的东西，一手提着书包，走进来，把东西先放在桌上。他看见地上的碎玻璃片，便对孩子说："这些瓶子又该清理了，明天有工夫就把它们扔出去罢，你婶婶在这下午来电，说她后天可以到香港，我在学校里等着香港船公司的回电，所以回来迟了。"

孩子虽没有会过他的婶婶，但看见叔叔这么喜欢，说她快要回来，也就很高兴。他说："是么？我们不用自己做饭了！"

"不要太高兴，你婶婶和别人两样，她一向就不曾到过厨房去。但这次回来，也许能做很好的饭。她会做衣服，几年来，你的衣服都是裁缝做的，此后就不必再找他们了。她是很好的，我想你一定很喜欢她。"

他脱了外衣，把东西拿到厨房去，孩子帮着他，用半点钟工夫，就把晚餐预备好了。他把饭端到书房来，孩子已把一张旧报纸铺在小桌上，旧报纸是他们的桌中，他们每天都要用的。梦鹿的书桌上也覆着很厚的报纸，他不擦桌子，桌子脏了，只用报纸糊上，一层层地糊，到他觉得不舒服的时候，才把桌子扛到院子里，用水洗刮干净，重新糊过，这和买瓶奶子的行为，正相矛盾，但他就是这样做。他的餐桌可不用糊，食完，把剩下的包好，送到垃圾桶去。

桌上还有两个纸包，一包是水果，一包是饼干。他教孩子把饼干放在抽屉里，留做明天的早饭。坐定后，他给孩子倒了一杯水，自己也倒了一杯放在面前。孩子坐在一边吃，一面对叔叔说："我盼望婶婶一回来，就可以煮好东西给我们吃。"

"很想偷懒的孩子！做饭不一定是女人的事，我方才不说过你婶婶没下过厨房吗？你敢是嫌我做得不好？难道我做的还比学堂的坏么？一样的米，还能煮出两样的饭么？"

"你说不是两样，怎样又有干饭，又有稀饭？怎样我们在家煮的有时是烂浆饭,有时是半生不熟的饭?这不都是两样么?我们煮的有时实在没有学堂的好吃,有时候我想着街上卖的馄饨面,比什么都好吃。"

他笑了。放下筷子,指着孩子说:"正好,你喜欢学堂的饭。明后天的晚饭你可以在学堂里吃,我已经为你吩咐妥了。我明天下午要到香港去接你婶婶,晚间教人来陪你。我最快得三天才能回来,你自然要照常上课。我告诉你,街上卖的馄饨,以后可不要随便买来吃。"

孩子听见最后这句话,觉得说得有原故,便问:"怎么啦?我们不是常买馄饨面么?以后不买,是不是因为面粉是外国来的?"

梦鹿说:"倒不是这个原故。我发现了他们用什么材料来做馄饨馅了。我不信个个都是如此,不过给我看见了一个,别人的我也不敢吃了。我早晨到学校去,为抄近道,便经过一条小巷,那巷里住的多半是小本商贩。我有意无意地东张西望,恰巧看见一挑馄饨担子放在街门口,屋里那人正在宰割着两只肥嫩老鼠。我心里想,这无疑是用来冒充猪肉做馄饨馅的。我于是盘问那人,那人脸上立时一阵一阵红,很生气地说:'你是巡警还是市长呢?我宰我的,我吃我的,你管得了这些闲事?'我说,你若是用来冒充猪肉,那就是不对。我能够报告卫生局,立刻教巡警来罚你。你只顾谋利,不怕别人万一会吃出病来。"

"那人看我真像要去叫巡警的神气,便改过脸来,用好话求我饶他这次。他说他不是常常干这个,因为前个月妻子死了,欠下许多债,目前没钱去称肉,没法子。我看他说得很诚实,不像撒谎的样子,便进去看看他屋里,果然一点富裕的东西都没有。桌上放着一座新木主,好像证明了他的话是可靠的。我于是从袋里掏出一张十元票子递给他做本钱,教他把老鼠扔掉。他允许以后绝不再干那事,我就离开他了。"

孩子说:"这倒新鲜!他以后还宰不宰,我们哪里知道呢!"

梦鹿说:"所以教你以后不要随便买街上的东西吃。"

他们吃了一会,梦鹿又问孩子说:"今天汪先生教你们什么来?"

"不倒翁。"

"他又给了你们什么'教训'没有?"

"有的,问不倒翁为什么不倒?有人说,'因为它没有两条腿。'先生笑说,'不对'。阿鉴说,'因为它底下重,上头轻。'先生说,'有一部分对了,重还要圆才成。国家也是一样,要在下的分子沉重,团结而圆活,那在上头的只要装装样子就成了。你们给它打鬼脸,或给它打加官脸都成。'"

"你做好了么?"

"做好了,还没上色,因为阿鉴允许给我上。"孩子把碗箸放下,要立刻去取来给他看。他止住说:"吃完再拿吧,吃饭时候不要做别的事。"

饭吃完了,他把最后那包水果解开,拿出两个蜜柑来,一个递给孩子,一个自己留着。孩子一接过去便剥,他却把果子留在手上把玩。他说:"很好看的蜜柑!我从来没见过那么好的!"

"我知道你又要把它藏起来了!前两个星期的苹果,现在还放在卧房里咧,我看它的颜色越来越坏了。"孩子说。"对呀,我还有一颗苹果咧。"他把蜜柑放在桌上,进房里去取苹果。他拿出来对孩子说:"吃不得啦,扔了罢。"

"你的蜜柑不吃,过几天也要'金玉其外,败絮其中'了。"

"噢!好孩子,几时学会引经据典!又是阿鉴教你的罢?"

孩子用指在颊上乱刮,瘪着嘴回答说:"不要脸,谁待她教!这不是国文教科书里的一课么?说来还是你教的呢。""对的,但是果子也有两样,一样当作做观赏用的,一样才是食用的？好看的果子应当观赏，不吃它也罢了。"

孩子说："你不说过还有一样药用的么？"

他笑着看了孩子一眼，把蜜柑放在桌上，问孩子日间底功课有不懂的没有。孩子却拿着做好的不倒翁来，说："明天一上色，就完全了。"

梦鹿把小玩具拿在手里，称赞了一会，又给他说些别的。闲谈以后，孩子自去睡了。

一夜过去了，梦鹿一早起来，取出些饼干，又叫孩子出去买些油炸烩。

孩子说："油炸烩也是街上卖的东西，不是说不要再买么？"

"油炸的面食不要紧。"

"也许还是用老鼠油炸的呢！"孩子带着笑容出门去了。他们吃完早点，便一同到学校去。

二

一天的工夫，他也不着急，把事情办完，才回来取了行箧，出城搭船去，船于中夜到了香港，他在码头附近随便找一所客栈住下，又打听明天入口的船。一早他就起来，在栈里还是一样地做他日常的功课。他知道妻子所搭的船快要入港了，拿一把伞，就踱到码头，随着一大帮接船的人下了小汽船。

他在小船上，很远就看见他的妻子，嚷了几声，她总听不见，只顾和旁边一个男人说话。上了大船，妻子还和那人对谈着，他不由得叫了一声："能妹，我来接你哪！"妻子才转过脸来，从上望下端详地看，看他穿一身青布衣服，脚上穿了一双羽绫学士鞋，简直是个乡下人站在她面前。她笑着，进前两步，搂着丈夫的脖子，把面伏在他的肩上。她是要丈夫给她一个久别重逢的亲嘴礼，但他的脸被羞耻染得通红，在妻子的耳边低声说："尊重一点，在人丛中搂搂抱抱，怪不好看的。"妻子也不觉得不好意思，把胳臂松了，对他说："我只顾谈话，

万想不到你会来得这样早。"她看着身边那位男子对丈夫说："我应先介绍这位朋友给你。这位是我的同学卓斐，卓先生。"她又用法语对那人说："这就是我的丈夫东野梦鹿。"

那人伸出手来，梦鹿却对他鞠了一躬。他用法语回答她："你若不说，我几乎失敬了。"

"出去十几年居然说得满口西洋话了！我是最笨的，到东洋五六年，东洋话总也没说好。"

"那是你少用的原故。你为我预定客栈了么？卓先生已经为我预定了皇家酒店，因为我想不到你竟会出来接我。"

"我没给你预定宿处，昨晚我住在泰安栈三楼，你如愿意……"

"那么，你也搬到皇家酒店去罢，中国客栈我住不惯。在船上好几十天，我想今晚在香港歇歇，明天才进省城去。"

丈夫静默了一会说："也好，我定然知道你在外国的日子多了，非皇家酒店住不了。"

妻子说："还有卓先生也是同到省城去的，他也住皇家酒店。"

妻子和卓斐先到了酒店，梦鹿留在码头办理一切的手续。他把事情办完，才到酒店来，问柜上说："方才上船的那位姓卓的客人和一位太太在那间房住？"伙计以为他是卓先生的仆人，便告诉他卓先生和卓太太在四楼。又说本酒店没有仆人住的房间，教他到中国客栈找地方住去。梦鹿说："不要紧，请你先领我上楼去。那位是我的太太，不是卓太太。"伙计们上下打量了他几次，愣了一回。他们心里说：穿一件破蓝布大褂，来住这样的酒店，没见过！

楼上一对远客正对坐着，一个含着烟，一个弄着茶碗，各自无言。梦鹿一进来，便对妻子说："他们当我做佣人，几乎不教我上来！"

妻子说："城市的人都是这般眼浅，谁教你不穿得光鲜一点？也不是置不起。"卓先生也忙应酬着说："请坐，用一碗茶罢，你一定累了。"他随即站起来，说："我也得到我房间去检点一下，回头再来看你们。"一面说，一面开门出去了。他坐下，只管喝茶，妻子的心神倒象被什么事情牵挂住似地，她的愁容被丈夫理会了。

"你整天嘿嘿地，有什么不高兴的地方？莫不是方才我在船上得罪了你么？"

妻子一时倒想不出话来敷衍丈夫，她本不是纳闷方才丈夫不拥抱她的事，因为这时她什么都忘了。她的心事虽不能告诉丈夫，但是一问起来，她总得回答。她说："不，我心里喜欢极了，倒没的可说，我非常喜欢你来接我。"

"喜欢么？那我更喜欢了。为你，使我告了这三天的假，这是自我当教员以来第一次告假，第一次为自己耽误学生的功课。"

"很抱歉，又很感激你为我告的第一次假。"

"你说的话简直像外国人说中国话的气味。不要紧的，我已经请一位同事去替我了，我把什么事情都安排好了才出来的，即如延禧的晚膳，我也没有忽略了。"

"哪一个延禧？"

"你忘了么？我不曾在信中向你说过我收养了一个孩子么？他就是延禧。"

追忆往事，妻子才想起延禧是十几年前梦鹿收养的一个孤儿。在往来的函件中，他只向妻子提过一两次，怪不得她忘却了。他们的通信很少，梦鹿几乎是一年一封，信里也不说家常，只说他在学校的工作。

"是呀，我想起来了。你不是说他是什么人带来给你的么？你在信中总没有说得明白，我到现在还是不知道延禧到的是个什么样子，你是要当他做养子么？"

"不，我待遇他如侄儿一样，因为那送他来的人教我当他做侄儿。"

"什么意思，我不明白。"妻子注目看着他。

"你当然不明白。"停一会，他接着说："就是我自己也不明白，到现在我还不明白他的来历哪。"

"那么，你从前是怎样收他的？"

"并没有什么原故。不过他父亲既把他交给我，教我以侄儿的名份待遇他，我只得照办罢了。我想这事的原委，我已写信告诉你了，你怎么健忘到这步田地？"

"也许是忘记了。"

"因为他父亲的功劳，我培养他，说来也很应当。你既然忘记，我当为你重说一遍，省得明天相见时惹起你的错愕。"

"你记得辛亥年三月二十九日么？那时你还在不鲁舍路，记得么？在事前几天，我忘了是二十五或二十六晚上，有一个人来敲我的门。我见了他，开口就和我说东洋话。他问我：'预备好了没有？'我当时不明白他的意思，只回问他我应当预备什么？他像知道我是冈山的毕业生，对我说：'我们一部分的人都已经来到了，怎么你还装呆？你是汉家子孙，能为同胞出力的地方，应当尽力地帮助。'我说，我以为若是事情来得太仓促，一定会失败的。那人说，'凡革命都是在仓促间成功的。如果有个全盘计划，那就是政治行为，不是革命行动了。'我说，我就不喜欢这种没计划的行动。他很忿怒地说：'你怕死么？'我随即回答说，我有时怕，有时不怕，一个好汉自然知道怎样'舍生取义'，何必你来苦苦相劝？他没言语就走了。一会儿他又回来，说：'你是义人，我信得你不把大事泄漏了。'我听了，有一点气，说：'废话少说，好好办你的事去。若信不过我，可以立刻把我杀死。'"

"二十八晚上，那人抱了一个婴孩来。他说那是他的儿子，要寄给我保养，当他做侄儿看待，等他的大事办完，才来领回去。我至终没有问他的姓名，就让他走了，我只认得他左边的耳壳是没有了的,二十九下午以后,过了三天,他的同志们被杀戮的,到现在都成黄花岗的烈士了。但他的尸首过了好几天才从状元桥一家米店的楼上被找出来。那地方本来离我们的家不远,一听见,我就赶紧去看他,我认得他。他像是中伤后从屋顶爬下来躲在那里的。他那围着白毛巾的右手里还捏着一把手枪,可是子弹都没有了。我对着尸首说,壮士,我当为你看顾小侄儿。米店的人怕惹横祸,佯说是店里的伙伴,把他臂上的白毛巾除下,模模糊糊掩埋了。他虽不葬在黄花岗,但可算为第七十三个烈士。

"他的儿子是个很可造就的孩子。他到底姓什么,谁也不知道。我又不配将我的姓给他,所以他在学校里,人人只叫他做延禧。"

这下午,足谈了半天梦鹿所喜欢谈的事。他的妻子只是听着,并没提出什么材料来助谈。晚间卓先生邀他们俩同去玩台球。他在娱乐的事上本来就很缺乏知识和兴趣,他教志能同卓先生去,自己在屋里看他的书。

第二天船入珠江了。卓先生在船上与他们两人告辞便向西关去了。妻子和梦鹿下了船,同坐在一辆车里。梦鹿问她那位卓先生来广州干什么事?妻子只是含糊地回答。其实那卓先生也是负着一种革命的使命来的,他不愿意把他的秘密说出来。不一会,来到家里,孩子延禧在里头跳出来,现出很亲切的样子,梦鹿命他给婶婶鞠躬。妻子见了他,也很赞美他是个很好看的孩子。

妻子进屋里,第一件刺激她的,便是满地的瓶子。她问:"你做了什么买卖来么?哪里来的这些瓶子?"

"哈哈!在西洋十几年,连牛奶瓶子也不懂得?中国的牛奶瓶和外国的牛奶瓶岂是两样?"梦鹿笑了一回,接着说:"这些都是我们两人用过的旧瓶子,你不懂么?"

妻子心里自问:为什么喝牛奶连瓶子买回来?她看见满屋

的"瓶子家具",不免自己也失笑了,她暗笑丈夫过的穷生活。她仰头看四围的壁上满贴了大小不等的画。孩子说:"这些都是叔叔自己画的。"她看了,勉强对丈夫说:"很好的,你既然喜欢轮船、火车,我给你带一个摄影器回来,有工夫可以到处去照,省得画。"

丈夫还没回答,孩子便说:"这些画得不好么?他还用来赏学生们呢。我还得着他一张,是上月小考赏的。"他由抽屉拿出一张来,递给志能看。丈夫在旁边像很得意,得意他妻子没有嫌他画得不好,他说:"这些轮子不是很可爱很要紧的么?我想我们各人都短了几个轮子。若有了轮子,什么事情都好办了。"这也是他很常说的话。他在学校里,赏给学生一两张自己画的轮船和火车,就像一个王者颁赐勋章给他的臣僚一般地郑重。

这样简单的生活,妻子自然过不惯。她把丈夫和小孩搬到芳草街。那里离学校稍微远一点,可是不像从前那么逼仄了。芳草街的住宅本是志能的旧家,因为她母亲于前年去世,留下许多产业给他们两夫妇。梦鹿不好高贵的生活,所以没搬到岳母给她留下的房子去住。这次因为妻子的相强,也就依从了。其实他应当早就搬到这里来。这屋很大,梦鹿有时自己就在书房里睡,客厅的后房就是孩子住,楼上是志能和老妈子住。梦鹿自从东洋回国以来,总没有穿过洋服,连皮鞋也要等下雨时节才穿的。有一次妻子鼓励他去做两身时式的洋服,他反大发起议论,说中华民国政府定什么"大礼服""小礼服"的不对。用外国的"燕尾服"为大礼服,简直是自己藐视自己,因为堂堂的古国,连章身的衣服也要跟随别人,岂不太笑话了!不但如此,一切礼节都要跟随别人,见面拉手,兵舰下水掷瓶子,用女孩子升旗之类,都是无意义地模仿人家的礼节。外人用武力来要土地,或经济侵略,只是物质的被征服;若自己去采用别人的衣冠和礼仪,便是自己在精神上屈服了人家,这还成一个民族吗？话说归根，当然中国人应当说中国话，吃中国饭，穿中国衣服。但妻子以为文明是没有国界的，在生活上有好的利便的事物，就得跟随人家。她反问他："你为什么又跟着外国人学剪发？"他也就没话可回答了。他只说："是故恶乎佞者！你以为穿外国衣服就是文明的表示么？"他好辩论，几乎每一谈就辩起来。他至终为要讨妻子的喜欢，便到洋服店去定了一身衣服，又买了一双黄皮鞋，一顶中折毡帽。帽子即不入时，鞋子又小，衣服又穿得不舒服，倒不如他本来的蓝布大褂自由。

志能这位小姐实在不是一个主持中馈的能手，连轻可的茶汤也弄得浓浓不适宜。志能的娘家姓陈，原是广西人，在广州落户。她从小就与东野订婚，订婚后还当过他的学生。她母亲是个老寡妇，只有她一个独生女，家里的资财很富裕，恐怕没人承继，因为梦鹿的人品好，老太太早就有意将一切交付与他。梦鹿留学日本时，她便在一个法国天主教会的学堂念书。到他毕业回国，才举行婚礼，不久，她又到欧洲去。因为从小就被娇养惯，而且她又常在交际场上出头面，家里的事不得不雇人帮忙。

她正在等着丈夫回来吃午饭，所有的都排列在膳堂的桌上，自己呆呆地只看着时计，孩子也急得了不得。门环响时，孩子赶着出去开门，果然是他回来了。妻子也迎出来，见他的面色有点不高兴，知道他又受委屈了。她上下端详地观察丈夫的衣服、鞋、帽。

"你不高兴，是因你的鞋破了么？"妻子问。

"鞋破了么？不。那是我自己割开的。因为这双鞋把我的脚趾挟得很痛，所以我把鞋头的皮割开了。现在穿起来，很觉得舒服。"

"咦，大哥，你真是有一点疯气！鞋子太窄，可以送到鞋匠那里请他给你挣一下；再不然，也可以另买一双，现在弄得把袜子都露出来，像个什么样子？"

"好妻子，就是你一个人第一次说我是疯子。你怎么不会想鞋子岂是永远不破的？就是拿到鞋匠那里，难保他不给挣裂了。早晚是破，我又何必费许多工夫？我自己带着脚去配鞋子，还配错了，可怨谁来？所以无论如何，我得自己穿上。至于另买的话，那笔款项还没上我的预算哪。"其实他的预算也和别人的两样，因为他用自己的钱从没记在帐本上。但他有一样好处，就是经理别人的或公共的款项，丝毫也不苟且。

孩子对于他的不乐另有一番想象。他发言道："我知道了，今天是教员会，莫不是叔叔又和黄先生辩论了？"

"我何尝为辩论而生气？"他回过脸去向着妻子，"我只不高兴校长忽然在教员会里，提起要给我加薪俸。我每月一百块钱本自够用了，他说我什么办事认真，什么教导有方，所以要给我长薪水。然而这两件事是我的本务，何必再加四十元钱来奖励我？你说这校长岂不是太看不起我么？"说着把他脚下的破而新的皮鞋脱下，换了一双布鞋，然后同妻子到饭厅去。

他坐下对妻子说："一个人所得的薪水，无论做的是什么事，应当量他的需要给才对。若是他得了他所需的，他就该尽其所能去做，不该再有什么奖励。用金钱奖励人是最下等的，想不到校长会用这方法来待遇我！"

妻子说："不受就罢了，值得生那无益的气。我们有的是钱，正不必靠着那些束修。此后一百块定是不够你用的，因为此地离学校远了，风雨时节总得费些车钱。我看你从前的生活，所得的除书籍、伙食以外，别的一点也不整置，弄得衣、帽、鞋、袜，一塌糊涂，自然这些应当都是妻子管的。好罢，以后你的薪水可以尽量用，其余需要的，我可以为你预备。"

丈夫用很惊异的眼睛望着她，回答说："又来了，又来了！我说过一百块钱准够我和延禧的费用。既然辞掉学校给我加的，难道回头来领受你的'补助费'不成？连你也看不起我了！"他带着气瞧了妻子一眼，拿起饭碗来狠狠地扒饭，扒得筷与碗相触的声音非常响亮。

妻子失笑了，说："得啦，不要生气啦，我们不'共产'就是了。你常要发你的共产议论，自己却没有丝毫地实行过，连你我的财产也要弄得界限分明，你简直是个个人主义者。""我决不是个人主义者，因为我要人帮助，也想帮助别人，这世间若有真正的个人主义者是不成的。人怎能自满到不求于人，又怎能自傲到不容人求？但那是两样的。你知道若是一个丈夫用自己的钱以外还要依赖他的妻子，别人要怎样评论他？你每用什么'共产'、'无政府'来激我，是的，我信无政府主义，然而我不能在这时候与你共产或与一切的人共产。我是在预备的时候呢，现在人们的毛病，就是预备的工夫既然短少，而又急于实行，那还成么？"他把碗放下，拿着一双筷子指东挥西，好像拿教鞭在讲坛上一样。因为他妻子自回来以后，常把欧战时的经济状况，大战后俄国的情形，和社会党共产党的情形告诉他，所以一提起，他又兴奋地继续他的演说："我请问你，一件事情要知道它的好处容易，还是想法子把它做好了容易？谁不知道最近的许多社会政治的理想的好处呢？然而，要实现它岂是暴动所能成事？要知道私产和官吏是因为制度上的错误而成的一种思想习惯，一般人既习非成是，最好的是能使他们因理启悟，去非归是。我们生在现时，应当做这样的工夫，为将来的人预备。"

妻子要把他的怒气移转了，教他不要想加薪的事，故意截着话流，说："知就要行，还预备什么？"

"很好听！"他用筷子指着妻子说："为什么要预备？说来倒很平常。凡事不预备而行的，虽得暂时成功，终要归于失败。纵使你一个人在这世界内能实行你的主张，你的力量还是有限，终不能敌过以非为是的群众。所以你第一步的预备，便是号召同志，使人起信，是不是？"

"是很有理。"妻子这样回答。

丈夫这才把筷子收回来，很高兴地继续地说："你以为实行和预备是两样事么？现在的行，就是预备将来。好，我现在可以给你一个比喻。比如有所果园，只有你知道里头有一种果子，吃了于人有益。你若需要，当然可以进去受用，只因你的心很好，不愿自己享受，要劝大家一同去享受。可是那地方的人们因为风俗习惯迷信种种关系，不但不敢吃，并且不许人吃。因为他们以为人吃了那果子，便能使社会多灾多难，所以凡是吃那果子的人，都得受刑罚，在这情形之下，你要怎办？大家都不明白，你一进去，他们便不容你分说，重重地刑罚你，那时你还能不能享受里头的果子？同时他们会说，恐怕以后还有人进来偷果子，不如把这园门封锁了罢。这一封锁，所有的美果都在里头腐烂了。所以一个救护时世的人，在智慧方面当走在人们的前头；在行为方面，当为人们预备道路。这并不是知而不行，乃是等人人、至少要多数人都预备好，然后和他们同行。一幅完美的锦，并不是千纬一经所能成，也不能于一秒时间所能织就的。用这个就可以比方人间一切的造作，你要预备得有条有理，还要用相当的劳力，费相当的时间。你对于织造新社会的锦不要贪快，还不要生作者想，或生受用想。人间一切事物好像趋于一种公式，就是凡真作者在能创造使人民康乐的因，并不期望他能亲自受用他所成就的果，一个人倘要把他所知所信的强别人去知去信去行，这便是独裁独断，不是共和合作。"

他越说越离题，把方才为加薪问题生气的事情完全消灭了。伶俐的妻子用别的话来阻止他再往下说。她拿起他的饭碗说："好哥哥，你只顾说话，饭已凉到吃不得了！待我给你换些热的来罢。"

孩子早已吃饱了，只是不敢离座。梦鹿所说的他不懂，也没注意。他忽然想起一件事来，对梦鹿说："方才黄先生来找你呢。"

"是么，有甚事？"

"不知道呢！他没说中国话，问问婶婶便知道。"

妻子端过一碗热饭来，随对孩子说："你吃完了，可以到院子去玩玩，等一会，也许你叔叔要领你出城散步去。"孩子得了令，一溜烟地跑了。

"方才黄先生来过么？"

"是的，他要请你到党部去帮忙。我已经告诉他说，恐怕你没有工夫。我知道你不喜欢跟市党部的人往来，所以这样说。"妻子这样回答。

"我并不是不喜欢同他们来往，不过他们老说要做这事，要做那事，到头来一点也不办。我早告诉他们，我今生唯一的事情，便是当小学教员，别的事情，我就不能兼顾了。"

"我也是这样说，你现在已是过劳了，再加上几点钟的工夫，就恐怕受不了，他随即要求我去，我说等你回来，再和你商量，我去好不好？"

他点头说："那是你的事，有工夫去帮帮忙，也未尝不可。"

"那么，我就允许他了，下午你还和延禧出城去么？"

"不，今晚上还得到学校去。"

他吃完了，歇一会又到学校去了。

黄昏已到，站在楼头总不见灿烂的晚霞，只见凹凸而浓黑的云山映在玻璃窗上。志能正在楼上整理书报，程妈进来，报道："卓先生在客厅等候着。"她随着下来。卓先生本坐在一张矮椅上，一看门钮动时，赶紧抢前几步，与她拉手。志能说："裴立，我告诉你好几次，我不能跟你，也不能再和你一同工作，以后别再来找我。"

"你时时都是这样说，只不过要想恐吓我罢了。我是钟鼓楼的家雀，这样的声音，已经听惯了。"

他们并肩坐在一张贵妃榻上。裴立问道："他呢？"

"到学校去了。"

"好，正好，今晚上我们可以出去欢乐一会。你知道我们在不久要来一个大暴动么？我们所做的事，说不定过两三天后还有没有性命，且不管它，快乐一会是一会。快穿衣服去，我们就走。"

"裴立，我已经告诉过你好几次了。我们从前为社会为个人的计划，我想都是很笨，很没理由，还是打消了罢。""呀，你又来哄我！"

"不，我并不哄你，我将尽我这生爱敬你，同时我要忏悔从前对于他一切的误解，以致做出许多对不起他和你的事。"她的眼睛一红，珠泪像要滴出来。

卓先生失惊道："然则你把一切的事都告诉他了？"

"不，你想那事是一个妻子应当对她的丈夫说的么？如能避免掉，我永远不对他提及。"她哭起来了。她接着说："把从前的事忘记了罢，我已定志不离开他。当然，我只理会他于生活上有许多怪癖，没理会他有很率真的性情，故觉得他很讨厌。现在我已明白了他，跟他过得好好地，舍不得与他分离了。"

在卓先生心里，这是出于人意料之外的事情。他想那么伶俐的志能，会爱上一个半疯的男子！她一会说他的性情好，一会说他的学问好，一会又说他的道德好，时时把梦鹿赞得和圣人一样，他想其实圣人就是疯子。学问也不是一般人所需要的，只要几个书呆子学好了，人人都可以沾光。至于道德，他以为更没有什么准则，坏事情有时从好道德的人干出来。他又信人伦中所谓夫妇的道德，更没凭据。一个丈夫，若不被他的妻子所爱，他若去同别的女人来往，在她眼中，他就是一个坏人，因此便觉得他所做的事都是坏事。男子对于女人也是如此，他沉默着，双眼盯在妇人脸上，又像要发出大议论的光景。

妇人说："请把从前一切的意思打消了罢，我们可以照常来往。我越来越觉得我们的理想不能融洽在一起。你的生活理想是为享乐，我的是为做人。做人便是牺牲自己的一切去为别人；若是自己能力薄弱，就用全力去帮助那能力坚强的人们。我觉得我应当帮助梦鹿，所以宁把爱你的情牺牲了。我现在才理会在世上还有比私爱更重要的事，便是同情。我现在若是离开梦鹿，他的生活一定要毁了，延禧也不能好好地受教育了。从前我所看的是自己，现在我已开了眼，见到别人了。"

"那可不成，我什么事情都为你预备好了。到这时候你才变卦！"他把头拧过一边，沉吟地说，"早知道是这样，你在巴黎时为什么引诱我，累我跟着你东跑西跑。"

妇人听见他说起引诱，立刻从记忆的明镜里映出他们从前同在巴黎一个客店里的事情。她在外国时，一向本没曾细细地分别过朋友和夫妇是两样的。也许是在她的环境中，这两样的界限不分明。自从她回国以后，尊敬梦鹿的情一天强似一天，使她对于从前的事情非常地惭愧。这并不是东方式旧社会的势力和遗传把她揪回来，乃是她的责任心与同情心渐次发展的缘故。他们两人在巴黎始初会面，大战时同避到英伦去，战后又在莫斯科同住好些时，可以说是对对儿飞来飞去的。她爱裴立，早就想与梦鹿脱离关系。在外国时，梦鹿虽不常写信，她的寡母却时时有信给她。每封信都把夫婿赞美得像圣人一般，为母亲的缘故，她对于另有爱人的事情一句也不提及。这次回家，她渐渐证实了她亡母的话，因敬爱而时时自觉昔日所为都是惭愧。她以羞恶心回答卓先生说："我的裴立，我对不起你。从前种种都是我的错误，可是请你不要说我引诱你，我很怕听这两个字。我还是与前一样地爱你，并且盼望你另找一位比我强的女子。像你这样的男子，还怕没人爱你么？何必定要""你以为我是为要妻子而娶妻，像旧社会一样么？男人的爱也是不轻易给人的。现在我身心中一切的都付与你了。"

"噢，裴立，我很惭愧，我错受了你的爱了。千恨万恨只恨我对你不该如此。现在我和他又一天比一天融洽，心情无限，而人事有定，也是无可奈何的啊。总之，我对不起你。"志能越说越惹起他的妒嫉和怨恨，至终不能向他说个明白。

裴立说："你未免太自私了！你的话，使我怀疑从前种种都是为满足你自己而玩弄我的。你到底没曾当我做爱人看！请罢，我明白了。"

在她心里有两副脸，一副是梦鹿庄严的脸，一副是裴立可爱的脸。这两副脸的威力，一样地可以慑服她。裴立忿忿地抽起身来，要向外走。志能急揪着他说："裴立，我所爱的，不要误会了我，请你沉静坐下，我再解释给你听。"

"不用解释，我都明白了。我知道你的能干，咽下一口唾沫，就可以撒出一万八千个谎来。你的爱情就像你脸上的粉，敷得容易，洗得也容易。"他甩开妇人，径自去了。她的心绪像屋角里炊烟轻轻地消散，一点微音也没有。没办法，掏出手帕来，掩着脸暗哭了一阵。回到自己的房里，伏在镜台前还往下哭。

晚饭早又预备好了，梦鹿从学校里携回一包邮件，到他书房里，一件一件细细地拆阅看。延禧上楼去叫她，她才抬起头来，从镜里照出满脸的泪痕，眼珠红络还没消退。于是她把手里那条湿手巾扔在衣柜里，从抽屉取出干净的来，又到镜台边用粉扑重新把脸来匀拭一遍，然后下来。

丈夫带着几卷没拆开的书报，进到饭厅，依着他的习惯，一面吃饭一面看。偶要对妻子说话，他看见她的眼都红了，问道："为什么眼睛那么红？"妻子敷衍他说："方才安排柜里的书，搬动时，不提防教一套书打在脸上，尘土入了眼睛，到现在还没复原呢。"说时，低着头，心里觉得非常惭愧。梦鹿听了，也不十分注意。他没说什么，低下头，又看他的邮件。他转过脸向延禧说："今晚上青年会演的是'法国革命'，想你一定很喜欢去看一看。若和你婶婶同去，她就可以给你解释。"

孩子当然很喜欢。晚饭后，立刻要求志能与他同去。

梦鹿把一卷从日本来的邮件拆开，见是他的母校冈山师范的同学录，不由得先找找与他交情深厚的同学，翻到一篇，他忽然蹦起来，很喜欢地对着妻子说："可怪雁潭在五小当教员，我一点也不知道！呀，好些年没有消息了。"他用指头指着本子上所记雁潭的住址，说："他就住在豪贤街，明天到学堂，当要顺道去拜访他。"

雁潭是他在日本时一位最相得的同学。因为他是湖南人，故梦鹿绝想不到他会来广州当小学教员。志能间尝听他提过好几次，所以这事使他喜欢到什么程度，她已理会出来。

孩子吃完饭，急急预备到电影院去。她晚上因日间的事，很怕梦鹿看出来，所以也乐得出去避一下。她装饰好下来，到丈夫身边，拍着他的肩膀说："到时候自己睡去，不要等我们了。你今晚上在书房睡罢，恐怕我们回来晚了搅醒你。你明天不是要一早出门么？"

梦鹿在书房一夜没曾闭着眼，心里老惦念着一早要先去找雁潭，好容易天亮了。他爬起来，照例盥漱一番，提起书包也没同妻子告辞，便出门去了。

路上的人还不很多，除掉卖油炸脍的便是出殡的。他拐了几个弯，再走过几条街，便是雁潭的住处。他依着所记的门牌找，才知道那一家早已搬了。他很惆怅地在街上徘徊着，但也没有办法，看看表已到上课的时候，赶紧坐一辆车到学校去。早晨天气还好，不料一过晌午，来去无常的夏雨越下越大。梦鹿把应办的事情都赶着办完，一心只赶着再去打听雁潭的住址。他看见那与延禧同级的女生丁鉴手里拿着一把黑油纸伞，便向她借，说："把你的雨伞借给我用一用，若是我赶不及回来，你可以同延禧共坐一辆车回家，明天我带回来还你。"他掏出几毛钱交给她，说："这是你和延禧的车钱。"女孩子把伞递给他，把钱接过来，说声"是"，便到休息室去了。梦鹿打着伞，在雨中一步一步慢移。一会，他走远了，只见大黑伞把他盖得严严地，直像一朵大香蕈在移动着。

他走到豪贤街附近的派出所，为要探听雁潭搬到哪里，只因时日相隔很久，一下子不容易查出来。无可奈何，只得沿着早晨所走的道回家。

一进门，黄先生已经在客厅等着他。黄先生说："东野先生，想不到我来找你罢。"

他说："实在想不到。你一定是又来劝我接受校长的好意，加我的薪水吧。"

黄先生说："不，不。我来不为学校的事，有一个朋友要我来找你到党部去帮忙，不是专工的，一星期到两三次便可以了。你愿意去帮忙么？"

梦鹿说："办这种事的人材济济，何必我去呢？况且我又不喜欢谈政治，也不喜欢当老爷。我这一生若把一件事做好了，也就够了。在多方面活动，个人和社会必定不会产出什么好结果，我还是教我的书罢。"

黄先生说："可是他们急于要一个人去帮忙，如果你不愿去，请嫂夫人去如何？"

"你问她，那是她的事。她昨天已对我说过了，我也没反对她去。"他于是向着楼上叫志能说："妹妹，妹妹，请你下来，这里有事要同你商量。"妻子手里打着线活，慢慢地踱下楼来。他说："黄先生要你去办党，你能办么？我看你有时虽然满口民族主义，民权主义，民生主义，若真是教你去做，你也未必能成。"妻子知道丈夫给她开玩笑，也就顺着说："可不是，我哪有本领去办党呢？"

黄先生拦着说："你别听梦鹿兄的话，他总想法子拦你，不要你出去做事。"他说着，对梦鹿笑。

他们正在谈着，孩子跑进来说："婶婶，外面有一个人送信来，说要亲自交给你。"她立时放下手活说了一声"失陪"，便随着孩子出去了。梦鹿目送着她出了厅门，黄先生低声对他说:"你方才那些话,她听了不生气么?这教我也很难为情。你这一说,她一定不肯去了。"梦鹿回答说:"不要紧,我常用这样的话激她。我看,现在有许多女子在公共机关服务,不上一年半载若不出差错,便要厌腻她们的事情,尤其是出洋回来的女学生,装束得怪模怪样,讲究的都是宴会跳舞,哪曾为所要做的事情预备过?她还算是好的。回国后还不十分洋化,可喜欢谈政治,办党的事情她也许会感兴趣,只与我不相投便了,但无论如何,我总不阻止她,只要她肯去办就成。"

他们说着,妻子又进来了。梦鹿问:"谁来的信,那么要紧?"

妻子腼腆地说:"是卓先生的,那个人做事,有时过于郑重,一封不要紧的信,也值得这样张罗!"说着,一面走到原处坐下做她的活。

丈夫说:"你始终没告诉我卓先生是干什么事的人。"妻子没说什么。他怕她有点不高兴,就问她黄先生要她去办党的事,她答应不答应。她没有拒绝,算是允许了。

黄先生得了她的允许,便站立起来,志能止住说:"现在快三点钟,请坐一回,用过点心再走未晚。"

黄先生说:"我正要请东野先生一同到会贤居去吃炒粉,不如我们都去罢,也把延禧带去。"

她说:"家里雇着厨子,倒叫客人请主人出去外头吃东西,实在难为情了。"

梦鹿站起来,向窗外一看,说:"不要紧,天早晴了。黄先生既然喜欢会贤居,让我做东,我们就一同陪着走走罢。"妻子走到楼梯旁边顺便问她丈夫早晨去找雁潭的事,他摇摇头说:"还没找着,过几天再打听去。他早已搬家了。"妻子换好衣服下来,一手提着镜囊,一手拿着一个牛奶瓶子,对丈夫说:"大哥,你今天忘了喝你的奶子了,还喝不喝?"

"噢,是的,我们正渴得慌,三个人分着喝完再走罢。"

妻子说:"我不喝,你们二位喝罢。我叫他们拿两个杯来。"她顺手在门边按电铃。丈夫说："不必搅动他们了，这里有现成的茶杯，为什么不拿出来用？"他到墙角，把那古董柜开了，拿出一个茶碗，在抽屉里拿出一张白纸来揩拭几下，然后倒满了一杯递给客人。黄先生让了一回，就接过去了。他将瓶子送到唇边，把剩下的奶子全灌入嘴里。

妻子不觉笑起来，对客人说："你看我的丈夫，喝牛乳像喝汽水一样，也不怕教客人笑话。"正说着，老妈子进来，妻回头对她说："没事了，你等着把瓶子拿去吧。噢，是的，你去把延禧少爷找来。"老妈应声出去了。她又转过来对黄先生笑说："你见过我丈夫的瓶子书架么？"

"哈，哈，见过！"

梦鹿笑着对黄先生说："那有什么希奇，她给我换了些很笨的木柜，我还觉得不方便哪。"

他们说着，便一同出门去了。

四

殷勤的家雀一破晓就在屋角连跳带噪，为报睡梦中人又是一天的起首。延禧看见天气晴朗，吃了早饭，一溜烟地就跑到学校园里种花去了。

那时学校的时计指着八点二十分，梦鹿提着他的书包进教务室，已有几位同事先在那里预备功课。不一会，上课铃响了。梦鹿这一堂是教延禧那班的历史，铃声还没止住，他已比学生先入了讲堂，在黑板上画沿革图。他点名点到丁鉴，忽然想起昨天借了她的雨伞，允许今天给带回来，但他忘记了。他说："丁鉴，对不起，我忘了把你的雨伞带回来。"

丁鉴说："不要紧，下午请延禧带来，或我自己去取便了。"她说到"延禧"时，同学在先生面前虽不敢怎样，坐在延禧后面的，却在暗地推着他的背脊。有些用书挡着向到教坛那面，对着她装鬼脸。

梦鹿想了一想，说："好，我不能失信，我就赶回去取来还你罢，下一堂是自由习作，不如调换上来，你们把文章做好，我再给你们讲历史，待我去请黄先生来指导你们。"他果然去把黄先生请来，对他说如此这般，便急跑回家办那不要紧的大事去了。大家都知道他的疯气，所以不觉得希奇。

这芳草街的寓所，忽然门铃怪响起来。老妈子一开门，看见他跑得气喘喘地，问他什么原故，他只回答："拿雨伞！"老妈子看着他发怔，因为她想早晨的天气很好。妻子在楼上问是谁，老妈子替回答了。她下来看见梦鹿额上点点的汗，忙用自己的手中替他擦。她说："什么事体，值得这样着急？"他喘着说："我忘了把丁鉴的雨伞带回去！到上了课，才记起来，真是对不起她！"说完，拿着雨伞翻身就要走。妻子把他揪住说："为什么不坐车子回来，跑得这样急喘喘地？且等一等，雇一辆车子回去罢。小小事情，也值得这么忙，明天带回去给她不是一样么？看你跑得这样急，若惹出病来，待要怎办？"

他不由得坐下，歇一回，笑说："我怎么没想到坐车子回来？"妻子在一旁替他拭额上的汗。

女仆雇车回来，不一会，门铃又响了。妻子心里像预先知道来的是谁，在老妈子要出去应门的时候告诉她说："若是卓先生来，就说我不在家。"老妈子应声"哦"，便要到大门去。梦鹿很诧异地对妻子说："怎么你也学起官僚派头来了！明明在家，如何撒谎？"他拿着丁鉴的雨伞，望大门跑。女仆走得慢，门倒教他开了；来的果然是卓先生！

"夫人在家么？"

"在家。"梦鹿回答得很干脆。

"我可以见见她么？"

"请进来罢。"他领着卓先生进来，妻子坐在一边，像很纳闷。他对妻子说："果然是卓先生来。"又对卓先生说："失陪了，我还得到学校去。"

他回到学校来，三小时的功课上完，已经是十一点半了。他挟着习作本子跑到教务室去，屋里只有黄先生坐在那里看报。

"东野先生，功课都完了么？方才习作堂延禧问我'安琪儿'怎解，我也不晓得要怎样给他解释，只对他说这是外国话，大概是'神童'或是'有翅膀的天使'的意思。依你的意思，要怎样解释？可怪人们偏爱用西洋翻来的字眼，好像西洋的老鸦，也叫得比中国的更有音节一般。"

"你说的大概是对的，这些新名词我也不大高明，我们从前所用的字眼，被人家骂做'盲人瞎马的新名词'，但现在越来越新了，看过之后，有时总要想了一阵，才理会说的是什么意思，延禧最喜欢学那些怪字眼。说他不懂呢？他有时又写得像一点样子。说他懂呢？将他的东西拿去问他自己，有时他自己也莫名其妙，我们试找他的本子来看看。"

他拿起延禧的卷子一翻，看他自定的题目是"失恋的安琪儿"，底下加了两个字"小说"在括弧当中，梦鹿和黄先生一同念。

"失恋的安琪儿，收了翅膀，很可怜变成一只灰色的小丑鸭，在那蔷薇色的日光底下颤动。嘴里咒诅命运的使者，说：'上帝呵，这是何等异常的不幸呢？'赤色的火焰像微波一样跟着夜幕蓦然地卷来，把她女性的美丽都吞咽了！这岂不又是一场赤色的火灾么？"

黄先生问："什么叫做'灰色的'、'赤色的'、'火灾'、'上帝呵'等等，我全然不懂！这是什么话？"

梦鹿也笑了，"这就是他的笔法，他最喜欢在报上杂志上抄袭字眼，这都是从口袋里那本自抄的《袖珍锦字》翻出来的。我用了许多工夫给他改，也不成功，只得随着他所明白的顺一顺罢了。"

黄先生一面听着，一面提着书包望外走，临出门时，对梦鹿说："昨天所谈的事，我已告诉了那位朋友，不晓得嫂夫人在什么时候能见他？"

梦鹿说："等我回去再问问她罢。"他整整衣冠，把那些本子收在包里，然后到食堂去。

下午功课完了，他又去打听雁潭的地址，他回家的时候恰打六点。女仆告诉他太太三点钟到澳门去了。她递给他一封信，梦鹿拆开一看，据说是她的姑母病危，电信到时已到开船时候，来不及等他，她应许三四天后回家。梦鹿心里也很难过，因为志能的亲人只剩下在澳门的姑母，万一有了危险，她一定会很伤心。

他到书房看见延禧在那里写字，便对他说："你婶婶到澳门去了，今晚上没有人给你讲书。你喜欢到长堤走走么？"孩子说："好罢，我跟叔叔去。"他又把日间所写的习作批评了一会，便和他出门去。

五

志能去了好几天没有消息，梦鹿也不理会。他只一心惦着找雁潭的下落，下完课，就在豪贤街一带打听。

又是一个下午，他经过一条小巷，恰巧遇见那个卖过鼠肉馄饨的，梦鹿已经把他忘掉，但他一见便说："先生，这几天常遇见，莫不是新近从别处搬到这附近来么？"梦鹿略一定神，才记起来。他摇头说："不，我不住在这附近，我只要找一个朋友。"他把事由给卖馄饨的述说一遍。真是凑巧，那人听了便说他知道，他把那家的情形对梦鹿说，梦鹿喜出望外，连说："对对！"他谢过那人，一直走到所说的地址。

那里是个营业的花园，花匠便是园主，就在园里一座小屋里住，挨近金鱼池那边还有两座小屋，一座堆着肥料和塘泥，旁边一座，屋脊上瓦块凌乱，间用茅草铺盖着，一扇残废的蚝壳窗，被一枝粘满泥浆的竹竿支住。地上一行小坳，是屋檐的溜水所滴成，破门里便是一厅一房，窗是开在房中的南墙上，

所以厅里比较暗些。

　　厅上只有一张黄到带出黑色的破竹床，一张三脚不齐的桌子，还有一条长凳。墙下两三个大小不等欲裂不裂的破烘炉，落在地下一掬烧了半截的杂柴。从一个炉里的残灰中还隐约透出些少零星的红焰。壁上除被炊烟熏得黝黑以外，没有什么装饰。桌上放着两双筷子和两个碗，一碗盛着不晓得吃过多少次的腐乳，一碗盛着萝卜，还有几荚落花生分散在旧报纸上。梦鹿看见这光景，心里想一定是那卖馄饨的说错了。他站在门外踌躇着，不敢动问屋里的人。在张望间，一个二十左右的女孩子从里间扶着一位瞎眼的老太太出来。她穿的虽是经过多数次补缀的衣服，却还光洁，黑油油的头发，映着一副不施脂粉的黄瘦脸庞，若教她披罗戴翠，人家便要赞她清俊；但是从百补的布衫衬出来，可就差远了。

　　梦鹿站了一会，想着雁潭的太太虽曾见过，可不像里头那位的模样，想还是打听明白再来，他又到花匠那里去。

　　屋里，女儿扶着老太太在竹床上，把筷子和饭碗递到她手里。自己对坐在那条长凳上，两条腿夹着桌腿，为的是使它不左右地摇晃，因为那桌子新近缺了一条腿，她还没叫木匠来修理。

　　"娘，今天有你喜欢的萝卜。"女儿随即挟起几块放在老太太碗里，那萝卜好像是专为她预备的，她还把花生剥好，尽数给了母亲，自己的碗里只有些腐乳。

　　"慧儿，你自己还没得吃，为什么把花生都给了我？"其实花生早已完了，女儿恐怕母亲知道她自己没有，故意把空荚捏得礴礴地响。她说："我这里还有呢。"正说着，梦鹿又回来，站在门外。

　　她回头见破门外那条泥泞的花径上，一个穿蓝布大褂的人在那里徘徊。起先以为是买花的人，并不介意。后来觉得他只在门外探头探脑，又以为他是"花公子"之流，急得放下饭碗，要把关不严的破门掩上。因为向来没有人在门外这样逗留过，女孩子的羞耻心使她忘了两腿是替那三腿不齐的桌子支撑着的，起来时，不提防，砰然一声，桌子翻了！母亲的碗还在手里，桌上的器具满都摔在地上，碎的碎，缺的缺，裂的裂了。"什么原故？怎么就滑倒了？"瞎母亲虽没生气，却着急得她手里的筷子也掉在地上。

女儿没回答她，直到门边，要把破门掩上。梦鹿已进一步踏入门里。他很和蔼地对慧儿说："我是东野梦鹿，是雁潭哥的老同学，方才才知道你们搬到这里来。想你，就是环妹罢？我虽然没见过你，但知道你。"慧儿不晓得要怎样回答，门也关不成，站在一边发愣。梦鹿转眼看见瞎老太太在竹床上用破袖掩着那声泪俱尽的脸。身边放着半碗剩下的稀饭，地下破碗的片屑与菜酱狼藉得很，桌子翻倒的时候，正与他脚踏进来同时，是他眼见的。他俯身把桌子扶起来，说："很对不起，搅扰你们的晚饭。"女儿这才蹲在地上，收拾那些残屑，屋里三个人都静默了，梦鹿和女孩子捡着碎片，只听见一块一块碗片相击的声，他总想不到雁潭的家会穷到这个地步。少停，他说一声"我一会儿回来"，便出门去了。

原来雁潭于前二年受聘到广州，只授了三天课，就一病不起。他有两个妹妹，一个名叫翠环，一个就叫慧儿。他的妻子是在东洋时候娶的。自他死后，不久便投到无着庵带发修行去了。老母因儿子死掉，更加上儿媳妇出家，悲伤已极。去年忽然来了一个人，自称为雁潭的朋友，献过许多殷勤，不到四个月，便送上二百元聘金，把翠环娶去。家人时常聚在一起，很热闹了一些时日。但过了不久，女婿忽然说要与翠环一同到美国留学去。他们离开广州以后大约二十天，翠环在太平洋中来信，说她已被卖，那人也没有踪迹了！

一天，母亲忽得了一封没贴邮票的欠资信，拆开是一幅小手绢，写着："环被卖，决计蹈海，痛极！书不成字。儿血。"她知道事情不好，可是"外江人"既没有亲戚，又不详知那人的乡里，帮忙的只有她自己的眼泪罢了。她本有网膜炎，每天紧握着那血绢，哭时便将它拭泪。

母亲哭瞎了，也没地方诉冤枉去。慧儿想着家里既有了残疾的母亲，又没有生利的人，于是不得不辍学。豪贤街的住宅因拖欠房租也被人驱逐了，母女们至终搬到这花园的破小屋。慧儿除做些活计，每天还替园主修叶，养花，饲鱼，汲水，凡园中轻省的事，都是她做，借此过活。

自她们搬到花园里住，只有儿媳妇间中从庵里回来探望一下。梦鹿算是第一个男子，来拜访她们的。他原先以为这一家搬到花园里过清幽的生活，哪知道一来到，所见的都出乎他意料之外。

慧儿把那碗凉粥仍旧倒在沙锅里，安置在竹床底下，她正要到门边拿扫帚扫地，梦鹿已捧着一副磁碗盘进来说："旧的碎了，正好换新的。我知道你们这顿饭给我搅扰了，非常对不起。我已经教茶居里给你们送一盘炒面来，待一会就到了。"瞎母亲还没有说什么，他自己便把条长凳子拉过一边来坐下。他说："真对不起，惊扰了老伯母。伯母大概还记得我，我就是东野梦鹿。"

老太太听见他的声音，只用小手巾去擦她暗盲的眼，慧儿在旁边向梦鹿摇手，教他不要说。她用手势向他表示她哥哥已不在人间，梦鹿在访问雁潭住址的时候，也曾到过第五小学去打听。那学校的先生们告诉他雁潭到校不到两个星期便去世，家眷原先住在豪贤街，以后搬到那里或回籍，他们都不知道。他见老太太双眼看不见，料定是伤心过度。当然不要再提起雁潭的名字，但一时也想不出什么话来说。他愣着，坐在一边，还是老太太先用颤弱的声音告诉他两年来的经过。随后又说："现在我就指望着慧儿了。"她拉着女儿的手对她说："慧儿，这就是东野先生。你没见过他，你就称他做梦鹿哥哥罢。"她又转向梦鹿说："我们也不知道你在这里，若知道，景况一定不致这么苦了。"

梦鹿叹了一声说:"都是我懒得写信所致,我自从回国以后,只给过你们两封信,那都是到广州一个月以内写的。我还记得第二封是告诉你们我要到梧州去就事。"

老太太说:"可不是!我们一向以为你在梧州。"

梦鹿说:"因为岳母不肯放我走,所以没去得成。"

老太太又告诉他:"二儿和二媳妇在辛亥年正月也到过广州。但自四月以后,他们便一点消息也没有。后来才听他的朋友们说,他们俩在三月二十九晚闹革命被人杀死了。但他们的小婴孩,可惜也没下落。我们要到广州,也是因为要打听他们的下落,直到现在,一点死活的线索都找不出来,雁潭又死了!"她说到此地,悲痛的心制止了她的舌头。

梦鹿倾听着一声也没响,到听见老太太说起三月二十九的事,他才说:"二哥我没会过,因为他在东京,我在冈山,他去不久,我便回国了,他是不是长得像雁潭一样?"

老太太说:"不,他瘦得多,他不是学化学的么?庚戌那年,他回上海结婚,在家里制造什么炸药,不留神把左脸炸伤了,到病好以后,却只丢了一个耳朵。"

他听到此地,立刻站起来说:"吓!真的!那么令孙现在就在我家里。我这十几年来的谜,到现在才猜破了。"于是把他当日的情形细细地述说一遍,并告诉她延禧最近的光景。老太太和慧儿听他这一说,自然转愁为喜。但老太太忽然摇头说:"没用处,没用处,慧儿怎能养得起他。我也瞎了,不能看见他,带他回来有什么用呢?"

梦鹿说:"当然我要培养他,教他成人,不用你挂虑。你和二妹都可以搬到我那里去住,我那里有的是房间。我方才就这样想着,现在加上这层关系,更是义不容辞了。后天来接你们。"他站起来说声"再见",又从口袋里掏出一张钞票放在桌上说:"先用着罢,我快回去告诉延禧,教他大快乐一下。"他不等老太太说什么，大踏大步跳出门去。在门窗下那枝支着蠔窗的竹竿，被他的脚踏着，窗户立即落下来。他自己也绊倒在地上，起来时，溅得一身泥。

慧儿赶着送出门，看他在那里整理衣服，说："我给你擦擦罢。"他说声"不要紧，不要紧"，便出了园门。在道上又遇见那卖馄饨的，梦鹿直向着他行礼道谢。他莫名其妙，看见走远了，手里有意无意地敲着竹板，自己说："吓，真奇怪啦！"

六

梦鹿回到家中，便嚷"延禧，延禧"，但没听见他回答。他到小孩的屋里，见他伏在桌上哭。他抚着孩子的背，问："又受什么委曲啦，好孩子？"延禧摇着头，抽噎着说："婶婶在天字码头给人打死了！"孩子告诉他，午后跟同学们到长堤去玩，经过天字码头，见一群人围着刑场，听说是枪毙什么反动分子，里头有五六个女的，他的同学们都钻入人圈里头看，出来告诉他说，人们都说里头有一个女的是法国留学生名叫志能，他们还断定是他的婶婶。他听到这话，不敢钻进去看，一气地跑回家来。

梦鹿不等他细说，赶紧跑上楼，把他妻子的东西翻查一下。他一向就没动过她的东西，所以她的秘密，他一点也不知道。他打开那个小黑箱，翻出一叠一叠的信，多半是洋文，他看不懂。他摇摇头自己说："不致于罢？孩子听错了罢？"坐在一张木椅上，他搔搔头，搓搓手，想不出理由。最后他站起来，抽出他放钱钞的抽屉，发现里头多出好些张五十元的钞票，还有一张写给延禧的两万元支票。

自从志能回家以后，家政就不归梦鹿管了。但他用的钱，妻子还照数目每星期放在他的抽屉里。梦鹿自妻子管家以后，用钱也不用预算了，他抽屉里放着的，在名目上是他每月的薪水，但实际上志能每多放些，为的是补足他临时或意外的费用。他喜欢周济人，若有人来求他帮助，或他所见的人，他若认为必得资助的，就资助他。但他一向总以为是用着他自己的钱，决不想到已有许多是志能的补助费。他数一数那叠五十元的钞票，才皱着眉头想，我哪里来的这么些钱呢？莫不是志能知道她要死，留给我作埋葬费的么？不，她决不会去干什么秘密工作。不，她也许会。不然，她怎么老是鬼鬼祟祟，老说去赴会，老跟那卓先生在一起呢？也许那卓先生是与她同党罢？不，她决不是，不然，她为什么又应许黄先生去办市党部呢？是与不是的怀疑，使他越想越玄。他把钞票放在口袋里，正要出房门，无意中又看见志能镜台底下压着一封信。他抽出来一看，原来就是前几天卓先生送来的那封信，打开一看，满是洋文。他把从箱子捡出来的和那一封一起捧下楼来，告诉延禧说："你快去把黄先生请来，请他看看这些信里头说的都是什么。快去，马上就去。"他说着，自己也就飞也似地出门去了。

他一气跑到天字码头，路上的灯还没有亮，可是见不着太阳了。刑场上围观的人们比较少些，笑骂的有人，谈论的有人，咒诅的也有人，可是垂着头发怜愍心的人，恐怕一个也没有。那几个女尸躺在地上裸露着，因为衣服都给人剥光了。人们要她们现丑，把她们排成种种难堪的姿势。梦鹿走进人圈里，向着陈尸一个一个地细认，谈论和旁观的人们自然用笑、侮辱的态度来对着他。他摇头说："这像什么样子呢！"说着从人丛中钻出来，就在长堤一家百货店买了几匹白布，还到刑场去。他把那些尸体一个一个放好，还用白布盖着。天色已渐次昏黑了。他也认不清哪个是志能尸体，只把一个他以为就是的抱起来，便要走出人圈外，两个守兵上前去拦他，他就和他们理论起来，骂他们和观众没人道和没同情心，旁观的人见他太杀风景，有些骂他："又不是你的老婆，你管这许多闲事。"有些说："他们那么捣乱，死有余辜，何必这么好待他们？"有些说："大概他也是反动份子罢！"有些说："他这样做便是反动！"有些嚷"打"，有些嚷"杀"，嘈杂的声音都向着梦鹿的犯众的行为发出来。至终有些兵士和激烈的人们在群众喧哗中，把梦鹿包围起来，拳脚交加，把他打个半死。

巡警来了，梦鹿已经晕倒在血泊当中，群众还要求非把他送局严办不可。巡警搜查他的口袋，才知道他是谁，于是为他雇了一辆车，护送他回家。方才盖在尸头的白布，在他被扛上车时，仍旧一丝也没留存。那些可怜的尸体，仍裸露在铁石般的人圈当中，像已就屠的猪羊，毛被刮掉，横倒在屠户门外一般。

梦鹿躺在床上已有两三天，身上和头上的伤稍微好些，不过那双眼和那两只胳臂不见得能恢复原状。黄先生已经把志能的那叠信细看过一遍，内中多半是卓先生给她的情书，间或谈到政治，最后那封信，在黄先生看来，是志能致死的关键。那信的内容是卓先生一方面要她履行在欧洲所应许的事。一方面说时机紧迫，暴动在两三天以内便要办到。他猜那一定是党的活动，但他一句也不敢对梦鹿说起。他看见他的朋友在床上呻吟着怪可怜的，便走到他跟前问他要什么？梦鹿说把孩子叫来。黄先生把延禧领到床前，梦鹿对他说："好孩子，你不要伤心，我已找着你的祖母和姑姑了。过一两天请黄先生去把她们接来同住。她们虽然很穷，可是你婶婶已给了你两万元。万一我有什么事故，还有黄先生可以照料你们。"孩子哭了，黄先生在旁边劝说："你叔叔过几天就好了，哭什么？回头我领你去见你祖母去。"他又对梦鹿说："东野先生，不必太失望，医生说不要紧。你只放心多歇几天就可以到学校上课去。你歇歇罢，待一会我先带孩子去见见他祖母，一切的事我替你办去得啦。"他拉着延禧下楼来，教先去把医生找来，再去见他祖母。

他在书房里踱着，忽听见街门的铃响，便出去应门。冲进来的不是别人，乃是志能。黄先生瞪眼看着她，一句话也说不出来。

志能问："为什么这样看我。"

黄先生说："大嫂！你……你……"

"说来话长，我们进屋里再谈罢。"

黄先生从她手里接了一个小提包，随手掩上门。

志能问："梦哥呢？"

"在楼上躺着咧。"

"莫不是为我走，就气病了？"

"唔！唔！"

他们到书房去。志能坐定，对黄先生说："我实在对不起任何人，但我已尽了我的能力了。"

黄先生不明白她的意思，请她略为解释一下。志能便把她从前和卓先生在政治上秘密活动的经过略说了一遍。又说她不久才与他们脱离关系，因为对于工作的意见不同的原故。那天，她走的那天，卓先生来说他们的机密泄漏了，要藏在她家里暂避一两天。她没应许他，恐怕连累了梦鹿。她教他到澳门去避一下。不料他出门不久，便有人打电话来说他在道上教人捉住了。她想她有几位住在澳门的朋友与当局几位要人很有交情，便留下一封信给梦鹿，匆匆地出门，要搭船到那里去找他们，求他们援救。刚一出门，她又退回来。她怕万一她也遭卓先生一样的命运，在道上被人逮去。在自己的房里坐下，想了一会，她还是不顾一切，决定要去冒这份险，于是把所余的现钱都移放在梦鹿的抽屉里，还签了一张支票给延禧。她想着纵然她的目的达不到，不能回家，梦鹿的生活一时也不致于受障碍。那时离开船的时候已经很近，她在仓促间什么都来不及检点，便赶到码头去了。

她到澳门，朋友们虽然找着，可都不肯援助，都说案情重大，不便出面求情，省得担当许多干系。在澳门奔走了好几天，一点结果都没有，不得已，只有回家。她在回家以前，已经知道许多旧同志们的命都完了。

志能说了许久，黄先生只是倾耳听着。她很懊恼地说："我希望这些事永远不会教我丈夫知道。我很惭愧，我不是一个好妻子，也不是一个好爱人，更不是一个革命家。最使我心痛的是我的行为证明了他们的话说：有资产的人们是不会革命的。"

黄先生说："他已多少知道一点你们的事。但你也不必悔恨，因为他自你去后，一点忿恨的神气却未曾发露出来，可见他还是爱你。至于说你不革命的话，那又未必然。你不是应许到党部去帮忙么？那不也是革命工作么？"

志能很诧异地说："他怎样知道呢？"

"你们的通信，他都教我看过，但我没告诉他什么。"黄先生又把梦鹿在刑场上被打的情形告诉她。

她说："不错，是有一个王志能女士，但他们用的都是假名字。这次不幸卓先生也死在里头。"她说时，现出很伤感的模样。她沉吟了一会，站起来，说："好罢，我要去求他饶恕，我要将一切的事情都告诉他。"

黄先生也站起来说："你要仔细一点，医生说他的眼睛和胳臂都被打坏了。纵然能好，也是一个残废人了。所以最好先别对他说这些事，自然我知道他一定会饶恕你，但你得为他忍一忍。"

志能的眼眶红了。黄先生说："我同你上去，等延禧回来，再同他去见他祖母。你知道东野先生最近把那孩子的家世发现了。一会他自然会告诉你。"志能没说什么，默默地随着上楼。"东野先生，你看谁回来了！东野先生！"黄先生把门打开，让志能进去，然后反扣上门，一步一步下楼去等候延禧。

198

玉 官

一

想起来直像是昨天的事情,可是前前后后已经相隔几十年。

那时正闹着中东战争,国人与兵士多半是鸦片抽得不像人形,也不像鬼样。就是那不抽烟的,也麻木得像土俑一般。枪炮军舰都如明器,中看不中用。虽然打败仗,许多人并没有把它当作一件大事,也没感到何等困苦。不过有许多人是直接受了损害的,玉官的丈夫便是其中的一个。他在一艘战舰上当水兵,开火不到一点钟的时间便阵亡了。玉官那时在闽南本籍的一个县城,身边并没有积蓄,丈夫留给她的,只是一间比街头土地庙稍微大一点的房子和一个不满两岁的男孩。她不过是二十一岁,如果愿意再醮,还可以来得及。但是她想:带油瓶诸多不便,倒不如依老习惯抚孤成人,将来若是孩子得到一官半职,给她请个封诰,表个贞节,也就不在活了一生。

自从立定了主意以后,玉官的家门是常常关着。她每日只在屋里做一些荷包烟袋之类,送到苏杭铺去换点钱。亲戚朋友本来就很少,要从他们得着什么资助是绝不可能的,她所得的工资只够衣食之费,想送孩子到学塾去,不说书籍、纸笔费没着落,连最重要的老师束修,一年一千文制钱,都没法应付。房子是不能卖的,就使能卖,最多也不过十九二十两银子。她丈夫有个叔伯弟弟,年纪比她大,时常来看她。他很殷勤,每一来到,便要求把哥哥的灵柩从威海卫运回来。其实,他哥哥有没有尸身还成问题,他的要求只是逼嫂嫂把房子或侄儿卖掉的一种手段。他更大的野心，便是劝嫂嫂嫁了，他更可以沾着许多利益。玉官已觉得叔叔是欺负她，不过面子上不能说穿了，每次来，只得敷衍他。

叔叔的名字在城里是没人注意的，他虽然进过两年乡塾，有名有字，但因为功课不好，被逐出学，所以认得他的人还是叫他的小名"粪扫"。他见玉官屡次都是推诿，心还不死。一天，在见面的时候，他竟然对嫂嫂说，你这么年轻，孩子命又脆，若过几年有什么山高水低，把你的青春耽误了，岂不要后悔一辈子？他又说没钱读书，怎能有机会得到功名？纵使有学费，也未必能够入学中举。纵然入学中举，他不一定能得一官半职，也不一定能够享到他的福。种种说话，无非是劝她服从目前的命运，万般计划，无非是劝她自己找个吃饭的地方。这在玉官方面，当然是叔叔给她的咒诅，每一说到，就不免骂了几声"黑心肚的路旁尸"，可是也没奈他何。

因为粪扫来骚扰，玉官待要到县里去存个案底，又想到她自己，一个年轻寡妇，在衙门口出头露面，总是不很妥当。况且粪扫所要求运柩的事也不见得完全是没理由，她想丈夫停灵在外本不合适，本得想法子，可是她十指纤纤，能办得什么事？房子不能卖出，儿子不能给人，自己不愿改嫁。她并不去问丈夫的灵柩到底有没有，她想就是剩下衣冠也得运回来安葬。她恨不得把她的儿子，她的唯一的希望，快快地长大成人，来替她做这些事情。为避免叔叔的麻烦，她有时也想离开本乡，把儿子带到天涯无藤葛处，但这不过也是空想。第一，她没有资财，转动不了；第二，她不认识字，自己不能做儿子的导师；第三，离乡别井，到一个人地俱疏的地方，也不免会受人欺负；第四……还有说不尽的理由萦回在她心里。到底还是关起大门，过着螺介式生活，人不惹她时，不妨开门探头；人惹她时，立刻关门退步，这样是再安全不过的了。她为运灵的事，常常关在屋里痛哭，有时点起香烛在厅上丈夫的灵位前祈祷，许愿。虽然关着门，粪扫仍是常常来，这教玉官的螺介政策不能实施。他一来到，不开门是不行的，但寡妇的家岂能容男子常来探访！纵然两方是清白的亲属关系，在这容易发恶酵的社会里，无论如何，总免不掉街头坊尾的琐语烦言。玉官早已想到这一层，《周礼》她虽然没考究过，但从姑婆、舅公一辈的人物的家教传下来"男女授受不亲"、"叔嫂不通问"一类的法宝，有时也可以祭起来。不过这些法宝是不很灵的，因为她所处的不是士大夫的环境，不但如此，粪扫知道她害怕，越发天天来麻烦她。人们也真个把他们当做话柄，到处都可以听见关于他们的事情的街谈巷议。

　　同街住着一个"拜上帝"的女人名叫金杏，人家称她做杏官。她丈夫姓陈，几个月前，因为把妻家的人打伤了，官府要拿人，便不知去向。事情的起因，是杏官被她的侄儿引领入教，回到家里，不由分说把家里的神像、神主破个干净。丈夫气不过，便到妻家理论，千不该把内侄打个半死。这事由教会洋牧师出头，非要知县拿人来严办一下不可。因为人逃了，这案至终在悬着。

　　杏官在街坊上很有点洋势力，谁也不敢惹她。但知道她的都不很看得起她，背地里都管她叫连累丈夫的"吃教婆"。她侄儿原先在教会的医院当药剂师，人们没有一个不当他是个配迷魂药、引人破神主、毁神像的老手。杏官自从被他引领入了教，便成为一个很热心的信徒，到处对人宣讲。但她并不是职业的传教士，她的生活是靠着在一个通商口岸的一家西药房的股息来维持，一年可以支三百块钱左右。她原来住在别的地方，新近才搬到玉官隔邻几家来住。一家只有三口，她和两个女儿雅丽、雅言。雅丽是两岁多，雅言才几个月。玉官在她搬来的时候便认识她，不过没有什么来往。近来因为受不了叔叔的压迫，常常倒扣上家门，携着一天的粮食和小儿到杏官家去躲避，杏官也很寂寞，所以很欢迎她来做伴。

杏官家里的陈设虽然不多，却是十分干净。房子是一厅两房的结构，中厅悬着一幅"天路历程图"，桌上放着一本很厚的金边黑羊皮《新旧约全书》，金边多已变成红褐色，书皮的光泽也没有了，书角的残摺纹和书里夹的纸片，都指示着主人没一天不把它翻阅几次。厅边放着一张小风琴，她每天也短不了按几次，和着她口里唱的赞美诗歌。这些生活，都是玉官以前没曾见过的。她自从螺介式生活变为早出晚归的飞鸟式生活以来，心境比较舒坦得多。在陈家寄托，使她理会吃教的人也和常人一样和蔼可亲，甚且能够安慰人，她免不了问杏官所信的都是什么。她心里总不明白杏官告诉她凡人都有罪，都当忏悔和重生的道理；自认为罪人，可笑；无代价地要一个非亲非故来替死，可笑；人和万物都是上帝的手捏出来的，也可笑；处女单独怀孕，谁见过？更可笑。她笑是心里笑，可不敢露在脸上，因为她不能与杏官辩论，也想不出什么理由来说她不对，杏官不在跟前的时候，她偷偷地掀开那本经书看看，可惜都是洋字，一点也看不懂。她心里想，杏官平时没听她说过洋话，怎么能念洋书？这不由得她不问。杏官告诉她那是"白话字"，三天包会读，七天准能写，十天什么意思都能表达出来。她很鼓励玉官学习。玉官便"爱，卑，西，——"念咒般学了好几天。果然灵得很！七天以后，她居然能把那厚本书念得像流水一般快。

　　洋姑娘常到杏官家里，玉官往时没曾在五尺以内见过外国人，偶尔在街上遇见，自己总是远远地站开，正眼也不敢看他们一下。无论多么镇定，她一见洋人，心里总有七分害怕。她怕洋人铰人头发去做符咒；怕洋人挖人眼睛去做药材；怕洋人把迷魂药弹在她身上，使她额头上印上十字，做出亵渎神明、侮慢祖宗的事。她正在厅上做活，洋姑娘忽然敲门进来，连忙退到屋里。杏官和洋姑娘互道了"平安"，便谈些教里的话，她虽然不很懂那位姑娘的话，从杏官的回答，知道是关于她有股份的那间药房的事情。她听见洋姑娘说药房卖吗啡，给别的教友攻击，那经理在聚集礼拜的时候，当众忏悔，愿意献出一笔款子来，在乡间修盖一所福音堂；因为杏官是股东，所以她来说说。杏官对于商务本不明白，听了姑娘一番话，只是感谢上帝，没说别的。洋姑娘临出门的时候又托杏官替她找一个"阿妈"，每月工钱六百文，管住不管吃。

杏官心血来潮，回到屋里，一味撺掇玉官去混这份事情。玉官想一个月六百文，吃用去四百，还剩二百；管住，她的房子便可以赁出去，一个月至少可以得一二百文，为孩子将来的学费，当然比手磨破了做针凿，一天得不了一二十文好得多。最要紧的是，粪扫再也不敢向她捣乱。她点了头，却要杏官保证那洋姑娘不会给她迷魂汤喝，也不会在她睡觉时挖掉她儿子的眼睛，或铰掉她的头发。上工的日子已经约定，她心里仍是七上八下，怕语言不通，怕洋人脾气不好，怕这，怕那。

洋姑娘许玉官把孩子带在身边，给她一间很小的卧房，就在福音堂后面。她主人的住处不过隔着几棵龙眼树，相离约距五丈远。她自己的房子赁不出去，因为教堂距离也很近，她本来想早出晚归，又怕粪扫来搅扰，孩子放在家里又没人照顾，不如把门窗关严，在礼拜天悄悄地回来看看。每月初一、十五，她破晓以前回家打扫一遍，在神位和祖先神主前插一炷香，有时还默祷片时，这旧房简直就像她的家祠，虽然没得赁出去，她倒也很安心。

粪扫知道了嫂嫂混了洋事，惹不起，许久没见面了。赶巧在一个礼拜天早晨，玉官回家的时候，他已在门口等着。他是从杏官打听出她每在那时候回家的。一进门，他还是旧话重提，卖房子运灵，接着就是借钱。玉官说了他几句，叫他以后莫来麻烦她，不然她便告教堂到衙门去告他一状。正在分会不开的时候，杏官进来了。她也帮着玉官说了粪扫几句，把他说得垂头丧气，跛出嫂嫂家门。她们也随着出来，把门倒锁着，到教堂去了。粪扫一面走，一面想，看她们走远了，回头到嫂嫂家门口，见锁得牢牢地，四围的墙壁又很高，没法子进去。越起越把怨恨移在杏官身上。他以为杏官不该引他嫂嫂到教堂去工作，因而动意要到她家去看有什么可拿的没有，借此泄泄愤气。不想到了杏官家，门也是关得严严地，沿着墙走到后门，望望四围都是旷地，没有人往来，他从土堆里找出一根粗铅丝，轻轻把门闩拨动，一会工夫就把门打开了。进到屋里，看见两个小女孩正在床上熟睡，箱笼虽有几个，可都上了锁。桌上没有什么值钱的东西，便去动那箱的锁。开锁的声音，几乎把孩子惊醒了，手一停住，计便上心，他到床边，轻轻地把雅丽抱在怀里，用一张小毯蒙着她。在拿小毯的时候，发见了两锭压床褥的纹银，他喜出望外，连忙捡起掖在身边，从原路出去，一溜烟似地跑了。

二

粪扫一跑出城外，抱着孩子，心里在盘算着。那时当地有些人家很喜欢买不满三岁的女婴来养，大了当丫头使唤；尤其是有女儿的中等家庭，买了一个小丫头，将来大了可以用来做小姐的陪嫁婢。他立定主意要卖雅丽，不过不能在本城或近乡干，总得走远一点。在路边歇着的时候，他把银锭取出来放在手里掂一掂，觉得有十来两重，自己裂着嘴笑了一会。正要把银子放回口袋里，忽然看见远处来了人，走得非常地快。他疑心是来追他的，站起来，抱着孩子，撒开腿便跑。转了几个弯，来到渡头，胡乱地跳上一只正要启旋的船，坐在舱底，他的心头还是怔忡地跳跃着。

他受了无数的虚惊，才辗转地到了厦门，手里抱着孩子，一点办法也想不出来，他没理会没有媒婆，买卖人口是不容易得着门道，自己又不能抱出去满街嚷嚷。住了好些日子，没把孩子卖出去，又改了主意。他想，不如到南洋去，省得住久了给人看出破绽来。

在一个朦胧的早晨,他随着店里一帮番客来到码头。因为是一个初出口岸的人,没理会港口有多少航线,也不晓怎样搭伙上大船去。他胡乱上了围着渡头的一只小艇,因为那上头也满载着客人,便想着是同一道的。谁知不凑巧,艇夫把他送上上海船去了!他上了船,也没问个明白,只顾深密躲藏起来。一直到船开出港口以后,才从旁人的话知道自己上错了船,无可奈何,只得忍耐着,自己再盘算一下。

一天两天在平静的海面进行着,那时正在三伏期间,舱里热得不可耐,雅丽直嚷要妈妈。他只得对同舱的人说,他是她的叔叔,因为哥哥在南洋去世,他把嫂嫂同孩子接回家乡,不料嫂嫂在路上又得了病,相继死掉了。他是要回乡去,不幸上错了船。一番有情有理的话,把听的人都说得感动起来。有人还对他说上海的泉、漳人也很多,船到时可以到会馆去求些盘缠,或找些事情,都不很难。他见人们不怀疑他,才把心意放宽了,此后时常抱着孩子在甲板上走来走去。

在船到上海的前一天,一个老妈走到粪扫身边说,他的太太要把孩子抱去看看。粪扫还没问他什么意思,她已随着说出来。他说他的太太在半个月以前刚丢了一位小姐,昨天在舱里偶然听见他的孩子,不觉太太伤心起来,泪涟涟地哭着她那位小姐。方才想起又哭,一定要把孩子抱去给她看看。她说他的太太很仁慈,看过了一定会有赏钱给的,问了一番彼此的关系,粪扫便把雅丽交给那女佣抱到官舱里去。

大半天工夫,佣人还没把孩子抱回来,急得粪扫一头冷汗。他上到甲板,在官船门口探望,好容易盼得那佣人出来。她说,太太一看他的孩子,便觉得眼也像她的小姐,鼻也像她的小姐,甚至头发也像得一毫不差。那女孩子,真有造化,教太太看中了。

粪扫却有一点小聪明,他把女佣揪到甲板边一个稍微僻静的地方，问她太太是个什么人。从女佣口里，他知道那太太是钦差大臣李爵相幕府里熟悉洋务一位顶红的黄道台的太太，女佣启发他多要一点钱。他却想借着机缘求一个长远的差使，在船上不便讲价，相约上岸以后再谈。

黄太太自从见过雅丽以后，心地开朗多了。她一时也离不开那孩子，船一到，便教人把粪扫送到一间好一点的客栈去。她回公馆以后，把事情略为交待，便赶到客栈里来。她的心比粪扫还急，粪扫知道这买卖势在必成，便故意地装出很不舍得的情态。这把那黄太太憋得越急了，粪扫不愿意卖断，只求太太赏他一碗饭吃，太太以为这在将来恐怕拖着一条很长的尾巴，两造磋商了一半天，终于用一百两银子附带着一个小差使，把雅丽换去了。

粪扫认识的字不多，黄太太只好把他荐到苏松太兵备道衙门里当个亲兵什长，他的名字也改了。在衙门里做事倒还安分，道台渐渐提拔他，不到一年工夫又把他荐到游击衙门当哨官去。他有了一个小功名，更是奋发，将余间的工夫用在书籍上，居然在短期内把文理弄顺了。有时他也到上海黄公馆的门房去，因为他很感激恩主黄太太的栽培，同时也想看看雅丽的生活。雅丽居然是一位娇滴滴的小姐，有一个娘姨伺候着她。小屋里，什么洋玩意儿都有，单说洋娃娃也有二三十个。天天同妈妈坐在一辆维多利亚马车出去散步，吃的喝的，不用提，都是很精美的。她越长越好看，谁见了都十分赞美，说孩子有造化，不过黄太太绝对不许人说小姐是抱来的。她爱雅丽就和亲生的一样，她屡次小产，最后生的那个，养了一年多又死了。在抱雅丽的时候，她到城隍庙去问了个卦，城隍老爷与"小半仙"都说得抱一个回来养，将来可以招个弟弟。自从抱了雅丽以后，她的身体也是一天好似一天，菩萨说她的运气转好了，使她越发把女儿当做活宝。黄观察并不常回家，爵相在什么地方，他便随着到什么地方去，所以家里除掉太太小姐以外，其余都是当差的。

门房的人都知道粪扫是小姐的叔父，他一来到，当然是格外客气。那时候，他当然不叫"粪扫"了，而官名却不能随便叫出来的，所以大家都称他做李总爷或李哨官。过年过节，李总爷都来叩见太太，大太叮咛他不得说出小姐与他彼此的关系，也不敢怠慢他。

三

李总爷既然有了官职，心里真也惦着他哥哥的遗体，虽曾寄信到威海卫去打听，却是一点踪迹都没有。他没敢写信给他嫂嫂，怕惹出大乱子来不好收拾。那边杏官因为丢了孩子，便立刻找牧师去。知县老爷出了很重的花红赏格，总是一点头绪都没有。原差为过限销不了差，不晓得挨了多少次的大板子。自然，谁都怀疑是玉官的小叔子干的，只为人赃不在，没法证明。几个月几个月的工夫忽忽地过去，城里的人也渐渐把这事忘记掉，连杏官的情绪也随日松弛，逐渐复原了。

玉官自从小叔子失踪以后，心境也清爽了许多，洋主人意外地喜欢她，因为她又聪明，又伶俐。传教是她主人的职业，在有空的时候，她便向玉官说教。教理是玉官在杏官家曾领略过一二的，所以主人一说，她每是讲头解尾，闻一知十。她做事尤其得人喜欢，那般周到，那般妥贴，是没有一个仆人能比得上的。主人一意劝她进教，把小脚放开，允许她若是愿意的话，可以造就她，使她成为一个"圣经女人"，每月薪金可以得到二两一钱六分，孩子在教堂里念书，一概免缴学费。

经过几个星期的考虑，她至终允许了。主人把她的儿子暂时送到一个牧师的家里，伴着几个洋孩子玩。虽然不以放脚为然，她可也不能不听主人的话。她的课程除掉圣经以外，还有"真道问答"，"天路历程"，和圣诗习唱。姑娘每对她说天路是光明、圣洁、诚实，人路是黑暗、罪污、虚伪，但她究竟看不出大路在那里。她虽然找不到天使，却深信有魔鬼，好像她在睡梦中曾遇见过似地。她也不很信人路就如洋姑娘说的那般可怕可憎。

一年的修业，玉官居然进了教。对于教理虽然是人家说什么，她得信什么，在她心中却自有她的主见，儿子已进了教堂的学塾，取名李建德，非常聪明，逢考必占首名，塾师很喜欢他。不到两年，他已认识好几千字，英语也会说好些。玉官不久也就了"圣经女人"的职务，每天到城乡各处去派送福音书、圣迹图，有时对着太太姑娘们讲道理。她受过相当的训练，口才非常好，谁也说她不赢。虽然她不一定完全信她自己的话，但为辩论和传教的原故，她也能说得面面俱圆。"为上帝工作，物质的享受总得牺牲一点。"玉官虽常听见洋教士对着同工的人们这样说，但她对于自己的薪金已很满意；加上建德在每天放学后到网球场去给洋教士们捡球，因而免了学费，更使她乐不可支。这时她不用再住在福间堂后面的小房子，已搬回本宅去了。她是受条约保护的教民，街坊都有几分忌畏她。住宅的门口换上信教的对联："爱人如己，在地若天。"门楣上贴上"崇拜真神"四个字。厅上神龛不晓得被挪到那里，但准知道她把神主束缚起来，放在一个红口袋里，悬在一间屋里的半阁的梁下。那房门是常关着，像很神圣的样子。她不能破祖先的神主，因为她想那是大逆不道，并且于儿子的前程大有关系。她还有个秘密的地方，就是厨房灶底下，那里是她藏银子的地方。此外一间卧房是她母子俩住着。

不久，北方闹起义和团来了，城里几乎也出了乱子，好在地方官善于处理，叫洋人都到口岸去。玉官受洋主人的嘱托，看守礼拜堂后的住宅。几个月后，事情平静了，洋主人回来，觉得玉官是个热心诚信的人，管理的才干也不劣，越发信任她。从此以后，玉官是以传教著了名。在与人讲道时，若遇见问虽如"上帝住在什么地方"、"童贞女生子"、"上帝若是慈悲，为什么容魔鬼到别处去害人，然后定被害者的罪"等等问题，虽然有口才，她只能回答说，那是奥妙的道理，不是人智与语言所能解明的。她对于教理上不明白的地方，有时也不敢去请洋教士们；间或问了，所得的回答，她也不很满意。她想，反正传教是劝人为善，把人引到正心修身的道上，哪管他信的是童贞女生子或石头缝里爆出来的妖精。她以为神奇的事迹也许有，不过与为善修行没甚关系。这些只在她心里存着。至于外表上，为要名副其实，做个遵从圣教的传道者，不能不反对那拜偶像、敬神主、信轮回等等旧宗教，说那些都是迷信，她那本罗马字的白话《圣经》不能启发她多少神学的知识，有时甚至令她觉得那班有学问的洋教士们口里虽如此说，心里不一定如此信。她的装束，在道上，谁都看出是很特别的黑布衣裙；一只手里永不离开那本大书，一只手常拿着洋伞；一双尖长的脚，走起来活像母鹅的步伐。这样，也难为她，一天平均要走十多里路。

城乡各处，玉官已经走惯了。她下乡的时候，走乏了便在树荫底下歇歇。以后她的布教区域越大，每逢到了一天不能回城的乡村，便得在外住一宿。住的地方也不一定，有教堂当然住在教堂里，而多半的时候却是住在教友家中。她为人很和蔼，又常常带些洋人用过的玻璃瓶、饼干匣，和些现成药材，如金鸡纳霜、白树油之类，去送给乡下人，因此，人们除掉不大爱听她那一套悔罪拜真神的道理以外，对她都很亲切。

因为工作优越，玉官被调到邻县一个村镇去当传道，一个月她回家两三天。这是因为建德仍在城里念书，不能随在身边，她得回来照料，同时可以报告她一个月的工作。离那村镇十几里的官道上不远，便是她公婆的坟墓。她只在下葬的时候到过那里，自入教以来，好些年就没人去扫祭。一天下午，她经过那道边，忽然想起来，便寻找了一回，果然在乱草蒙茸中找着了。她教田里农人替她除干净，到完工的时候已是黄昏时分，赶不上回镇。四处的山头都教晚云笼罩住，树林里的归鸟噪得很急。初夏的稻田，流水是常响着的。田边的湿气蒸着几朵野花，颜色虽看不清楚，气味还可以闻得出来，她挂着洋伞，一手提着书包，慢慢地踱进树林里那个小村。那村与树林隔着一条小溪，名叫锦鲤社，没有多少人，因为男丁都到南洋谋生去了。同时又是在一条官道上，不说是士商行旅常要经过，就是官兵、土匪凡有移动，也必光临，所以年来居民越少，剩下的只有几十个老农和几十个妇孺。教会在那里买了一所破旧的大房子，预备将来修盖教堂和学堂。玉官知道那就是用杏官入股的那间药房的献金买来的，当晚便到那里去歇宿。

房买过来虽有了些日子，却还没有动工改建，只有一个看房的住在门内。里面卧房、厢房、厅堂，一共十几间。外门还有一所荒凉的花园，前门外是一个大鱼池，水几乎平岸。因为太静，院子里所有的声音都可以听见。在众多的声音当中，像蝙蝠拍着房檐，轻风吹着那贴在柱上的残破春联，钻洞的老鼠，扑窗的甲虫，园后的树籁，门前的鱼跃，不惯听见的人，在深夜里，实在可以教他信鬼灵的存在。

看房子的是个四十左右的男子，名叫廉，姓陈，玉官是第一次来投宿。他问明了，知道她是什么人，便给她预备晚饭。他在门外的瓜棚底下排起食具，让玉官坐在一边候着，因为怕屋里一有灯光便会惹得更多蚊子飞进去。棚柱上挂着一盏小风灯，人面是看不清楚的。吃过晚饭以后，玉官坐在原位与陈廉间谈。他含着一杆旱烟，抱膝坐在门槛上，所谈无非是房子的来历和附近村乡的光景，他又告诉玉官说那房子是凶宅，主人已在隔溪的林外另盖了一座大厦，所以把它卖掉。又说他一向就在那里看房，后来知道是卖给教会开学堂，本想不干了，因为教会央求旧主人把他留到学堂开办的时候，故此不得不勉强做下去。从他的话知道他不但不是教徒，并且是很不以信教为然的。他原不是本村人，不过在那里已经住过许久，村里的情形都很熟悉。他的本业是挑着肉担,吹起法螺,经村过社,买完了十几二十斤肉,恰是停午。看房子是他的临时的副业,他不但可以多得些工钱,同时也落个住处。村里若是酬神演戏,他在早晨买肉以后,便在戏台下摆卤味摊。有时他也到别的村镇去,一去也可以好几天不回来。

玉官自从与丈夫离别以后,就没同男人有过夜谈。她有一点忘掉自己,彼此直谈到中夜,陈廉才领她到后院屋里去睡。他出来倒扣着大门,自己就在瓜棚底下打铺。在屋里的玉官回味方才的谈话,闭眼想象灯光下陈廉的模糊的样子,心里总像有股热气向着全身冲动,躺在床上翻来覆去,直睡不着。她睁着眼听外面许多的声音,越听越觉得可怕。她越害怕,越觉得有鬼迫近身边。天气还热,她躺在竹床上没盖什么。小油灯,她不敢吹灭它,怕灭了更不安心。她一闭着眼就不敢再睁开,因为她觉得有个大黑影已经站在她跟前。连蚊子咬,她也不敢拍,躺着不敢动,冷汗出了一身,至终还是下了床,把桌上放着的书包打开,取出《圣经》放在床上,口里不歇地念乃西信经和主祷文,这教她的心平安了好些。四围的声音虽没消灭,她已抱着《圣经》睡着了。一夜之间,她觉得被鬼压得几乎喘不了气。好容易等到鸡啼,东方渐白,她坐起来,抱着圣书出神。她想中国鬼大概不怕洋圣经和洋祷文,不然,昨夜又何故不得一时安宁?她下床到门口,见陈廉已经起来替她烧水做早餐,陈廉问她昨夜可睡得好。玉官不敢说什么,只说蚊子多点而已。她看见陈廉的枕边也放着一本小册子,便问他那是什么书。陈廉说是《易经》,因为他也怕鬼。她恍然大悟中国鬼所怕的,到底是中国圣书!

一夜的经过,使玉官确信世间是有鬼的。吃过早饭以后,身上觉得有点烧,陈廉断定她是昨夜受了凉,她却不以为然。她端详地看着陈廉,心里不晓得发生了一种什么作用,形容不出来,好像得着极大的愉快和慰安。他伺候了一早晨,不但热度不退，反加上另一样的热在心里。本来一清早，陈廉得把担子挑着到镇上去批肉。这早晨伺候玉官，已是延迟了许多时候，见她确像害病，便到镇里顺便替她找一顶轿子把她送回城里。走了一天多，才回到家里，她躺在床上发了几天烧，自己不自在，却没敢告诉人。

她想，这也许是李家的祖先作祟，因为她常离家，神主没有敬拜的原故。建德回家也是到杏官那边去的时候多，自玉官调到别处，除教友们有时借来聚聚会以外，家里可说是常关锁着，她在床上想来想去，心里总是不安，不由得起来，在夜静的时候，从梁上取下红口袋，把神主抱出来，放在案上。自己重新换了一套衣服，洗净了手，拈着香向祖先默祷一回。她虽然改了教，祖先崇拜是没曾改过。她常自己想着如果死后有灵魂的存在，子孙更当敬奉他们。在地狱里的灵魂也许不能自由，在天堂里的应有与子孙交通的权利。灵魂睡在坟墓里等着最后的审判，不是她所佩服的信条。并且她还有她自己的看法，以为世界末日未到，善恶的审判未举行，谁该上天，谁该入地，当然不知，那么，世间充满了鬼灵是无疑的。她没曾把她这意思说过出来，因为《圣经》没这样说，牧师也没这样教她。她又想，凡是鬼灵都会作威作福，尤其是恶鬼的假威福更可怕，所以去除邪恶鬼灵的咒语图书，应当随身携着。家里的祖先虽不见得是恶鬼，为要安慰他们，也非常时敬拜不可。

自她拜过祖先以后，身体果然轻快得多，精神也渐次恢复了。此后每出门，她的书包里总夹着一本《易经》。她有时也翻翻看，可是怪得很，字虽认得好些个，意义却完全不懂！她以为这就是经典有神秘威力的所在，敬惜字纸的功德，她也信。在无论什么地方，一看见破字条、废信套、残书断简，她都给捡起来，放在就近的仓圣炉里。

四

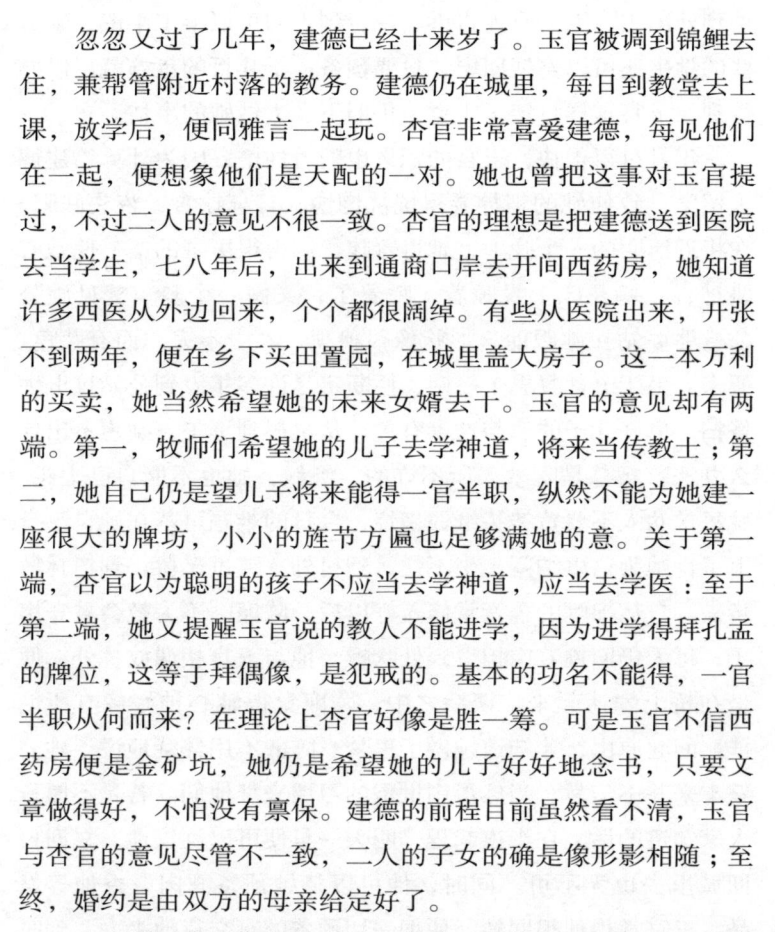

忽忽又过了几年,建德已经十来岁了。玉官被调到锦鲤去住,兼帮管附近村落的教务。建德仍在城里,每日到教堂去上课,放学后,便同雅言一起玩。杏官非常喜爱建德,每见他们在一起,便想象他们是天配的一对。她也曾把这事对玉官提过,不过二人的意见不很一致。杏官的理想是把建德送到医院去当学生,七八年后,出来到通商口岸去开间西药房,她知道许多西医从外边回来,个个都很阔绰。有些从医院出来,开张不到两年,便在乡下买田置园,在城里盖大房子。这一本万利的买卖,她当然希望她的未来女婿去干。玉官的意见却有两端。第一,牧师们希望她的儿子去学神道,将来当传教士;第二,她自己仍是望儿子将来能得一官半职,纵然不能为她建一座很大的牌坊,小小的旌节方匾也足够满她的意。关于第一端,杏官以为聪明的孩子不应当去学神道,应当去学医;至于第二端,她又提醒玉官说的教人不能进学,因为进学得拜孔孟的牌位,这等于拜偶像,是犯戒的。基本的功名不能得,一官半职从何而来?在理论上杏官好像是胜一筹。可是玉官不信西药房便是金矿坑,她仍是希望她的儿子好好地念书,只要文章做得好,不怕没有禀保。建德的前程目前虽然看不清,玉官与杏官的意见尽管不一致,二人的子女的确是像形影相随;至终,婚约是由双方的母亲给定好了。

在建德正会做文章的时候,科举已经停了。玉官对于这事未免有点失望,然而她还没抛弃了她原来的理想,希望建德得着一官半职,仍是她生活中最强的原动力。从许多方面,她听见学堂毕业生也可以得到举人进士的功名,最容易是到外洋游学,她请牧师想法子把建德送出洋去,牧师的条件是要他习神学,回来当教士,这当然不是她理想中儿子的前程。不得已还是把建德安置在一个学膳费俱免的教会学堂。那时这种学堂是

介绍新知的唯一机关。她想十年八年后，她的积聚必能供给建德到外国去，因为有人告诉她说，到美国可以半工半读，勤劳些的学生还可以寄钱回家，只要预备一千几百的盘缠就可以办得到，玉官这样打定了主意，仍旧下乡去做她的事情。

年月过得很快，玉官的积聚也随着加增，因为计算给建德去留学，致使她的精神弄得恍恍惚惚，日忘饮食，夜失睡眠。在将近清明的一个晚上，她得着建德病得很厉害的信，使她心跳神昏，躺在床上没睡着，睡着了，又做一个梦。梦见她公公、婆婆站在她跟前，形状像很狼狈，衣服不完，面有菜色。醒来，坐床上，凝思了一回，便断定是许多年没到公姑坟上去祭扫，也许儿子的病与这事有关。从早晨到下午，她想不出什么办法。祭墓是吃教人所不许的。纸钱，她也不能自己去买。她每常劝人不要费钱买纸钱来烧，今日的难题可落在她自己身上了！她为这事纳闷，坐不住，到村外，蹀过溪桥，到树林散步去。自从锦鲤的福音堂修盖好以后，陈廉已不为教会看守房子，每天仍旧挑着肉担，到处吹螺。他与玉官相遇放林外，便坐在桥上攀谈起来。谈话之中，陈廉觉得她心神好像有所怔挂，问起原由，才知道她做了鬼梦。陈廉不用怀疑地说，她公婆本来并不信教，当然得用世俗的习惯来拜他们。若是不愿意人家知道的话，在半夜起程，明天一早便可以到坟地。祭回再回城里去也无不可。同时，他可以替她预备酒肉、香烛等祭品。玉官觉得他很同情，便把一切预备的事交待他去办，到时候在村外会他。住在那乡间的人们为赶程的原故，半夜动身本是常事，玉官也曾做过好几次，所以福音堂的人都不大理会。

月光盖着的银灰色世界好像只剩下玉官和陈廉。山和树只各伴着各的阴影，一切都静得怪可怕的。能够教人觉得他们还是在人间的，也许就是远村里偶然发出来的犬吠。他们走过树下时，一只野鸟惊飞起来，拍翅的声，把玉官吓得心跳肉颤，骨软毛悚。陈廉为破除她的恐怖，便与她并肩而行，因为他若在前，玉官便跟不上；他若在后，玉官又不敢前进。他们一面走，一面谈，谈话的范围离不开各人的家世。陈廉知道玉官是希望着她的儿子将来能够出头，给她一个好的晚景。玉官却不知道陈廉到底是个什么人，因为他不大愿意说他家里的事。他只说，他什么人都没有，只是赚多少用多少。这互述身世的谈话刚起头，鱼白色的云已经布满了东方的天涯。走不多时，已到了目的地，陈廉为玉官把祭品安排停当，自己站在一边。玉官拈着香，默祷了一回，跪下磕了几个头。当下她定要陈廉把祭品收下自用。让了一回，陈廉只得听从，领着她出了小道，便各自分手。

陈廉站在路边，看她走远了，心里想，像这样吃教的婆娘倒还有些人心。他赞羡她的志气，悲叹她的境遇，不觉叹了几口气，挑着担子，慢慢地望镇里去。

玉官心里十分感激陈廉，自丈夫去世以后，在一想起便能使她身上发生一重奇妙的感觉的还是这个人。她在道上只顾想着这个知己，在开心的时候他会微笑，可是有时忽然也现出庄肃的情态，这大概是她想到陈廉也许不会喜欢她，或彼此非亲非故所致罢。总之，假如"彼此为夫妇"的念头，在玉官心里已不知盘桓了多少次，在道上几乎忘掉她赶程回家的因由。几次的玄想，帮助她忘记长途的跋涉。走了很远才到一个市镇，她便雇了一顶轿子，坐在里头，还玄想着。不知不觉早已到了家门，从特别响亮的拍门声中知道她很着急。门一开，站在她面前的不是别人，正正确确地是她的儿子建德。她发了愣，说她儿子应当在床上躺着，因为那时已经快到下午十点钟了。建德说他并没有病，不过前两天身上有点不舒服，向学校告了几天假罢了。其实他是恋上了雅言，每常借故回家。玉官一踏进厅堂，便见雅言迎出来，建德对他母亲说，亏得他的未婚妻每日来做伴，不然真要寂寞死了，这教玉官感激到了不得，建德顺即请求择日完婚，他用许多理由把母亲说动了，杏官也没异议，于是玉官把她的积金提些出来，一面请教会调她回来城里工作，等过一年半载再回原任。

举行婚礼那一天，照例她得到教堂去主婚。牧师念圣经祈祷，祝福，所有应有的礼节一一行过。回到家中，她想着儿子和新妇当向她磕头，那里想到他们只向她弯了弯腰。揖不像揖，拜不像拜！她不晓得那是什么礼，还是杏官伶俐，对她说，教会的信条记载过除掉向神以外，不能向任何人物拜跪，所以他只能行鞠躬礼。玉官心想，想不到教会对于拜跪看得那么严重，祖先不能拜已经是不妥，现在连父母也不能受子女最大的敬礼了！她以为儿子完婚不拜祖先总是不对的。第四天一早趁着建德和雅言出门拜客的时候，她把神主请下来，叩拜了一阵，心里才觉稍微安适一点。

五

自从雅言嫁到玉官家里，一切都很和气，玉官真个享了些婆福，出外回来，总有热茶热汤送到她面前。媳妇是想不到地恭顺，连在地上捡得一红纸条都交回给她。一见面便妈妈长妈妈短的问，把她老人家奉承得眉飞目舞，逢人便赞。

花无百日香，媳妇到底不是自家人，不到半年，玉官对于雅言有些厌恶了，原因是建德入了革命党。她以为雅言知道，没劝他犹可说，连告诉她一声都没有。他同十几个同志预谋到同安举事，响应武汉；不料事机不密，被逮了十几个人，连他也在内，知县已经把好几个人杀了。这消息传到玉官耳边，急得她捶胸跪地，向天号哭，一面向上帝祈祷，一面向祖先许愿。她以为媳妇不懂得爱护丈夫，连这杀头大罪，也不会阻止他，教他莫去干，她向着雅言一面哭，一面骂，骂得媳妇也哭起来。

玉官到牧师那里，求他到县里去说人情，把儿子保出来。一面又用了许多银子托人到县里去想法子。她的钱用够了，也就有人出来证明建德是被诬陷，可不是吗！他的年纪不过是十八九，懂得什么革命呢？加以洋牧师到知县面前面保，不好拒绝，恐怕惹出领事甚至公使的照会，不是玩的。当下知县把建德提出来，教训了几句，命保人具结，当堂释放。牧师搂着他，两眼望天直祷告了一刻工夫。出了衙门，一面走，一面劝建德不要贪图世间的功业，要献身给天国。建德的入党也是胡里胡涂地，自思既然受了天恩，便当随教会的意思，要怎样便怎样，牧师当然劝他去当牧师。于是在他毕业中学之后，便被送到一个神学校去，牧师又劝玉官说，不要对于建德的将来太失望。他也许不能满足她一切的期望，但她应当要求一个更高的理想，活在理论的世界里。

玉官自从建德进神学校以后，仍旧下乡去布道，只留着雅言在家。她的私积为建德的婚事和官司用得精光，一想起来，那怨恨便飞到雅言身上。因此她一回来，媳妇虽然像往常那般奉承，她总免不了要挑眼，找岔，雅言常常受她的气，不晓得暗地里哭了多少次。这样下去，两人的感情便随日丧失，竟然交口对骂起来。在玉官看来，媳妇当然是不孝，她想无论叫谁来评判，也要判雅言为不孝，可是她没想到凡事都有例外。第一，她的儿子并不这样想；第二，她的亲家母也没以她的女儿为不然。她儿子一从学校回来，她没别的话，一切怨恶的箭都向雅言发射，射得她体无完肤。儿子听得受不了，教她装聋扮哑，这样倒使他母亲把他也骂个臭，说他不长进，听媳妇的话，同媳妇一鼻孔出气，合谋要气死她。建德在家里，最使她忿忿不平的是雅言躲在屋里与儿子密谈。她想，儿媳妇若非淫荡，便是长舌，这于家庭，于她自己，都是有害无利。到亲家母那里去分会罢，她在气不过的时候，总是这样想。可是一到杏官那里，她都没得着同情的解答。她若说雅言亲匿丈夫不招呼她，杏官便回答她，年轻的夫妇应当那样，因为《圣经》说，夫妇应当合为一体，况且她女儿嫁的是丈夫，不是婆婆。

又是一个时候，玉官在杏官面前啰嗦得没开交，激嬲了杏官，杏官便说她如果是眼红儿媳妇与儿子亲密，把她撇在一边，没人来理，为何不去改嫁？她又劝玉官不要把雅言迫得太甚，因为女儿已经有娠，万一有什么差错，她是不答应的。这把玉官气得捶胸大哭，伸过手来，一巴掌便落在杏官脸上。这样的"断然处置"，当然不能使杏官忍受，两个女人在紧张的情形底下不宣而战。

交了两三手，杏官一句话提醒了她，说她身为布道家，不能这般任性，玉官羞得满脸涨热，心里的难受直如受了天上人间最酷的刑罚。她坐在一边喘气，眼泪源源地滴在襟前。惭愧的小心情迫着她向杏官求饶恕，杏官当下又安慰了她几句，她将她自己作比，说她把丈夫丢了，把一个女儿丢了，也是这样过活，万事都依赖上天，随遇而安，那就快活了。做人到不必斤斤于寻求自己的享乐受用，名誉恭敬，如她心里想着子女无论如何是孝顺的，他们也自然地不给她气受了。

玉官出了杏官的门，心里仍然有无限的愧恨。她还没看出那"理想"的意义，她仍然要求"现实"：生前有亲朋奉承，死后能万古流芳，那才不枉做人。她虽走着天路，却常在找着达到这目的人路。因为她不敢确断她是在正当的路程上走着，她想儿子和媳妇那样不理会她，将来的一切必使她陷在一个很孤寂的地步。她不信只是冷清的一个人能够活在这世界里。富，贵，福，寿，康，宁，最少总得攀着一样。

到家里，和衣躺在床上，雅言上前问好，她也没理会，足足睡了一天一夜，她觉得她一切的希望都是空的。从希望、理想，想到实际，使她感到她现在的工作也没意味。想透一点，甚至有点辜负良心。但是她又想回来，以为造就儿子的前程就是她的良心。她的工作，劳力，也和用在其他的事业上一样，主人要她怎样做，她便怎样做，主人要她怎样说，她便怎样说。她是一个职业的妇人，不是一个尼姑。不过儿子是她的，如今他像是属于别的女人，不大受她统制，再也不需要她了。这使她的工作意义根本动摇。想来想去，还是得为自己想。从自己想到她的亡夫，从亡夫又想到陈廉。她想到陈廉，几乎把一切的苦恼都忘掉，好像他就是在黑洞里的一盏引路灯，随着它走，虽然旁的都看不见，却深信它一定可以引到一条出路。

她已决定辞掉女传道的职业，跟着陈廉在村里住。她想陈廉一定会答应的，因为写了一封没具理由的辞职书递给传道公会。洋姑娘来慰留她，问她到底为什么不满意，她只是说不出来。用女人的心来猜女人，说不出来的不过是一两件事而已。洋姑娘忖度玉官若非到乡下传教被不信的人们所侮辱，便是在陇陌间给暴徒伤害了她的清白，这个，除掉祈祷以外，绝不能对外人声张。她们祷告了半天，却也没什么结果，洋姑娘还是劝她权且担任下去，等公会开会来讨论。

她回到锦鲤，一心要同陈廉说她这一点心事。因为离社几十里的一个村庄演戏赛会，陈廉到那戏台下卖卤味去了。等了一天，两天，他都没回来，以致她的心情时刻在转动着。

五六天后，醮打完了，陈廉赚了些钱，很高兴地回到社里。他做了许多年的买卖，身边有了够上置几十亩地的积蓄，都放在镇上生利。大王庙口那棵樟树有一条很粗的根露出地面一尺多高，往来的人们每坐在那上头歇息，玉官出外回来也常坐在那里与陈廉闲谈。听着隔溪的鸟声很可以使人忘却疲倦，他坐在那里正计算着日间的收入，抬头看见玉官立即让坐，说了许多闲话，渐次谈到他们两人结合的事。这在陈廉方面是一件可诧异的事，吃教人愿意嫁给世俗人。但是玉官把她的真情说出来，说得陈廉也动了心。他说，若是彼此成亲，这社里是不能住的，他可以把积蓄提出来，一同到南洋去做小买卖。

玉官一向不曾对陈廉说过她与家人不和的事情。陈廉是十几年没到过城里去，所以玉官的实在光景，他也不大明了。还是他自己对玉官说，他从前也住在城里，因为犯了些事，逃到锦鲤来。他把事情的原委说出来,玉官心里想,那不就是杏官的事情吗?她嘴里虽没说出来,从他说的妻子姓金、有两个女儿的话推想起来,不是杏官是谁?玉官独自忖度半晌,一言不发。陈廉看她发愣,以为是计划到南洋的事情,也不细细问她。至终玉官站起来告诉他,彼此仔细想过,再作最后的决定,她快快地回到教堂,心里盘算:这事是问明白好呢?还是由它呢?

陈廉本是个极反对信洋教的,自从在村里与玉官认识以后,态度便渐渐变了,他虽不接近教会,然而一见玉官,每至谈到不知时辰。他常说他从前的脾气很坏,动不动就打人;自来到乡间,性格便醇了许多;自与玉官相识以后,更善得像羔羊一般,玉官到底有什么法力能够吸引他,旁人也不得而知。他安分营生,从来没曾与人动过口角,所有的村人都看他是个老实人。与玉官结婚原不是他的奢望,因为玉官的要求,他也就不加考虑地答允。但从玉官怀疑他是杏官的逃夫以后,心里已冷了七八分。她没敢把杏官与她的关系说出,也许是以为到南洋结婚还有考虑的余地。

雅言分娩的日期近了,杏官只忙着做外孙的衣帽,没工夫顾别的。玉官辞职的事,她一点也不理会,建德也从学校回来照料,到时请了一个西法接生婆来,玉官心里是随便请个本地的吉祥姥姥,所花的当要比用洋法、带着钳子、叉子的接生婆省得多。不过她这几个月来的心事大变,什么事都不愿意主张,一心只等着公会准她辞职,她再改嫁。生产的一切只得由着杏官照料,接生婆足足闹了一天也没把婴儿抱下来,雅言是痛得冒出一头冷汗。全家的人也都急得坐也坐不住,站也站不住,到深夜,一个男婴堕了地,产母躺在床上,面色惨白。大家忙着照料婴儿,竟没觉得雅言的灵魂已离开躯壳。玉官摩摩雅言的心头还热,可是呼吸已经停了,不由得大叫。个个看见这样,也都随着狂叫一阵,至终认定是没希望。接生婆也没法子，口中喃喃，一半像祈祷，一半像自白，杏官是哭得死去活来，玉官是眼瞪瞪说不出一句话，枯坐在一边，建德也只顾擦着眼泪。第二天早晨，他便出门去办一切应办的事。全家忙了好几天，才把丧事弄停妥了，孩儿由杏官看护，抱回外家去。

媳妇死了以后，玉官对着建德像恢复了从前一切的希望，自古道"一山不容二虎，一国不容二主"，也许家里没有两个女人，婆媳对奏的交响乐作不起来，多有清静的时间教她默想。她现在也不觉得再醮是需要，反而有了祖母的心情，她算算自己的年纪是四十二三，虽然现不出十分老，可是已有孙子。一个祖母还要嫁给一个后祖父么？她想到这里也不觉失笑。她还是安心做她的事，栽培儿子，接受了教会的慰留。

她觉得对陈廉不住，想把杏官的近况告诉他，但没预备好要说的话。同时她又不敢告诉杏官，怕杏官酸性发作起来，奚落她几句，反倒不好受。

六

自从雅言去世以后，教会便把玉官调回城里，乡间的工作暂时派别人去替代，为的是给她一点时间来照料孙儿。建德这时候也在神学校毕业了，教会一时没有相当的位置安置他，校长因为爱惜他的才学，便把他送到美国再求深造，玉官年中也张罗些钱寄去给他。她的景况虽然比前更苦，精神却是很活泼的。

流水账一般的年月一页一页地翻得很快，她的孙儿天锡也渐次长大了。教会仍旧派她到锦鲤和附近的乡间去工作，可是垂老的心情再也不向陈廉开放了。陈廉对于从前彼此所计划的事本来是无可无不可的，何况已经隔了许多年，情感也就随着冷下去。他在城里自己开了一间小肉铺子，除非是收账或定货，轻易不到锦鲤来，彼此见面的机会越少。

欧洲的大战，使教会在乡间的工作不如从前那么顺利。这情形到处都可以看出来。因为一方面出钱的母会大减布道的经费，一方面是反对基督教的人们因为回教的民族自相残杀，更得着理论的根据。接着又来了种种主义，如国家主义、共产主义等等运动，从都市传到乡间，从口讲达到身行。这是社会制度上一场大风雨，思想上一度大波澜，区区的玉官虽有小聪明，也挡不住这新潮的激荡。乡间的小学教师时常与她辩论，有时辩到使她结舌无言，只有闭目祈祷。其实她对于她自己的信仰，如说摇动是太重的话，最少可以说是弄不清楚。她也不大想做传道，一心只等建德回来，若能给她一个恬静安适的生活，心里就非常满足了。

建德一去便是八九年，战后的美国，男女是天天狂欢着的。他很羡慕这种生活，到了该回国的年限也不愿意回来。在最后一二年间，他不再向母亲要钱，因为他每月有点小小的入款，是由辅助一位牧师记账得来的工资。在留学生当中，他算是很能办事的一个。

在一个社交的晚会上，他认识了一个南京的女学生黄安妮，建德与她一见面，便如前好几生的相识，彼此互相羡慕。安妮家里只有一位母亲，父亲留下的一大桩财产都是用母亲和她名字存在银行里。要说她学的是什么，却很难说，因为她的兴趣是常改变的。她学过一年多的文学，又改习家庭经济。不久厌恶了，又改学绘画，由绘画又改习音乐，因为她受不了野外的日光。由音乐又改习哲学，因为美学是哲学的一部门。太高深的学问又使她头痛，至终又改习政治。在美国，她也算是老资格，谁都知道她。缺德的同学给她起个外号叫"学园里的黄蝴蝶"，但也有许多故意表示亲切的同学管她叫安妮，她对人们怎样称呼她都不在意，因为她是蝴蝶，同时也是花；是艺术家，同时也是政治家。当她是花的时候，其它的蝴蝶都先后地拥护着她，追随着她，向她表示这样那样。她常转变的学业，使她滞留在外国，转眼间已到了四七年华。不回国也不要紧，反正她不必为生活着急。在外国有受用处，便尽量受用，什么野球会、麻雀会、晚餐会、跳舞会，乃至"公难尾巴会"，她都有份，而且忙个不了。

建德是她意中人之一，她觉得他的性情与她非常相投。自从相识以后，二人常是如影随形，分离不开。有一次，他接到杏官一封信说要给他介绍一个亲戚的女儿。她说得天仙不如那位小姐的美丽，希望建德同意与她订婚。建德把信拿给安妮看，安妮大半天也没说半句话。这个使建德理会她是属意于他，越发与她亲密起来。

玉官知道儿子在外国已经有了女朋友，心里虽然高兴，只是为他不回来着急。她也常接建德的信说起安妮怎样怎样好，有时也附寄上二人同拍的照片。她看了自然很开心，早忘掉从前与雅言的淘气，心境比前好得多。建德年来不要她再寄钱去使用，身边的积蓄也渐次丰裕起来。天锡仍在杏官家住着，虽然到小学去念书，因为外祖母非常溺爱他，一早出门，便不定到那里去玩，到放学的时候才回来。学校报告他旷课，杏官也不去理会。玉官从乡间回家，最多也不过是十天八天，那里顾到孙子的功课。

天锡在学校里简直就是花果山的小猴王，爬墙上树，钻洞揭瓦，无所不为，先生也没奈他何。有一次他与一个小同学到郊外一座荒废的玄元观去，上了神座，要把偶像头上戴的冕旒摘下来玩，神像拱着双手捧着玉圭看来是非常庄严的。他们攀到袖子，不提防那两只泥手连袖子塌了下来，好像是神君显灵把他们推到地下的光景。他的脑袋磕在龛栏上，血流不止。那小同学却只擦破了皮，他把书包打开，拿出几张竹纸，忙忙地揞在天锡头上，不到一分钟，满都红了，于是又加上几张，脱下汗衫加裹得紧紧地，才稍微好一点。他们且不回家，还在庙里穿来穿去，那玄元观在几十年前是一座香火很盛的庙宇，后来因为各乡连年闹兵，外处侨居在城里的人死了不能就葬，都把灵柩停厝在那里，传说那里的幽鬼很猛烈，所以连乞丐都不敢在里头歇宿。各间屋子除掉满布木板长箱以外，一个人都没有，门窗早教人拉去做火烧了。

小同学自己到后院去，试要找出什么好玩的东西。天锡却因头痛，抱着脑袋坐在大门的槛上等他。等了一回，忽然听见一声巨响从后院发出来。他赶紧进去，看见小同学躺在血泊当中，眼瞪瞪，说不出话来。他也莫名其妙，直去扶那孩子。孩子已经断了气，走不动，反染得他一身都是血。无可奈何，天锡只得把尸首撂在地下，脸青青地溜出庙门。

天锡不敢迳自回家，只在树林里坐着，直等到斜阳没后，家家灯火闪烁到他眼前，才颓唐地踱进城去。一进家门，杏官看见他一身血渍，当然吓得半晌说不出话来。天锡不敢说别的，只说在外头摔了一跤，把头摔破了。杏官少不了一面骂，一面忙去舀水替他洗头面手脚，换上衣服，端上吃的。在放学后，天锡每得在外头玩到很晚才回家，所以常是吃完就睡。

过了两天，城里哄传玄元观里出了命案，引得一般不投稿的新闻访员，老的少的，男的女的，都赶出城去看热闹，不到半天工夫，玄元观直像开了庙会，早有十几担卖花生汤、油炸脍、芝麻糖的排在那里。庙门口已有几个兵士把守住，不许闲人进去。人们把那几个兵士团团围住，好像来到只为看看他们似地。不一会，人们在喝让道的声中分出一条小道，县长持着手杖和他的公人大摇大摆地来到庙门口。兵士举枪立正，行礼，煞是威风，在场有些老百姓看见这种神气，恐怕要想自己将来死的时候也得请一位官员来验尸，才可以引得许多人来增光闾里。县长进到后院，用香帕掩着鼻子，略为问了几句，仵作照例也报告些死者的状态。几个公人东张西望，其中一个看见离尸首不远的一个灵柩底盖板是斜放着，没有盖严，便上前去检验。他一掀开棺盖，便看见里头全是军人，还有许多炸弹，不由嚷了一声"炸弹呀！"那县长是最怕这样东西的，一听见他嚷，吓得扔了手杖，撒开腿望庙门外直奔，一般民众见县长直在人丛中乱窜，也各自分头狂奔。有些以为是白日闹鬼，有些以为是县长着魔，有些是莫名其妙，看见人家乱跑，也跟着乱跑一阵。

县长走了很远，才教几个公人把他扶住，请他先回衙门去，再请司令部派军队去搜查。原来近几个月间，县里常发见私藏军火的地方，间中也找出画上镰刀、铁锤的红旗。军政人员也不知道那是代表什么，见了军火，只乐得没收，其余的都不去理会它们。庙外还是围满了群众，个个都昂着头，望这里，望那里，好像等待什么奇迹的出现一般。忽听见远地嚷着"一二三四"，"一二三四"，带着整齐的脚音，越来越近。大家知道是兵队来了，急忙让道，兵士们进到庙里，把发现的枪支炸弹等物分帮运进城里。

仵作把尸验完，出到庙门口，围着他的群众，忙问死的是什么人。他把死者模样、服饰，略略说出，不到片刻工夫都传开了。当时有一个妇人大啼大哭，闯进庙里，口里不住地叫"儿，心肝，肉"她断定是贼人把她儿子害死，非要把凶手找出来不可。那时兵士们已经回去了，随着进去看热闹的人们中间，有劝她快到县衙去报案的，有劝她出花红缉凶的。她哭得死去活来，直说要到小学校去质问校长。公人把她带到衙门里，替她写状，县长稍为问了几句话，便命人送她回家。

好几天的调查，搔动了全城的人。杏官被校长召去问话，才知道玄元观的命案与天锡有关，回来细细地问孙子，果然。她立刻带着天锡去找洋牧师，说明原委。洋牧师劝他自首去，说这事于他一点过失也没有。杏官想想也是道理，于是忙带着孙子去找校长，求他做过保证。校长却劝她不要去惹官厅，一进衙门，是非是闹不清的，说不定要用三千两千才能洗刷干净，不如先请牧师到衙门去疏通一下，再定办法，杏官无奈，又去找洋牧师。到了县衙门，县长忙把他请到客厅去，一见天锡年纪并不大，不像个凶首，心里已想不追究，加上天锡自己说明那天的光景，命案一部分的情由就明白了。县长说他还得细细调查那些军火是哪里来的，是不是与天锡和他的同学有关。洋牧师当然极力辩论天锡是个好孩子，请县长由他担保，随传随到，县长也就答应了。临出门时，听见衙门里的人说，月来四处的风声很紧，反对现政府的叛徒到处埋伏，那些军火当然是他们秘密存贮在那庙里的。他带天锡回到杏官家里，把一切的情形都告诉了她。杏官听说大乱将到，心里更加不安，等牧师去后，急急写了一封信给玉官，问她怎样打算。

　　玄元观发现军火的事，县里虽没查出什么头绪，但杏官听见街上有人说李建德曾做革命党，这事又与他女婿有关，莫非就是他运的。事情又凑巧得很，在兵士运回去的军火当中，发现了有些贴上李字第几号的字条。他们正在研究这"李"字是什么意思。天锡被传到营里问了好些次，终不能证明他知道其中的底细。谁也不知道那些假棺木是从那里、在什么时候停在庙里，天锡也是偶然和同学到那里玩，他家里和常到的地方也没一点与军火相关的痕迹。为避祸起见，杏官在神不知鬼不觉的一个早晨，带着天锡悄悄地离开县城，到口岸去了。

七

　　玉官传教的区域已不像往年那么平静，早晚牛羊牟牟于于声音常从参着军号战鼓的杂响。什么警备令和戒严令，一两个月中总会来几次。陈总司令退出福建以后，兵队随地扎营是好几年来常见的事，玉官和其他民众一样，不加注意。

　　自从接到杏官报告天锡的事以后，她一心想回城里去看看，那几天是她在乡间布道的期间，好容易把礼拜天忙过了，想在星期以前赶到锦鲤过夜，第二天一早赶程回家，不料还没看见大王庙，前路已有几个行人回头走。他们说大路上有许多臂缠红布的兵士把住，无论是谁都不许通行。玉官不得已，只得折回，到一个小村里。那里有一家信教的农夫，因为地方不多，他把玉官安置在稻草房里。她闻着稻草房附近的粪堆和茅厕的气味已经不大受得住，又加上大大小小的老鼠，穿出窜进像没理会她也在里头似地。她心里断定，凡老鼠自由来往的屋里必定是有鬼的。不过她已得到陈廉防鬼的补术，把《圣经》和《易经》放在身边，放心躺在稻草上。治鬼虽有妙术，避臭却无奇方，玉官好容易到夜深了才合得眼睛睡着了。

她在梦中觉得有枪声和许多人的脚步声、吵嚷声，睁开眼已看见离她不远的稻草已经着了火，她无暇思索那是子弹引的火还是人放的火，扯起衣裙，望外便跑，那时已过夜半，全村都在火光里照着。她想事情是凶多吉少，不如逃到瓜田边那座看守棚去躲避一下。棚里的人已不在，她钻进去蹲着，心里非常害怕，闭着眼睛求上帝，睁着眼睛求祖宗。村里的人声夹着火焰四处发射，原来一队臂缠红布的兵到村里掳人。村里的人早就听闻数年来中国各地"闹兵"的事情。他们也知道有一种军队叫做"土共"，其他还有"红军"，"苏维埃军"等名目。但土与非土到底有什么分别，他们说不出来；他们只从行为来判断，凡是焚掠村庄，掳人勒索，不顾群众的安全与利益行为和强盗一般的，他们便叫那些人做土共。这次来的大概也是土共，因为他们在村里足足掳掠了一夜。玉官在棚里没敢闭眼睛，直等到天亮。看守棚只是一片竹篷罩成的一个圆穹，两头没什么遮拦，她若不出来，往来的人必要看见她。她想，还是赶回锦鲤去再作计较，可是走不多远，就被几个开路先锋断道无帅拦住。

她成了那队戴黑帽缠红布的军队的俘虏，被送到另一个村里。被掳来的妇女都聚在一处，有许多是玉官认识的。纷乱了几天，各人都派上一种工作。所谓工作是浣洗、缝补、炊煮等等，玉官是专管缝补的，那队人马的破衣烂帽特别多，把她两只手忙得发颤，到连针也拿得像铜柱一样重才勉强歇，这样的生活于她算是破天荒第一遭。自从当了传教士以后,她的生活的单调,天天循规蹈矩地生活着,没人催促她,也没人监视她。如今却是相反,生活直如囚徒一般,她怀念着在外国的儿子和城里的小孙,又想到不晓得什么时候才能脱离这场大难。她没有别的方法,流出几行泪就当安慰了自己。

有十几天的工夫在村外开了仗,缠红布的人们被打死了不少。他们退到村里,把轻重及其它一切货宝匆忙地收拾起来,齐向村后二十多里的密林退却。村中的男女丁口,马牛羊鸡犬豕,能带的也都得跟着他们走,一时人畜的号叫声响入云际,因为谁也不愿意跟他们做这样危险的旅行,可也没法摆脱。全村顿然显得像死寂的废墟,所剩的只有十几个老公公老婆婆,婴孩能走路也得随着走,在怀抱的就由各人母亲决断,不能带或不愿带的可以扔在路边,或留在村里。受伤的战士走不动的也被打死,因为怕被敌方掳去受刑逼供。

走了七八里路,队长忽然发现一张非常重要的地图和一本编号名册留在村里被打死的一个领队的身上。那是最重要的文件,绝对不能遗失,更不能落在敌人手里。队长要一个男人和一个女人扮成夫妇回去搜寻。玉官早想找机会逃脱,便即自告奋勇。她说,她认识几条小捷径,可以很迅速回来。同行的男子是"老同志",一路监视着玉官,半步也不肯放松,从小道走果然很快就到了村外。那时官兵还没来到,但隔着篱笆,那人已听见村里那几个剩下的老人在骂他们是土匪,官兵一来要怎样做他们的引导。玉官于是教那人就在竹阴底下等着,怕他进去不方便。那人把死者记在臂上的号数告诉她,由她自己进去。玉官本来是想一进村里便躲起来的,继而想到那人身边有枪,若等急了,必会自己进来,岂不又是血斗?她于是按着号数找寻,果然在路边一具尸首的衣袋里找出他们所要的文件。那时全村只是卧着凌乱的尸体和破碎的军需品,各家的门户都关得严严地。玉官在道上来回走了些时候,也没见人。她带着文件到林底下，交给那人，教他飞步向前走，说她走不动，随后跟着来。那人得着地图名册也自很满足，不顾一切地撒开腿便跑。玉官见那人走远了，且自回到村里。她想，那里不能久停，于是沿着田边的小径，向着锦鲤社投奔。

她那一双改组派的尖长脚，要手里的洋伞来扶持才能放步的，如今还得在小径上跋涉，所以更显得蹒跚可怜。好容易走到社口，又被两个灰衣军士拦住。他们不由分说，把她带到营长帐前。营长便命把她发落，颜色好像大失所望。他们都是外省人，说的话，玉官一句也不懂。两个兵士把她领到一间大屋子里，她认得是社里祠堂后院的厢房，那前院还有兵一小队驻扎着，她对二人说，是住在巷尾那间福音堂里，但说来说去，都说不清。他们也不懂得她的话，在屋里已有八九个女人，有在一边啼哭的，有坐着发愣的，也有些像不很关心的。玉官想着，这大概也是拉来替兵士们缝补衣服的罢。

原来在用武之地，军队的纪律若是差一点，必有两件事情是他们尽先要办的：第一件是点点当地有多少粮食，第二是数数有多少妇女。没有粮食和妇女，仗是不能打的，几个妇女一见玉官进来都围着她哭，要她搭救。玉官在那里工作那么些年，自然个个认得，但她也是女子，自己也没把握。前些日子在那一村被逮的时候，她也承认过自己是教徒，结果是被打了几个耳光，被骂了几句"帝国主义走狗"，所以对于用教会的名义，她有点胆怯。妇女当中有一个是由玉官引进教的，反劝玉官在危难时不要舍弃她的上帝。她从袖里取出一本《圣经》交给玉官，说她出来的时候什么都没有带，就带着那本书，请她翻开选一两节给大家讲讲。这话打中了玉官的心坎，于是从她手里把《圣经》接过来，自己慎重地念了几遍。

黄昏过后，各人喽了些粥水，玉官便要大家开始唱圣诗，祈祷，她翻开群众中惟一的《圣经》，拣出一章来念，一时全屋里显得很严肃。她越讲越起劲，劝大家要镇定，不要临难慌张，好像大家都预备着见危授命的神情。玉官自己也觉得刚强起来，心里想着所信的教也是常教人为义舍命。她讲过又唱，唱完又解，解完又祈祷，觉得大家像在当日罗马的斗场等待野兽来吃她们一般。这样把时间严肃地磨了几点钟，大约在九点钟后，几个兵士推进门来，就像饿虎扑食一般，个个动手来拉妇人们，笑嘻嘻地要望门外走。玉官因为挨着墙站着，没等来抓她便嚷起来。她叫所有的人停住，讲了一片"人都是兄弟姊妹，要彼此相爱，不得无礼"的道理。兵士中虽有一两个懂得本地话，但多数是听不明白，不过教堂聚会的仪式，他们是知道的。其中还有曾在别处的教堂听过好些次道理的。玉官叫一个懂话的人同她传译，说得非常诚恳。她告诉他们淫掠是人间最大的罪恶。她告诉他们在教会里男女都是兄弟姊妹。她告诉他们凡动蛮力必死蛮力之下。她告诉他们，她们随时可以舍命。许多许多好教训都从她口里泻出，好像翻开一部宗教伦理大辞书一般。她也莫名其妙，越说越像有像舌头的火焰在身体里头燃烧着。那班兵士不知不觉地个个都松了手，把女人们放开。玉官又教大家都坐下，把本国传统的阴阳哲学如"敬祖利人是种福给子孙"、"淫人妻女自己妻女也淫于人"的话说了一大套。有些话沾染了新思想的说"饮食男女"原是本能，男子动起情欲来要女子，也和饿的时候动起食欲要吃一般。玉官又开导他们说，那原是不错，只是吃也得吃得合乎正义；杀人来吃固然不成，就是抢人所有的来吃，也是自私自利，不能算是正大光明的吃法。要女人是应该的，不过用强迫的手段，将来必要受报应的。兵士们本是要来取乐的，在听玉官起头教训他们的时候，有些还说他们是来找开心，不是来教堂礼拜，可是十几分钟以后，他们越听越入耳，终于大家坐下，听着玉官和那些女教友唱诗。玉官教那些女人都叫兵士们做兄弟，也教兵士们叫她们为姊妹，还允许他们随时可以来谈话。他们来要她们做什么都成，就是不许无礼。有什么要缝补的，她们也乐意服劳。同时又劝他们也感化他们的同伴，不要来骚扰，正在大受感动的时候，又有另一批的兵士进来，说他们等得太久了，屋里那班受感化的兵士便叫他们也坐下，红过几乎动武的阶段，情形也和缓下去了。知道他们外面还有人等着，索性把门关起来，保护着那几个女人，果然门外不断敲门带骂的声音。门里的兵士成排站起来，把门顶住。乱了一夜，鸡已啼了。玉官教兵士们回帐幕去，又教其中的小头目去见营长，请他出一个不许奸淫妇女的手令。这事也不用经过什么困难就办到了，玉官想危险期已经过去。于是教同伴的妇女们随便休息，她心想昨夜就像遇见鬼，平时她想着《易经》的功效可以治死鬼，如今她却想着《新旧约圣书》倒可以治活鬼，她切意祈祷感谢了一回，也自躺下歇息。

祠堂的前门虽然有兵把着，但后门是常关着的，从后门的夹道转过一条小巷便是福音堂。玉官那里睡得着，她在想着黄昏一到，万一兵士们变了卦，那时怎办？她生来本是聪明，忽然便想起开了后门，带着那班妇女逃到那竖起外国旗的教堂里。乡下的教堂就像洋道台衙门，谁敢胡乱撞进去？她立刻把意思告诉屋里的人，大家便抖擞起精神，先教玉官去把后门打开，然后回来领导她们。她把后门倒扣好，前门站岗的士兵还不知道。一进到福音堂便把大门关起，如约教看门的到营盘里问问有衣服要缝补的没有，说妇女们都在福音堂里。

她们在教堂里安住了七八天，兵士没敢去作非法的骚扰，可是拿衣服去缝补的和到堂里谈道的也不少。玉官惦念她的孙子，想着家里的人知道她被土共掳去，一定也很悬念，便向众妇女辞别，把保护的责任交给住在福音堂里的职员。她出了村门，经过大王庙，见庙口一个哨兵在那里踱来踱去，她给哨兵打个招呼，那兵已经知道她是社里的女教士，也没上前盘问她。过了桥，慢踱到镇上，偶然想起陈廉许久没相见了。一打听，才知道前些日子闹共的时候，他把肉店收起来，带着老本

"过番"去了,过番是到南洋去的意思,镇里的人告诉她说陈廉没留下地址,只知道他是往婆罗洲的一个埠头去。玉官本来怀疑陈廉便是金杏的男人,想把事由向他说明,希望他回家完聚的;如今听见他出洋去了,心里却为金杏难过,因为她几乎得着他,又丢失了他。莫名其妙的失意,伴着她慢慢地在大道上走着。

八

城里的风声比郊外更紧,许多殷实的住户都预先知道大乱将至,迁避到别处去。玉官回到家门,见门已倒扣起来,便往教堂去打听究竟。看堂的把钥匙交给她,说金杏早已同天锡到通商口岸避乱去了。看堂的还告诉她,城里有些人传她失踪,也有些说她被杀的。她只得暂时回家歇息,再作计较。

不到几天工夫,官兵从锦鲤一带退回城中。再过几天,又不知退到那里去,那缠红布的兵队没有耗费一颗子弹安然地占领了城郊一带的土地。民众说起来,也变得真快,在四十八点钟内,满城都是红旗招展,街上有宣传队、服务队、保卫队等等。于是投机的地痞和学棍们都讲起全民革命,不成腔调的国际歌,也从他们口里唱出来了。这班新兴的或小一号的土劣把老字号的土劣结果了不少,可以说是稍快人心。但是一般民众的愉快还没达到尽头,愤恨又接着发生出来。他们不愿意把房契交出,也不懂得听"把群众组织起来","拥护苏军"这一类的话。不过愿意尽管不愿意,不懂尽管不懂,房契一样地要交出来,组织还得去组织。全城的男子都派上了工作,据他们说是更基本的,然而门道甚多,难以遍举。

因为妇女都有特殊工作,城中许多女人能逃的早已逃走了。玉官淡定一点,没往别处去,当然也被征到妇女工作的地方去。她一进门便被那守门的兵士向上官告发,说她是前次在锦鲤社通敌逃走的罪犯,领队的不由分诉便把她送到司令部去，玉官用她的利嘴来为自己辩护，才落得一个游街示众的刑罚。自从在锦鲤那一夜用道理感化那班兵士以后，她深信她的上帝能够保护她，一听见要把她游刑，心里反为坦然，毫无畏惧。

当下司令部的同志们把一顶圆锥形的纸帽子戴在她头上，一件用麻布口袋改造的背心套在她身上。纸帽上画着十字架，两边各写一行"帝国主义走狗"，背心上的装饰也是如此。"帝国主义走狗"是另一宗教的六字真言，玉官当然不懂得其中的奥旨。她在道上，心里想着这是侮辱她的信仰，她自己是清白的。她低着头任人拥着她，随着她，与围着她的人们侮辱，心里只想着她自己的事。她想，自己现在已经过了五十，建德已经留学好些年，也已二十六七了，不久回来，便可以替她工作，她便可以歇息。想到极乐处，无意喊出"啊哩流也"，把守兵吓了一跳，以为他是骂人，伸出手来就给她一巴掌。挨打是她日来尝惯的，所以她没有显出特别痛楚，反而喊了几声"啊哩流也"！

第二天的游刑刚要开始，一出衙门口便接到特赦的命令，玉官被释，心境仍如昨天的光景，带着一副肿脸和一双乏腿慢慢地踱回家。家里，什么东西都被人搬走了，满地的树叶和搬剩的破烂东西，她也不去理会，只是急忙地走进厅中，仰望见梁上，那些神主还在悬着，一口气才喘出来。在墙边，只剩下两条合起来一共五条腿的板凳。她摇摇头，叹了一口气，赶紧到厨房灶下，掀开一块破砖，伸手进去，把两个大扑满掏了出来，脸上才显着欣慰的样子。她要再伸手进去，忽然晕倒在地上。

不晓得经过多少时间，玉官才从昏朦中醒过来。她又渴又饿，两脚又乏到动不得，便就爬到缸边掏了一掏水送到口里，又靠在缸边一会，然后站起来。到米瓮边，掀开盖子一看，只剩下一点粘在缸底边的糠。挂在窗口的，还有两三条半干的葱和一颗大蒜头。在壁橱里，她取出一个旧饼干盒，盖是没有了，盒里还有些老鼠吃过的饼屑，此外什么都没有了。她吃了些饼屑，觉得气力渐渐复元，于是又到灶边，打破了一个扑满，把其余的仍旧放回原处。她把钱数好，放在灶头，再去舀了一盆水洗脸，打算上街买一点东西吃。走到院子，见地上留着一封信，她以为是她儿子建德写来的，不由得满心欢喜，俯着身子去捡起来。正要拆开看时，听见门外有人很急地叫着"嫂嫂，嫂嫂"。

玉官把信揣在怀里，忙着出去答应时，那人已跨过门槛踏进来。她见那人是穿一身黑布军服，臂上缠着一条红布徽识，头上戴着一顶土制的军帽，手里拿着一包东西。愣了一会，她才问他是干什么，来找的是谁。那人现出笑容，表示他没有恶意，一面迈步到堂上，一面说他就是当年的小叔子李粪扫，可是他现在的官名是李慕宁了。他说他现在是苏区政府的重要职员，昨天晚上刚到，就打听她的下落，早晨的特赦还是他讲的人情，玉官只有说些感激的话。她心里存着许多事情要问他，一时也不知道从何处提起。她请慕宁坐在那条三脚板凳上，声明过那是她家里剩下最好的家具。问起他"苏区政府"是什么意思，他可说得天花乱坠，什么共产主义、马克思主义、唯物史观，一套一套地搬，从玉官一句也听不懂的情形看来，他也许已经成为半个文人或完全学者。但她心里想这恐怕又是另一种洋教。其实慕宁也不是真懂得，除了几个名词以外，政治经济的奥义，大概也是一知半解。玉官不配与他谈论那关系国家大计的政论，他也不配与玉官解说，话门当然要从另一方面开展。慕宁在过去三十多年所经历的事情也不少，还是报告报告自己的事比较能着边际。他把手里那一包东西递给玉官，说是吃的东西。玉官接过来，打开一看，原来是乡下某地最有名的"马蹄酥"。她一连就吃了二十个，心里非常感激。她觉得小叔子的人情世故比以前懂得透澈，谈吐也不粗鲁，真想不到人世能把他磨练到这步田地。

　　玉官并没敢问他当日把杏官的女儿雅丽抱到那里去,倒是他自己一五一十地说了些。他说在苏松太道台衙门里当差以后,又被保送到直隶将弁学堂去当学生。毕业后便随着一个标统做了许久的哨官。革命后跟着人入这党,入那党,倒这个,倒那个,至终也倒了自己,压碎自己的地盘。无可奈何改了一个名字,又是一个名字,不晓得经过多少次,才入深山组织政府。这次他便是从山里出来,与从锦鲤的同志在城里会师,同出发到别处去。他说"红军"的名目于他最合适,于是采用了,其实是彼此绝不相干,这也是所谓土共的由来。

　　雅丽的下落又怎样?慕宁也很爽直,一起给她报告出来。

　　他说,在革命前不久,那位老道台才由粮道又调任海关道,很发了些财。他有时也用叔叔的名义去看雅丽,所以两家还有些来往。革命后,那老道台就在上海摇身一变而成亡国遗老。他呢,也是摇身一变,变成一个不入八分的开国元勋。亡国遗老与开国元勋照例当有产业置在租借地或租界里头,照便应有金镑钱票存在外国银行里头。初时慕宁有这些,经不起几次的查抄与没收,弄得他到现在要回到民间去。至于雅丽的义父,是过着安定的日子。他们没有亲生的女子,两个老夫妇只守着她,爱护备至,雅丽从小就在上海入学。她的义父是崇拜西洋文明不过的人,非要她专学英文不可。她在那间教会办的女学堂,果然学得满口洋话,满身外国习气,吃要吃外国的,穿要穿外国的,用要用外国的,好像外国教会与洋行订过合同一般,教会学堂做广告,洋行卖现货。慕宁说,在他丢了地盘回到南方以前,那老道台便去世了,一大桩的财产在老太太手里,将来自然也是女儿的,雅丽在毕业后便到美国去留学。此后的事情,也就不知道了。他只知道她从小就不叫雅丽,在洋学堂里换的怪名字,他也叫不上来。他又告诉玉官,切不可把雅丽的下落说给杏官知道,因为她知道她的幸福就全消失了。

他也不要玉官告诉杏官说李慕宁便是从前粪扫的化身。他心里想着到雅丽承受那几万财产的时候，他也可以用叔叔的名义，问她要一万八千使使。

玉官问他这么些年当然已经有了弟妇和侄儿女，慕宁摇摇头像是说没有，可又接着说他那年在河南的时候曾娶过一个太太。女人们是最喜欢打听别人的家世的，玉官当然要问那位婶子是什么人家的女儿。慕宁回答说她父亲是一个农人，欠下公教会的钱，连本带利算起，就使他把二十几亩地变卖尽了也不够还。放重利的神父却是个慈善家，他许这老农和全家人入教，便可以捐免了他的债，老头子不得已入了教。不过祖先的坟墓就在自己的田地里，入教以后，就不像以前那么拜法，觉得怪对祖先不起的。在礼拜的时候，神父教他念天主经，他记不得，每用太阳经来替代。有一次给神父发现了，说了他一顿，但他至终不明白为什么太阳经念不得。又每进教堂，神父教他"领圣体"的时候，都使他想不透一块薄薄的饼，不甜，不辣，一经过神父口中念念咒语，便立刻化成神肉，教他闭着眼睛，把那块神秘的神肉塞进他口里的神妙意义。他觉得这是当面撒谎，因而疑心神父什么特别作用，是要在他死后把他的眼睛或心肝挖去做洋药材呢？或是要把他的魂魄勾掉呢？他越想越疑心那象征的吃人肉行为一定更有深义存在，不然为什么肯白白免了他几百块钱的债？他越想越怕，宁愿把一个女儿变卖了来还债，于是这件事情辗转游行到慕宁的军营。他是个长官，当然讨得起一个老婆，何况情形又那么可怜，便花了三百块钱财礼，娶了大姑娘过来当太太。他说他老丈人万万感激他，当他是大恩人，不敢看他是女婿。革命后还随他上了任，享过些时老福，可惜前几年太太死了，老头子也跟着郁郁而亡，太太也没生过一男半女，所以现在还是个老鳏。

玉官问他的军队中人为什么反对宗教，没收人家的财产。慕宁便又照他常从反对宗教的书报中摘出的那套老话复述一遍。他说，近代的评论都以为基督教是建立在一个非常贫弱而不合理的神学基础上，专靠着保守的惯例与严格的组织来维持它的势力。人们不愿意思想，便随着惯例与组织漂荡。这于新政治、社会、经济等的设施是很大的阻碍，所以不能不反对，何况它还有别的势力夹在里头。玉官虽然不以为然，可也没话辩驳。他又告诉玉官他们计划攻打这附近的城邑已经很久，常从口岸把军火放在棺材里运到山里去。前些日子，有一批在玄元观被发现了，教他们损失了好些军实。他又说，不久他们又要出发到一个更重要的地方去。这是微露出他们守不住这个城市和过几天附近会有大战的意思。他站起来，与玉官告辞，说他就住在司令部里，以后有工夫必要常来看她。

把慕宁送出门之后，玉官从口袋里掏出那封信，拆开一看，原来不是建德的，乃是杏官从鹭埠的租界寄来的。信里告诉她说天锡从楼上摔到地下，把腰骨摔断了。医生说情形很危险，教她立刻去照料。金杏寄信来的时候，大概不知道玉官正在受磨折。那封信好像是在她被逮的那一天到的。事情已经过了三四天，玉官想着几乎又晕过去了，逃得灾来遭了殃。她没敢埋怨天地，可是断定这是鬼魔相缠。

她顾不了许多，摒挡一切，赶到杏官寓所，一进门，便晕倒在地上。杏官急忙把她扶起来，看她没有什么气力，觉得她的病很厉害，也就送她到医院去。

匆匆地一个月又过去了，乡间还在乱着，从报章上，知李慕宁已经阵亡，玉官为这事暗地里也滴了几滴泪。她同天锡虽然出了医院，一时也不能回到老家去，只在杏官家里暂时住下。天锡的腰骨是不能复原的了，常常得用铁背心束着。这时她只盼着得到建德回国的信，天天到传教会的办事处去打听，什么事情都不介意。这样走了十几天，果然有消息了。洋牧师不很高兴，可也不能不安慰玉官。他说建德已经回来了，现在要往南京供职，不能回乡看望大家。玉官以为是教会派她儿子到那么远去，便埋怨教会不在事前与她商量。洋牧师解释他们并没派建德到南京去，他们还是盼着他回来主持城里的教会，不过不晓得他得了谁的帮助，把教会这些年来资助他的学费连本带利，一概还清。他写了一封很恳切的信，说他的兴趣改变了，他的人生观改变了，他现在要做官。学神学的可以做官，真不能不赞叹洋教育是万能万通。玉官早也知道她儿子的兴趣不在教会，她从那一年的革命运动早已看出，不过为履行牧师营救的条件，他不能不勉强学他所不感到兴趣的学科。她自然也是心里暗喜，因为儿子能得一官半职本来也是她的希望。洋牧师虽然说得建德多么对不住教会，发了许多许多的牢骚，她却没有一句为儿子抱歉的话说出来，反问她儿子现在是薪金多少，当什么官职。洋牧师只道他的外国官名，中国名称他的本地话先生没教过，所以说不出来。他只说是管地方事情的地方官，然而地方官当然是管地方事情的，到底是个什么官呢？牧师也解不清，他只将建德的英文信中所写出的官职指出给她看。

　　从那次夏令会以后，建德与安妮往来越密。安妮不喜欢他回国当牧师，屡次劝他改行。她家与许多政治当局有裙带关系，甚至有些还在用着她家的钱。只要她一开口，什么差使都可以委得出来。好在建德也很自量，他不敢求大职务，只要一个关于经济的委员会里服务，月薪是二百元左右。这比当传教士的收入要多出三分之二。不过物质的收获，于他并不算首要，他的最重要的责任是听安妮的话。安妮在他身上很有统制的力量。这力量能镇压母亲的慈爱，教会的恩惠。她替建德还清历年所用教会的费用，不但还利，并且捐了一笔大款修盖礼拜堂。她并不信教，更使建德觉得他是被赎出来的奴隶。他以为除掉与她结婚以外，再也没有其他更好的报答。但这意见，两方都还未曾提起。

　　玉官不久也被建德接到南京去了。她把家乡的房子交给杏官管理，身边带着几只衣箱和久悬在梁上的神主，并残废的天锡。她以为儿子得着官职，都是安妮的力量，加以对于教会偿还和捐出许多钱，更使她感激安妮的慷慨，虽然没见过面，却已爱上了她。建德见她儿子老穿着一件铁背心，要扶着拐棍才能走路，动弹一点也不活泼，心里总有一点不高兴，老埋怨着他的丈母没有用心调护。玉官的身体，自从变乱受了磨折，心脏病时发时愈。她在平时精神还好，但不能过劳，否则心跳得很厉害。建德对于母亲是格外地敬爱，一切进项都归她保管，家里的一切都归她调度。生活虽然富裕，她还是那么琐碎，厨房、卧房、浴室、天井，没有一件她不亲自料理。她比家里两个佣人做的还要认真。不到三个月，已经换了六次厨师傅，四次娘姨，他们都嫌老太太厉害，做不下去。

母子同住在一间洋房里，倒也乐融融地。玉官一见建德从衙门回来，心里有时也会想起雅言。在天朗气清的时候，她也会忆起那死媳妇所做的一两件称心意的事，因而感叹起来，甚至于掉泪。儿子的续弦问题同时也萦回在她心里。好几次想问他个详细，总没能得着建德确实意见，他只告诉她安妮的父亲是清朝的官，已经去世了。她家下有一个母亲，并无兄弟姊妹，财产却是不少，单就上海的地产就值得百万。玉官自然愿意儿子与安妮结婚，她一想起来自己便微微地笑，愉快的血液在她体内流行，使她几乎禁不起。建德常对他母亲说，安妮是个顶爱自由的女子，本来她可以与他一起回国，只因她还没有见过北冰洋和极光，想在天气热一点的时节，从加拿大去买一艘甲板船到那里去，过了冬天才回来。他们的事要等她回来才能知道，她没有意思要嫁给人也说不定。

平平淡淡地又过了一年。残春过去，已入初夏，安妮果然来电说她已经动身回国。日子算好了，建德便到上海去接她，就住在她家里。在那里逗留了好几天，建德向她求婚，她不用考虑便点了头。她走进去，拿出从外洋买回来的结婚头纱来给建德看，说她早已预备着听他说出求婚的话。他们心中彼此默印了一会，才坐下商量结婚的时日、地点、仪式等等。安妮的主张便是大家的主张，这是当然的哩。她把结婚那天愿意办的事都安排停当，最后谈到婚后生活，安妮主张与玉官分居，她是一个小家庭的景慕者。

他们在上海办些婚仪上应备的东西，安妮发现了她从外洋带回来的头纱还比不上海市上所卖的那么时派，这大概是她在北冰洋的旅行太过长久，来不及看见新式货物。她不迟疑地又买上一条，她又强邀建德到那最上等的洋服店去做一套大礼服，所费几乎等于他的两个月薪俸。足足忙了几天，才放建德回南京去。

玉官知道儿子已经决定要与安妮结婚，愉快的心情顿然增长，可是在她最兴奋的时候建德才把婚后与她分居的话说出来。老太太一听便气得十指紧缩，一时说不出什么话，一副失望的神情又浮露在她脸上。她想，这也许是受革命潮流的影响。她先前的意识以为革命是：换一个政府；换一样装束；以后世故阅历深，又想革命是：换一个夫人或一个先生。但是现在更进一步了，连"糟糠"的母亲，也得换一个。她猜想建德在结婚以后要与他的丈母同住，心里已十分不平；建德又提到结婚的日期和地点，更使她觉得儿子凡事没与她商量，因为他们预定行礼的一天是建德的父亲的忌日。这一点因为阳历与阴历的相差，建德当然是不会记得。而且他家的祭忌至终是由玉官一人秘密地举行，玉官要他们改个日子，建德说那日子是安妮择的，因为那天是她的生日。至于在上海行礼是因女家亲朋多，体面大，不能不将就，这也不能使玉官十分满意。她连叹了几口气，眼泪随着滴下来，回到房中，躺在床上，口中喃喃，不晓得喃些什么。

婚礼至终是按着预定的时间与地点举行，玉官在家只请出她丈夫的神主来，安在中堂，整整地哭了半天。一事不如意，事事都别扭，她闷坐在厅边发愣，好像全个世界都在反抗她。第二天建德同新娘回来了，他把安妮介绍给他母亲，母亲非要她披起头纱来对她行最敬礼不可。她的理由是从前她做新娘时候，凤冠蟒袄总要穿戴三天。建德第一次结婚，一因家贫，仪文不能具备，二因在教堂行礼没有许多繁文礼节。现在的光景可不同了，建德已是做了官，应该排场排场。她却没理会洋派婚礼，一切完蛋糕分给贺客吃了之后，马上就把头纱除去，就是第二次结婚也未必再戴上它。建德给老太太讲理，越讲越使老人家不明白，不得已便求安妮顺从这一次，省得她老人家啼啼哭哭地。安妮只得穿上一身银色礼服，披起一条雪白的纱。纱是一份在身上两份在地上拖着，这在玉官眼里简直不顺。她身上一点颜色都没有，直像一个没着色的江西瓷人。玉官嫌白色不吉祥，最低限度，她也得披一条粉红纱出来。她在乡下见人披过粉红纱，以为这是有例可援。什么吉祥不吉祥且不用管，粉红纱压根儿就没有。安妮索性把头纱礼服都卸下来，回到房中生气，用外国话发牢骚，老太太也是一天没吃饭。她埋怨政府没规定一种婚礼必用的大红礼服，以致有这忤逆的行为。她希望政府宣布凡是学洋派披白头纱、不穿红礼服的都不能算为合法的结婚。

　　第三天新婚夫妇要学人到庐山去度蜜月，安妮勉强出来与玉官辞行。玉官昨天没把她看得真，这次出门，她虽鼓着腮，眼睛却盯在安妮脸上。她觉得安妮有许多地方与雅言相仿佛，可是打扮得比谁都妖艳得多。在他们出门以后，老太太的气也渐渐平了。她想儿子和媳妇到底是自己的孩子们，意见不一致，也犯不上与他们赌气。她这样想，立时从心里高兴，喜容浮露出来。她把自己的卧房让出来，叫匠人来，把门窗墙壁修饰得俨然像一间新房。屋里的家私，她也为他们办妥，她完全是照着老办法，除去新房以外，别的屋子都是照旧，一滴灰水也没加上。

九

半个月以后，一对夫妇回来了。安妮一进屋里，便嫌家具村气太重，墙壁的颜色也不对。走到客厅，说客厅不时髦；走到厨房，嫌厨房不干净；走到那里，挑剔到那里。玉官只想望好里做，可是越做越讨嫌，至终决意不管，让安妮自己去布置。安妮把玉官安置在近厨房的小房间，建德觉得过意不去，但也没法教安妮不这样办，因为原来说定婚后是要分居的。

安妮不但不喜欢玉官，并也不喜欢天锡。玉官在几个月来仔细地打听安妮的来历，怀疑她便是那年被她小叔子抱走的雅丽；屡次要告诉她，那是她的骨肉，至终没有勇气说出来。婆媳的感情一向不曾有过，有时两人一天面对面坐着，彼此不说话。安妮对建德老是说洋话，玉官一句也听不懂。玉官对建德说的是家乡话，安妮也是一窍不通，两人的互相猜疑从这事由可以想象得出来，最使玉官不高兴的是安妮要管家。为这事情，安妮常用那副像挂在孝陵里的明太祖御容向着玉官。建德的入款以前是交给老太太的，自从结婚以后，依老太太的意见仍以由她管理为是。她以为别的都可退让，惟独叫她不理家事做闲人，她就断断不依。安妮只许给她每月几块钱零用，使她觉得这是大逆不道。她心想，纵然儿子因她的关系做了"党戚"，也不该这样待遇家长。

安妮越来越感觉到不能与老太太同住，时时催建德搬家。她常对丈夫骂老太太这"老蟑螂"，耗费食物讨人嫌。老太太在一个人地生疏的地方，纵然把委屈诉给人听，也没有可诉的。她到教堂去，教友不懂她的话；找牧师，牧师也不能为她出什么主意，只劝她顺应时代的潮流，将就一点。她气得连教堂都不去了。她想她所信的神也许是睡着了，不然为什么容孩子们这么猖狂。

还有一件事使玉官不愉快的，她要建德向政府请求一个好像"怀清望峻"一类的匾额,用来旌表寡妇的。建德在衙门,才干虽然平常,办事却很稳健。他想旌表节妇的时代已经过去了。玉官屡次对他要求找一个门径,他总说不行。无论他怎么解释,玉官都觉得儿子没尽心去办,这样使她对于建德也不喜欢。但是建德以为他父亲为国捐躯,再也没有更光荣的,母亲实在也没有完全尽了抚孤成人的任劳,因此母子的意见,越来越相左。

安妮每天出去找房子,玉官只坐在屋里出神。她回想自守寡以来,所有的行为虽是为儿子的成功,归根,还是自私的。她几十年来的传教生活,一向都如"卖瓷器的用破碗"一般,自己没享受过教训的利益。在这时候,她忽然觉悟到这一点,立刻站起来,像在她生活里找出一件无价宝一般。她觉得在初寡时,她小叔子对她说的话是对的。她觉得从前的守节是为虚荣,从前的传教是近于虚伪,目前的痛苦是以前种种的自然结果,她要回乡去真正做她的传教生活,不过她先要忏悔,她至少要为人做一件好事,在她心里打定了一个主意。

她要离开她儿子那一天,没有别的话,只对他说她没对不住他,以后她所做的一切还是要为他的福利着想。儿子不知道她是什么意思,漫敷衍她几句便到衙门去了。儿媳妇是忙着找房子,一早便出门。她把几座神主包裹停当,放在桌上,留下一封信,便带着天锡,悄悄地到下关车站去。

十

回到家乡,教会仍然派她到锦鲤去。这次她可不做传教工作了,因为上了年纪的人,不能多走路,所以教会就派她做那里的小学校长。天锡与她住在一起,她很注意教育他。杏官在城里住,反感觉到孤寂,每常写信要天锡去住几天。

玉官每要把她对于安妮便是雅丽的怀疑说给杏官知道,卸又防着万一不对,倒要惹出是非来。她想好在她的小叔子也死掉了，若她不说，再也没有知道这事的人，于是索性把话搁住。

她觉得年来的工作非常有兴趣，不像从前那么多罣虑。教会虽然不理会这个，她心里却很明白现在是为事情而做事情，并不要求什么。建德间中也有信寄回来，有时还给她捎钱来。这个使她更喜欢，她把财物都放在发展学校的事业上头，认识她的都非常地夸赞她，但她每说这是她的忏悔行为。

两三年的时间就在忙中消失了。玉官办的学校越发发达，致她累得旧病不时发作，不得不求杏官来帮助她。杏官本也感觉非常寂寞，老亲家同在一起倒可以解除烦闷。她把城里的房子连同玉官的都交给了教会管理，所得的租金也充做学校经费，那锦鲤小学简直就是她们办的。

地方渐次平静，村里也恢复了像从前一般的景况，只是短了一个陈廉。一想起他，玉官也是要对杏官说的，可是他现在在南洋什么地方，她也不知道。她只记着当时他是往婆罗洲去的，就是说出来也未必有用。在朝云初散或晚烟才浓的时候，她有时会到社外的大王庙那被她常坐的树根上少坐，忆想当年与陈廉谈话的情景。衰年人的心境仍如少年，一点也没改变，仍然可以在回忆中感到愉悦。

锦鲤几个乡人偶然谈起玉官的工作，其中有人想起她在那里的年数不少，在变乱的时候，她又护卫了许多妇女，便要凑份子给她做生日，借此感谢她。这意思不到几天，连邻乡都知道了。教会看见大家那么诚意，不便不理会。于是也发起给她举行一个服务满四十年的纪念会，村庄的人本是爱热闹的，一听要给玉官做寿，开纪念会，大家都很兴奋，在很短的期间已凑合了好几百元。玉官这时是无心无意地，反劝大家不要为她破费精神和金钱。她说，她的工作是应当做的，从前她的错误就是在贪求报酬，而所得的只是失望和苦恼。她现在才知道不求报酬的工作，才是有价值的，大众若是得着利益就是她的荣耀了。话虽如此说，大家都不听她的，一时把全个村庄布置起来。

　　传道先生对大众说既然有那么些钱，可以预备一件比较永久留念的东西。有些人提议在社外给她立一座碑，有些说牌坊比较堂皇，玉官自己的意思是要用来发展学校。杏官知道她近年对于名誉也不介意，没十分怂恿她。她只写信给建德，说他母亲在乡间如何受人爱戴，要给一点东西来纪念她。建德接信以后，立刻寄五千元，还说到时候他必与安妮回来参加那盛典。玉官知道建德要回来，心里的愉快比受那五千元还要多万万倍，纪念大会在分头进行着。大众商议的结果，是用二千元在社外建筑一道桥，这因为跨在溪上的原来只有一道木桥，村人早应募缘改建，又因大王庙口是玉官常到那里徘徊的地方，还有对岸的树林，政府已拨给学校经营，所以桥是必要修筑的。动了四五个月的工程，桥已修好了。大王庙也修得焕然一新，村人把它改做公所，虽然神像还是供着，却已没有供香火的庙祝，桥是丈五宽，三丈长，里面是水泥石子的混凝体，表面是用花岗石堆砌起来的。过了桥，一条大道直穿入树林里头，更显出风景比前优秀得多。

　　纪念会的日期就要到了，建德果然同安妮一起回来，玉官是喜欢得心跳不堪。她知道又是病发了，但不愿告诉人。安妮算是给她很大的面子，所以肯来赴会。当时也与杏官见过面，安妮却很傲慢，好像不大爱理那村婆子似地。她住了一两天就催建德回南京去，最大的原因，大概是在水厕的缺乏。

　　建德在乡人的眼光中已是个大得很的京官，因为太太说要早日回京，便不得不提早举行这个纪念典礼。玉官在那天因为喜欢过度，倒是晕过几次，杏官见这情形不便教她到教堂去，只由她歇着。行过礼以后，建德领着大众行献桥礼。大众拟了许多名字，最后决定名为"玉泽桥"。当时的鼓乐炮仗，喧闹得难以形容，加以演了好几台戏，更使乡人感觉这典礼的严重。第二天，建德要同安妮回到城里，来与玉官告辞。杏官在身边，很羡慕这对夫妇，不觉想起她的亡女，直向建德流泪。玉官待要把真情说出来时，又怕安妮不承认破口骂人，反讨没趣。她又想纵然安妮承认了，她也未必能与他们住在一起。她也含着眼泪送他们过了那新成的玉泽桥。

回到学校里，左思右想，又后悔没当着安妮说明情由。等到杏官来，她便笑着问她假如现在她能找着她的丈夫或她的丢了的女儿，她愿意先见谁，杏官不介意地回答说那是做梦。如果她能见到女儿一面，她已很满足，至于丈夫恐怕是绝无希望的了。说过许多话，玉官忽对杏官说，她要到城里去送送儿子和儿媳妇上船去，杏官因为她精神像很疲乏，不很放心，争执了半天，她才教杏官陪着她去。

她们二人赶到城里，建德与安妮已经到口岸去了。幸而船期未到，玉官与杏官还可以赶到。她们到教会打听，知道建德二人住在洋牧师家里。见面时，安妮非常感动。她才起头觉得玉官爱她的儿子建德是很可钦佩的，玉官对他们说她的病是一天一天地加重了，这次相见，又不知什么时候再有机会，希望他们有工夫回来，说得建德也哭起来了，他允许一年要回来探望她一次。

玉官在那晚上回到杏官的药局，对杏官说她还有一件未了的事要赶着去办完。杏官不了解她的意思，问了几遍，她才把要到婆罗洲找陈廉的话说出来。她说，自从她当了洋教士的女佣以来，一切的一切都是受着杏官的恩惠。原先她还没理会到这层，自从南京回来以后，日日思维，越觉得此恩非报不可。杏官既知道陈廉的下落，心里自然高兴万分，但愿她自己去。玉官从怀里取出船票来，说她日间已打听到明天有船往南洋去，立即买了一个舱位，只有她知道怎样去找，希望杏官在家里照顾天锡，料理学校，她也可以借此吸吸海风，养养病。第二天一早，杏官跑去告诉建德说他母亲要到南洋去休息休息，当天就要动身。他也不以为然，说他母亲的心脏病，怕受不了海浪的颠簸，还是劝她莫去为是。来到药局，玉官已上了船，于是又同杏官和安妮到船上去。建德见她在三等舱里，掖在一班华工当中，直劝她说，如果要走，可以改到头等舱去，何必省到这步田地。她说在三等舱里有伴，可以谈话，同时她平日所见的也都是这类的人，所以不觉得有什么难过之处。安妮是站都站不住，探一探头便到头等舱的起坐间去了。杏官看看她的行李非常简单，只有一个铺盖和一个小提箱。她笑问玉官说，那小的箱子装些什么？玉官也笑着回答说那还是几十年随身带着的老古董：一本白话《圣经》，一本《天路历程》，一本看不懂的《易经》。玉官劝他们不必为她担忧，她知道一切都无妨碍，终要平安和圆满地回来。她指着建德回头来对杏官说他还是她的女婿，希望她不要觉得生疏起来。她此行必要把事情办妥才回来，请她回锦鲤静候消息。又复劝勉了建德一番，船上催客的锣才响起来。

　　杏官们上了舢板，还见玉官含泪在舷边用手帕向着他们摇晃，几根灰白的头发，也随着海风飘扬。到了岸边，船已鼓着轮，向海外开去。他们直望到船影越过港外的灯台，才各含着眼泪回去。